김동리,
근대에
　　길을 묻다

예옥

김동리, 근대에 길을 묻다
― 김동리의 문학적 투쟁사

1판 1쇄 인쇄 | 2017년 12원 11일
1판 1쇄 발행 | 2017년 12월 15일

지은이 | 신정숙
펴낸이 | 최병수
편 집 | 권영임
디자인 | 김세준

펴낸곳 | 예옥
등 록 | 제2005-64호(2005.12.20)
주 소 | (03387) 서울시 은평구 연서로22길 16-5(대조동) 명진하이빌 501호
전 화 | (02)325-4805
팩 스 | (02)325-4806
이메일 | yeokpub@hanmail.net

이 저서는 2017년도 조선대학교 특별과제(단독 저역서 출판)
연구비의 지원을 받아 연구되었음.

ISBN 978-89-93241-57-0

값 25,000원

이 도서의 국립중앙도서관 출판시도서목록(CIP)은 서지정보유통지원시스템 홈페이지
(http://seoji.nl.go.kr)와 국가자료공동목록시스템(http://www.nl.go.kr/kolisnet)에서
이용하실 수 있습니다.(CIP제어번호: CIP 2017033588)

김동리, 근대에 길을 묻다

김동리의 문학적 투쟁사

신정숙 지음

예옥

근대의 시공간 속에서

한국문학을 이야기할 때 '근대'라는 단어만큼 애증이 교차되는 것이 있을까? 개항 이후 일제 식민지 경험, 해방 그리고 몇 년 뒤 발발하게 된 6·25 전쟁과 분단에 이르기까지 한국의 근대사는 참으로 고난과 역경으로 점철된 시기라고 볼 수 있다. 이러한 폭력적인 경험 속에서도 근대란 거부할 수 없는 근본적인 매혹을 내재하고 있다고 볼 수 있다. 전근대의 억압적인 사회 속에서 소멸되어 있던 개인이란 존재는 근대에 이르러서야 그 온전한 모습을 드러낼 수 있었기 때문이다. 즉 근대란 바로 개인의 탄생을 경험할 수 있던 시기였다. '개인의 탄생'. 듣기만 해도 가슴 설레는 말이다. 이러한 근대라는 시공간이 지닌 공포와 매혹, 이는 한국근대문학의 최대의 화두였다고 볼 수 있다.

한국근대문학 작가 중에서 이러한 근대가 지닌 이중성에 대해서 가장 치열하게 고민했던 이는 바로 김동리일 것이다. 처음 등단했던 1930년대 중반부터 1980년대까지 그가 끈질기게 집착했던 주제는 근대인의 소외 문제였다. 죽음으로부터의 소외와 개인 간의 소외. 이 문제에 대한 그의 병적인 집착은 다양한 소재와 서사를 통해 끊임없이 변주되는 양상을 보여준다. 이러한 그의 인간적 고민과 문학의 색채는 필자로 하여금 김동리라는 작가에게 호기심을 느끼게 하고, 그의 문학연구에 열중하게 만들었다고 할 수 있을 것이다.

일종의 동병상련의 심정이랄까? 이 책은 작가와 연구자로서의 관계가 아닌 작가와 동시대를 살고 있는 근대인으로서 그가 근대의 시공간 속에서 느껴야만 했던 고통의 원인과 깊이, 그리고 그러한 고통을 어떻게 극복해 가는가를 '알고 싶은' 마음에서 시작되었다. 이로 인해 그의 문학을 연구하는 내내 생전 한 번도 만나 본 적이 없는 작가에게 (마치 연애 상대에게 궁금한 점들을 질문하듯) 마음속으로 끊임없이 질문하곤 했다. 그리고 이 책은 그러한 수많은 질문들에 대해서 내 스스로 내놓은 답변이다.

이 책은 크게 3부로 구성되어 있다. 이를 통해서 김동리 문학사상의 형성 배경과 문학창작의 근본적 동기 및 전체문학의 특성 등에 대해 분석했다.

1부에서는 김동리가 어떠한 과정을 통해서 그만의 독특한 문학사상을 형성하게 되었는가를 다루고 있다. 그의 문학사상은 근본적으로 1933년부터 1945년 해방 이전까지 그의 백씨 범부를 매개로 하여 이루어진 혜화전문 출신들과의 교류 및 이들과의 인맥을 배경으로 문학 활동을 전개해가는 과정에서 형성된 것이다. 그의 문학사상이 지닌 가장 핵심적인 특징은 죽음, 소외와 같은 인간 실존의 문제와 종교, 그리고 민족의 문제가 유기적으로 결합된 것이다. 이러한 문학적 특수성은 그가 교류했던 인물들이 소속되어 있었던 혜화전문의 인재 양성 시스템, 민족주의적 전통과 문학적 경향과의 연관성, 그리고 이로부터 창조된 문학적 전통이 지닌 성과와 한계를 동시에 고려할 때 보다 선명하게 드러날 수 있을 것이다.

2부에서는 지금까지 김동리 문학연구에 전혀 적용되지 않았던 리처드 커니와 질베르 뒤랑의 이론을 활용하여 김동리가 느끼는 소외, 즉 분리의식의 특성에 대해 고찰한 내용을 담았다. 김동리의 분리의식은 근대사회가 지닌 근원적인 모순과 일제의 제국주의적 침략, 일본 주도의 조선의 자본주의화 정책으로 발생하게 된 식민지 자본주의 사회의 모순, 그리고 해방 이후 한국의 정치적 혼란과 6·25 전쟁 등과 같은 한국의 역사적 특수성에서 비롯된 것이다. 이러한 분리의식을 극복하고자 하는 열망이 그의 문학적 상상력을 작동시키는 근본적인 동력이다. 문학적 상상력은 서사를 통하여 타자성을 회복시켜 주는 기능을 담당하게 되며, 또한 분리의식으로 인한 절망을 희망으로 전환시켜 삶의 균형을 잡아주는 기능을 수행하게 된다.

3부에서는 김동리 문학 속에서 근대인의 분리의식과 이에 대한 근대인의 대응양상이 크게 세 가지 형태로 나타난다는 사실을 고찰했다. 첫째, 근대에 적응하지 못하는 이질적인 인물들이 근대세계로부터 분리/배제되거나, 혹은 근대세계와 충돌하는 양상이 나타난다. 둘째, 김동리 소설에서 분리의식의 주요한 요인 중 하나는 일제에 의한 억압정책과 일제 주도의 조선의 자본주의화 정책, 그리고 해방 이후 한국 사회의 정치적 혼란, 6 · 25 전쟁 등과 같은 한국의 역사적 특수성이다. 이러한 역사적 특수성에 의해서 발생하는 분리의식은 민족/국가와 같은 이상적 공동체의 형성을 통해서 극복되는 양상을 보여준다. 셋째, 전근대적(전통적) 세계관과 근대적 세계관이 혼성되는 경향이 나타난다. 특히 1940년대 후반 이후의 소설에서는 그가 근대인의 분리의식을 극복하기 위해 제시했던 무속, 불교 등의 전통적 세계관과 근대의 세계관이 혼성되는 경향이 더욱 뚜렷해진다.

이처럼 김동리는 문학창작을 통해서 근대한국사의 고통스러운 경험들, 즉 일제 식민통치, 해방, 6 · 25 전쟁, 분단 등을 경험하는 과정에서 발생하게 된 분리의식을 극복하고자 했다. 소외를 극복한다는 것, 그것은 결국 개인 간의 단절을 극복하고, 소통의 세계로 나아간다는 것을 의미한다. 이는 하나의 연약한 개인으로서는 도저히 감당할 수 없는 역사의 격랑 속에서 문학을 통해 삶을 극복하는 과정이었다고 볼 수 있다. 김동리에게 있어서 문학의 길과 인간의 길은 동일했던 것이다.

인간 소외의 문제는 여전히 진행 중이다. 급격한 사회의 변화 속에서 소외의 문제는 좀 더 다양화되고, 심화되는 양상을 보이고 있다. 이는 현재뿐만 아니라 미래를 살아가야 할 사람들 역시 짊어질 수밖에 없는 운명일 것이다. 이러한 운명에 맞서 문학을 통해 저항하고자 했던 김동리라는 한 인간의 치열했던 삶과 그가 남긴 문학은 인간의 근본적인 실존의 문제에 대해 고민해 보고, 보다 가치 있는 삶의 방향에 대해 논의해 볼 수 있는 계기를 마련해 주었다는 점에서 그 의의가 있다고 볼 수 있다. 그의 문학의 특수성에 고찰한 이 책 역시 일부분 그러한 역할을 할 수 있기를 기대해 본다.

이 책은 내 생애 첫 책이다. 이 책이 더욱 의미가 있는 것은 글을 쓰는 과정에서 사랑의 의미를 다시금 깨닫게 되었다는 사실에 있다. 사람이 사랑받는다는 것, 그리고 사랑한다는 것. 이것만큼 사람을 사람답게 만드는 것이 있을까. 아래로 무겁게 추락하고 싶은 욕망을 느낄 때마다 그분들의 사랑이, 그리고 그분들에 대한 나의 사랑이 다시금 나를 지상으로 끌어올렸던 것이다.

대학원 입학 이래 지금까지 부족한 나를 제자로 삼아 주신 최유찬 교수님, 그리고 당신의 제자인 양 항상 보듬어 주신 나병철 교수님과 방민호 교수님. 이분들의 사랑과 지도가 없었다면 현재의 나도, 그리고 이 책도 없었을 것이다. 머리 숙여 교수님들의 큰 은혜에 깊이 감사드린다. 그리고 부모님과 형제들. 언제나 나를 나답게 만드는 힘의 원천이다. 너무나 쉽게 에너지가 방전되는 나는 가족의 무한한 사랑을 통해 고갈된 에너지를 다시금 충전할 수 있었다. 그들에게 평소에 표현하지 못했던 나의 사랑을 전한다.

마지막으로 나의 게으름으로 인해 출판 과정 내내 고생하셨던 예옥출판사 권영임 편집장님께 특별히 감사의 말씀을 드린다. 권 편집장님의 노고가 없었다면, 이 책은 제대로 된 모양새를 갖추지 못했을 것이다. 다시 한 번 감사의 말씀을 드린다.

2017년 12월
신정숙

| 차례 |

2부 · 근대의 생리生理, 문학의 논리

3부 · 문학과 근대와의 대결,
문학과 근대와의 화해

1부

김동리와 문학의 조우,
문학가로의 성장

1장

범부,
동리를 문학가의 길로 인도하다

김동리에게 가장 절대적인 영향을 준 존재는 그의 백씨 범부이다. 범부는 동서양의 종교, 철학에 대한 심오한 지식을 갖고 있었을 뿐만 아니라, 문학 · 음악 · 무용 · 회화 · 건축 등 온갖 예술 분야와 의약에도 상당한 지식을 갖고 있었다. 이로 인해 그는 당시 저명한 예술가들과 거대한 인맥을 형성하고 있었다. 이러한 범부의 인맥은 김동리가 문학가로서 자리 잡는 데 중요한 토대로 작용한다. 범부는 1921년 일본 유학에서 돌아온 이후, 『폐허』의 동인들과 친밀하게 교류하고 있었고, 『중앙』의 주필이었던 이관구, 그리고 『신동아』의 변영로와는 친구였다. 이러한 인연으로 김동리는 『중앙』에 「무녀도」(1936)를, 『신동아』에 「바위」(1936)를 각각 발표하게 되었던 것이다.[1] 그러나 김동리 문학에 있어서 범부의 중요성

---

1) 진교훈, 「동방사상의 중흥조-범부(凡夫) 김정설(金鼎卨)」, 『대중불교』, 1992. 4. 28쪽. 또는 김동리, 「50년 만에 안 그 뒤 소식」, 『나를 찾아서』 김동리 전집8, 민음사, 1997. 145~146쪽.

은 김동리가 혜화전문[2] 출신들과의 지속적인 교류를 통해서 자신만의 독특한 문학사상을 형성할 수 있도록 인도해 준 이가 범부였고, 해방 이후 그가 조선의 대표적인 우익 문학가로서의 입지를 다질 수 있는 토대를 마련해 준 이 또한 범부였다는 사실에서 찾아야 할 것이다.

1921년 범부는 일본에서의 유학생활을 마치고 귀국한 후[3] 혜화전문(당시 불교중앙학림, 1915~1928)과 이 기관의 산하 강원에서 강사로 꾸준히 활동하게 된다. 1933년 범부는 혜화전문(당시 중앙불교전문학교, 1930~1940)에서 동양철학(도교) 강의를 맡고 있었는데, 김동리는 서울로 무작정 상경하여 좌담 형식으로 진행되는 범부의 강좌에 참여하게 된다. 그는 이 강좌에서 전진한(전 사회부 장관), 장연송(제2대 국회의원), 김영진(시조 시인), 배상기(국악인), 김교환(수필가), 오종식(언론인) 등의 다양한 인사들과 만나게 되며, 장연송의 소개로 평생 동안 문학의 길을 함께 했던 미당 서정주를 소개받게 된다.[4] 그 후 김동리는 범부의 곁에서 혜화전문 출신의 저명한 불교사상가, 문학인, 독립운동가와 활발하게 교류하게 된다. 그중

---

2) 혜화전문학교는 근대적인 교육을 받은 승려들을 양성하고, 새로운 시대를 선도할 수 있는 포교사를 양성하기 위해 설립된 최초의 근대적인 불교 교육기관 명진학교(1906~1910)에서 출발하였다. 명진학교는 불교사범학교(1910~1914), 불교고등강숙(1914~1915), 불교중앙학림(1915~1928), 불교전수학교(1928~1930), 중앙불교전문학교(1930~1940)를 거쳐, 1940년 6월 혜화전문학교로 개칭되었다. 이후 1944년 강제 폐교되었다가, 1945년 9월 동국대학으로 개편하여 현재에 이르고 있다. 여기서는 시기별로 다르게 사용되었던 명진학교, 불교사범학교, 불교고등강숙, 불교중앙학림, 불교전수학교, 중앙불교전문학교, 혜화전문학교라는 다양한 호칭들을 혜화전문으로 통칭하여 사용하였다.

3) 범부는 1915년 안희제의 기미육영회 장학생으로 선발되어 일본 유학을 떠난 후, 1921년 조선으로 귀국한다. 그는 일본 유학 기간 동안 도요대학에서 동양철학을 전공했고, 도쿄도 외국어학교에서 영어와 독어를 공부했다. 또한 도쿄대학, 교토대학에서 동서양철학 과목을 청강하기도 했다.(홍기돈, 『김동리 연구』, 소명, 2010, 24~27쪽.)

4) 김동리, 「마음과 몸을 앓다」, 『나를 찾아서』 김동리 전집8, 민음사, 1997, 108쪽.

에서도 당시 혜화전문의 구심점 역할을 하고 있었던 석전 박한영(1870~
1948)과 만해 한용운(1879~1944)과의 만남은 그의 문학사상의 형성에 있
어서 뿐만 아니라, 향후 문단활동을 위한 인맥을 형성하는 데 있어서도
결정적인 역할을 하게 된다.

박한영과 한용운은 모두 혜화전문을 배경으로 하여 활동하고 있었다
는 점에서, 진보적인 불교사상을 갖고 있었다는 점에서, 그리고 대외적으
로 구국활동에 참여하고 있었다는 점에서 많은 공통점을 갖고 있었다. 이
들은 1911년 해인사 주지 이회광이 조선불교 원종과 일본 조중동과의 불
평등한 연합을 꾀하고자 했을 때, 이 매교적 처사에 반대하여 진진웅, 오
성월, 김종래와 더불어 송광사에서 임제종을 수립함으로써 원종에 대항
하기도 하였다.[5] 또한 1913년 조선불교의 개혁과 일본 불교로부터의 조
선 불교의 정통성을 수호하기 위해서, 박한영은 『해동불보』(1913)를 창간
하였으며, 한용운은 『조선불교유신론』(1913)을 발표하였다. 또한 한용운
은 1919년 최린 등 천도교인과 유림, 불교계 인사들을 규합하여 3월 1일
태화관에서 민족대표의 독립선언식을 주도했었고, 박한영은 1919년 4월
한성임시정부가 수립될 때 이종욱과 함께 13도 대표자로 참여하였다.[6] 이
후에도 이들은 서로에 대한 두터운 신의를 기반으로 종교활동 및 구국활

---

5) 동대백년사편찬위원회 편, 『동국대학교 백년사 II : 백년의 숲·학술문화사』, 동국대학교, 2007,
81~82쪽.

6) 한용운은 1919년 3월 1일 독립선언식에 박한영, 진진웅, 도지호, 오성월 등 불교계의 인사들을
참여시키고자 하였지만, 끝내 실패하게 된다. 그 이유는 이들이 수행하고 있었던 사찰이 깊은 산속에
있어서 제때 연락이 되지 않았기 때문이다. 그래서 당시 경성에 체류하고 있었던 백용성만이 참여하
게 된다.(교육원 불학연구소, 『조계종사: 근현대편』, 대한불교조계종 교육원, 2001, 77~81쪽.)

동을 전개하는 데 있어서 긴밀하게 협력하였으며, 이러한 관계는 평생 동
안 지속된다.

그러나 이들이 혜화전문의 지도자로서 활약하는 방식은 매우 상이하
다. 먼저 박한영은 불교계의 대표적인 학승學僧으로서 주로 교육(인재 양
성)과 학교 행정에 참여하는 방식을 통해서 혜화전문을 이끌고 있었다.
그는 금봉, 진응과 함께 근대불교사의 3대 강백으로 추앙받을 만큼 탁월
한 불교학 실력을 지녔던 인물로서, 해인사, 법주사, 백양사, 화엄사, 범어
사 등의 주요 사찰에서 불경을 강의하며 후학들을 양성했다.[7] 또한 그는
1914년 혜화전문의 전신인 불교고등강숙의 교장(1914년 취임), 불교중앙
학림의 학장(1919년 취임), 중앙불교전문학교의 교장(1932.11.~1938.11.)
등을 역임하기도 하였다.[8] 이 시기 동안 그는 혜화전문의 교과과정 중 〈조
계종지〉, 〈계율학〉, 〈염송〉, 〈유식학〉을 담당했으며, 불교 기초 교육을 위
한 교재 및 번역서, 그리고 한국불교의 역사자료와 정리 자료를 출판했다.[9]

---

7) 박한영의 인재양성에 대한 열의는 대단한 것이어서, 꾸준히 후학을 양성했다. 대표적인 불교학자
장원규, 이종익, 서경보 등이 그에게 불교학을 사사 받았던 인물이다. 장원규는 개운사 대원암에서,
이종익은 금강산 유점사에서, 서경보는 서울 개운사에서 박한영으로부터 불교학을 이수받았다. 이
사실은 박한영의 인재양성에 대한 열의를 엿볼 수 있는 동시에, 불교계에서의 그의 위상을 짐작할
수 있게 한다.(동대백년사편찬위원회 편, 『동국대학교 백년사II: 백년의 숲 · 학술문화사』, 동국대학
교, 2007, 89~90쪽.)

8) 동대백년사편찬위원회 편, 『동국대학교 백년사I: 백년의 길 · 역사』, 동국대학교, 2006, XII쪽.

9) 그가 혜화전문의 교재로 활용하기 위해서 저술한 대표적인 책은 다음과 같다. 『계학약전(戒學約詮)』
(1926)은 계정학(戒定學) 삼학(三學) 중의 계율학(戒律學)에 대한 내용을 담고 있는데, 이는 1926년 중앙
불전의 교육교재로 사용되었다. 『불교사람요(佛敎史攬要)』(1930년대)는 불교사의 요점만을 추린 것으로
역시 중앙불전의 교재로 쓰기 위해서 편찬된 것으로 보인다. 『대승백법(大乘百法) · 팔식규구(八識規矩)』
(1931)는 유식학 논서 『대승백법명문』과 『팔식규구』를 합본하여 회석 현토한 것인데, 이들은 중앙학림 예과
교과과정의 교재로 사용되었다. 그리고 『정선염송급설화(精選拈頌及說話)』(1932)는 그가 대원암 강원에서
교재로 사용하기 위해 편찬한 것인데, 중앙불전에서 유식학, 선문염송 과목의 교재로 사용되었을 것으로 추
정된다.(동국대학교 불교문화연구원 편, 『근대 동아시아의 불교학』, 동국대 출판부, 2008, 61~69쪽.)

이처럼 그는 교육 및 교재 편찬, 그리고 행정가로서의 활동을 통해서 혜화전문의 교수진 및 학생들에게 막강한 영향력을 행사할 수 있었던 것이다.

반면 한용운은 학교 내외의 다양한 조직을 결성함으로써 종교운동 및 항일운동을 전개했다. 그는 중앙학림의 강사로서 후학들을 양성하기도 했지만, 주로 교우회(동창회) 활동, 불교청년운동, 비밀결사의 결성을 통해서 보다 진보적이고, 민족주의적인 조직을 이끌었다. 그는 1918년에 혜화전문의 동창회 모임인 일심회의 초대 회장, 1924년에 조선불교청년회의 회장, 그리고 1930년에는 김법린, 최범술, 조학유, 김상호, 이용조 등이 조직한 비밀결사 만당卍黨의 실질적인 영수이기도 했다. 이러한 활동 방식은 그가 3·1 운동 당시 33인의 민족대표를 선정하고, 거사 일정의 조정 및 독립선언서의 준비 등의 실무를 담당했을 만큼[10] 투철한 항일의식과 강력한 리더십을 겸비한 인물이었다는 사실에서 비롯된 것으로 볼 수 있다.

위와 같이 박한영과 한용운은 혜화전문을 이끌었던 민족주의 진영의 실질적인 지도자로서 혜화전문 출신들에게 막강한 영향력을 행사하고 있었다. 그러므로 범부를 매개로 하여 이루어진 이들과의 교류는 김동리가 짧은 시간 안에 혜화전문 출신들 및 이들과 협력관계에 있는 인물들로 이루어진 막강한 인맥을 형성하고, 문학가로서의 입지를 확보해 나가는 데 있어서 핵심적인 요인으로 작용했다고 볼 수 있다. 이는 김동리가 식민지 시기 최고의 동양학자이자, 애국지사로서 존경받고 있었던 범부, 불교계

---

10) 임혜봉, 『일제하 불교계의 항일운동』, 민족사, 2001, 131~133쪽.

의 대표적인 학승으로서 혜화전문의 교육 및 행정에 절대적인 영향을 끼치고 있었던 박한영, 그리고 식민지 시기 독립투사이자 문학가로서 전국적인 존경을 받고 있었던 한용운 등, 당대 조선의 대표적인 민족주의자들의 영향력 하에서 우익 문학가로서 성장해 갔다는 것을 의미한다.

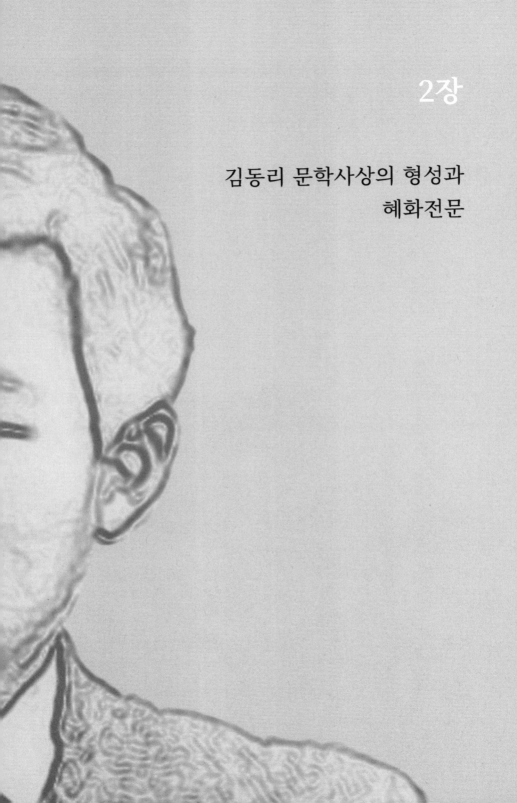

2장

김동리 문학사상의 형성과
혜화전문

김동리의 수많은 수필과 평론을 통해서 알 수 있듯이, 그의 문학사상의 핵심은 '구경적究竟的 생의 형식'이다. 이러한 문학사상은 그가 1935년 소설 부문으로 등단한 후 대략 10여 년에 걸쳐서 형성된 것으로 볼 수 있다. 1934년『조선일보』신춘문예에 시「백로」의 입선을 시작으로, 1935년『조선중앙일보』에「화랑의 후예」가, 1936년에는『동아일보』에「산화」가 각각 당선된다. 그즈음 그는 범부, 박한영, 한용운 등 민족주의자들의 집결지였던 다솔사와 해인사에서 생활하기도 하고, 다솔사의 포교당(광명학원)에서 교사생활(1937~1941)을 하면서, 혜화전문 출신의 대표적인 문학가 서정주, 함형수, 김달진, 조연현, 최인욱, 이주홍, 김종택과 독립운동가 김법린, 최범술 등 수많은 인사들과 교류하게 된다. 이 과정에서 김동리는 '구경적 생의 형식'이라는 독특한 문학사상을 형성하게 되는데, 이러한 문학사상이 지닌 이념적 정당성과 혜화전문 출신들로 이루어진 거대한 인맥은 해방 이후 그가 우익문학가로서 입지를 확보하는 데 결정적인 요인으로 기능하게 된다.

1. 혜화전문의 설립이념과 동양문학의 전문교육

김동리 문학사상과 혜화전문 출신들의 연관성을 고찰하기 위해서는 혜화전문의 구체적인 학제 및 교과과정(정규교과과정+비정규교과과정)과 이를 담당하고 있었던 교수·강사의 특수성에 대해서 분석해 볼 필요가 있다. 그 이유는 김동리와 교류했던 혜화전문 출신들이 주로 전문 문학인의 양성이라는 학교의 교육이념을 수립하는 데 직접적인 영향을 끼쳤던 인물들이었거나, 이러한 교육이념에 의해서 정책적으로 양성된 인물들이었기 때문이다. 이러한 특수한 상황에 의해서, 혜화전문 출신들은 학교의 교육정책에 부응하는 일정한 문학적 경향을 보여주게 되는데, 이는 그들의 문학이 근본적으로 동양적 미를 추구한다는 것이다.

그러므로 학교의 교육정책이 반영되었던 구체적인 교과과정과 이를 담당했던 교수·강사의 특수성, 그리고 이로부터 창조된 문학전통이 김동리 문학사상에 영향을 주게 되는 경로를 추적하는 것은 혜화전문 출신들의 문학사상과 김동리 문학사상의 연관성을 규명하기 위한 선행 작업으로 볼 수 있다.

1) 혜화전문의 학제 및 교과과정의 특수성

혜화전문의 근본적인 설립목적은 승려들의 근대적인 교육과 신학문을 교육함으로써 새로운 시대를 선도할 수 있는 지식과 덕성을 갖춘 포교사를 양성하기 위한 것이었다. 이로 인해 혜화전문의 기원이 되는 명진학교(1906~1910)의 교과과정은 약 70%가 신학문의 기초과목으로 구성되어 있었다.[11] 이러한 교과편성은 이후 명진학교가 불교사범학교(1910~1914), 불교고등강숙(1914~1915), 불교중앙학림(1915~1928), 불교전수학교(1928~1930)로 교명이 변경되고, 학제가 재정비되는 과정에서도 유사하게 유지된다. 그러던 중 혜화전문이 단순한 근대식 불교전문교육기관으로서의 성격에서 벗어나 본격적인 근대고등교육기관으로 거듭나게 된 것은 중앙불교전문학교(1930~1940)부터이다.

중앙불교전문학교는 일제 총독부로부터 정식으로 인가 받은 고등전문학교로서 불교학 및 동양문학에 대한 전문교육을 실시하기 위해 설립된 것이다. 이에 따라 중앙불교전문학교는 문과 중심의 단과 교수 체계를 갖추고 있었고, 한국 문화의 토대가 되는 불교학을 기반으로 하여 한국문학과 동양문학, 동양철학과 사상, 사회과학 분야까지 다양한 교과과목

11) 명진학교의 학제는 2년 과정이었으며, 입학자의 학력에 따라 필요한 학문을 배울 수 있도록 3개월에서 1년까지의 보조과 단기과정을 부설하였다. 당시 편성된 교과목은 1학년 1학기에 〈삼부경〉 등 11과목이었는데, 이중 신학문과 관련된 교과목은 1학년 과정에 〈지리〉, 〈산술〉, 〈이과〉, 〈역사〉, 〈주산〉, 〈도화〉, 〈수공〉, 〈체조〉, 〈농업초보〉, 〈일어〉 등이 있었다. 그리고 2학기에는 〈능가경〉 등 11과목이 편성되었다. 2학년 과정에도 〈화엄경〉과 〈전등록〉을 비롯하여 〈측량학〉, 〈산술〉, 〈종교역사〉, 〈체조〉, 〈법제대요〉, 〈일어〉, 〈철학〉, 〈철학사〉 등이 편성되었다.(동국백년사편찬위원회 편, 『동국대학교 백년사: 백년의 길·역사』, 동국대학교, 2006, 70쪽.)

을 개설하고 있었다. 이러한 교과편제는 혜화전문이 조선 불교계의 인재양성 이외에 조선의 청년 문학가들을 전문적으로 양성할 수 있는 요람으로서 새롭게 기능하게 되었다는 것을 의미한다.

이 학교의 학제는 본과, 특과, 선과를 두었는데, 수업 연한은 각 3년이다. 각 학년별 정원이 50명으로 전 학년의 총 정원은 150명이었다. 본과는 고등보통학교 또는 중학교를 졸업했거나, 전문학교 입학자 검정 규정의 시험에 합격한 자, 전문학교 입학자 검정 규정에 의한 지정학교를 졸업한 자로 하였다. 특과는 입학지원자의 자격을 갖추지 못했다 하더라도 학교에서 국어, 수학, 동양사, 한문의 검정시험을 실시하여 수학능력이 있다고 판단될 경우 입학을 허용하였다. 특과는 본과와 동일한 교과과정을 이수하되, 영어만은 선택과목으로 하였다. 그리고 선과는 승려로서 중앙불교전문학교의 학과과정 중 불교 과목의 이수를 원하는 자에게 허가하였다. 이러한 학제의 개편은 승려의 양성보다는 동양문학의 전문교육을 통해 인재를 양성하고자 하는 의도가 반영된 것으로 볼 수 있다.

여기서 중요한 점은 중앙불교전문학교의 새로운 교육이념의 수립과 이에 따른 학제의 개편이 일제로부터 고등전문학교로 인가를 받기 위한 학교 당국의 불가피한 선택이기도 했지만, 근본적으로 당시 중앙불교전문학교의 교장(1932~1938)이었던 박한영의 교육이념과 문학사상이 반영되어 있었다는 사실이다. 박한영은 조선 불교계의 최고 지도자로서 한용운과 더불어 불교개혁 운동을 전개한 진보적 불교사상가였으며, 평생을 후학의 교육에 헌신한 교육가였고, 유명

문사들의 모임인 육자시단의 한 일원으로서 3천 수의 한시를 창작할 만큼 뛰어난 시인이기도 했다.[12] 이러한 불교사상가, 교육가, 동양문학가로서의 적극적인 활동을 통해서, 그는 사회 각계각층의 저명한 인사들과 중앙불교전문학교의 교수·강사 및 학생들의 폭넓은 존경을 받고 있었다.[13] 이로 인해 그는 중앙불교전문학교의 학제와 교육과정에 자신의 교육이념과 문학사상을 적극적으로 반영할 수 있었던 것이다.

이 학교의 학년별 교과과정을 구체적으로 살펴보면, 박한영이 지향하는 교육이념과 문학사상이 명확하게 드러난다.

---

12) 김종관, 「석전 박한영 선생 행략」, 『전라문화연구』 제3집, 1988. 12. 50쪽.

13) 박한영은 언론계, 예술계, 학계의 저명한 인사들은 물론이고, 의식 있는 일본인들의 존경까지 받고 있었다. 그를 스승으로서 존경하며, 교류했던 대표적인 인물로는 당대 최고의 문장가라고 할 수 있는 위당 정인보, 육당 최남선, 이광수 등이 있다. 또한 그는 김동리, 홍종인, 안오성, 모윤숙, 고희동, 조각가 김복진, 관재 이도영, 금석 대가 오세창 등과 교류하였으며, 청담, 운허, 서정주, 신석정 등은 그의 제자였다.(운성, 「나의 대원강원 시절」, 『불광』, 1981.9.~1982.4. 또는 윤재웅, 「서정주 번역 『석전 박한영 한시집』(2006)에 대하여」, 『한국문학연구』 32, 동국대 한국문학연구소, 2007. 6. 395~396쪽.)

표1. 학년별 교과과정 및 시수

교과목 \ 학년		제1학년	수업 시수	제2학년	수업 시수	제3학년	수업 시수
불교학	종승	(불조3경)조계종지	2	(금강경)조계종지	2	(염송)조계종지	2
		(기신론)화엄종지	2	(화엄경)화엄종지	2	(화엄경)화엄종지	2
	여승	불교개론	2	구사학	2	유식학	2
		각종 강요	2	각종 강요	1	불교서사학	1
				인명학	2	불교미술	1
불교사		인도지나불교사	2	조선불교사	2	일본불교사	2
종교학 및 종교사		조선종교사	1	종교학개론	2		
종교학 및 윤리사		국민도덕, 윤리학개론	2,2	동양윤리사	2	서양윤리사	2
철학 및 철학사		논리학, 심리학	2,2	철학개론	2	인도철학사	2
		자연과학개론	1	지나철학사	2	서양철학사	2
교육학 및 교육사				교육학개론	2	교육사 및 교수법	3
법제 및 경제		법제 및 경제	2				
사회학				사회학개론	2	사회문제 및 사회사업	2
한문 및 조선문학		한문강독, 조선어학	2,2	조선문학강독,조선문학사	2,2	조선문학강독, 조선유학사	2,2
국어 및 국문학		국어강독	2	국어강독	2	국문학	2
영어		영어	2	영어	2	영어	2
음악		음악	1				
체조		체조	1	체조	1	체조	1
합계			32		32		30

(『중앙불교전문학교 일람』, 1930. 6. 2~3쪽.)

　1학년 교과목은 총 11개 영역의 18과목이 개설되어 있었다. 구체적으로 살펴보면, 불교학(〈조계종지〉, 〈화엄종지〉, 〈불교개론〉, 〈각종 강요〉 등 4과목), 불교사(〈인도지나불교사〉 등 1과목), 종교학 및 종교사(〈조선종교사〉 등 1과목), 종교학 및 윤리사(〈국민도덕〉, 〈윤리학개론〉 등 2과목), 철학 및 철학사(〈논리학〉, 〈심리학〉, 〈자연과학개론〉 등 3과목), 법제 및 경제 (〈법제 및 경제〉 등 1과목), 한문 및 국문학(〈국어강독〉 등 1과목), 교양과목(〈영어〉, 〈음악〉, 〈체조〉 등 3과목) 등이 개설되어 있었다. 이러한 교과과정의 편제는 2학년과 3학년도 동일하며, 다만 불교학 영역의 〈인명학〉, 〈불교미술〉, 그리고 사회학 영역의 〈사회학개론〉, 〈사회문제 및 사회사업〉 과목이 첨가되어 있을 뿐이다. 즉 중앙불교전문학교의 교과목은 전체 교과목 중 불교학 관련 교과목이 대략 30% 정도를 차지하고 있었고, 대부분의 교과목은 동양문학 교육과 관련된 과목 및 교양과목으로 구성되어 있었다. 그러나 불교학 관련 교과목 역시 동양문학을 창작하는 데 있어서 핵심적인 사상적 토대가 된다는 측면에서, 대부분의 교과목이 전문적인 동양(조선)문학과 동양사상의 교육에 중점을 두고 편성되었다는 사실을 알 수 있다.

이러한 독특한 교과편제는 학생들에게 동양적 문학을 창작하기 위한 기본적인 소양을 제공해 주었고, 이로 인해 당시 문단의 기성 문학가들과 변별되는 학생 문인들이 상당수 배출될 수 있었다. 최금동과 이태우는 각각 제1회 동아일보 시나리오 현상모집과 1936년 조선일보 신춘문예의 평론 부문에 당선되었다. 9회 졸업생인 김달진은 『시원』지에 「목단」을 발표하였으며, 1940년에는 시집 『청시』를 상재함으로써 주목받는 시인으로 성장하게 된다. 또한 서정주는 1936년 같은 학교 출신의 김달진, 함형수와 타교 출신인 김동리, 오장환, 김광균 등과 더불어 동인지 『시인부락』을 창간하여 활동하였다. 이외에도 조지훈, 신상보, 시조시인 김어수와 나운향, 그리고 백만기, 손상현, 오화룡, 오하동, 장상봉 등의 활약이 두드러졌다.[14]

---

14) 동대백년사편찬위원회 편, 앞의 책, 158~159쪽.

이러한 문학적 성과를 통해서 알 수 있는 것은 학생 문인들이 각기 자신만의 독특한 개성을 견지하고 있을지라도, 사상적인 측면에서는 불교 및 동양사상에 근본적인 토대를 두고 있었고, 다양한 문학 장르 중에서 특히 (국문)시의 창작에 집중하고 있었다는 사실이다. 이러한 문학적 경향은 학생 문인들이 동양사상과 동양문학에 대한 전문적인 교육을 받은 인물들이었고, 문학의 여러 장르 중에서도 (국문)시가 동양사상을 형상화하는 데 가장 적절한 장르라는 인식에서 비롯된 것으로 볼 수 있다. 그리고 근본적으로는 불교사상가이자, 문학가로서 3천 수의 한시를 창작했으며, 중앙불교전문학교의 학제와 교과과정의 개편에 적극적으로 개입했던 박한영의 사상과 문학관이 반영된 결과라고 볼 수 있다.

그렇다면 이러한 중앙불교전문학교의 문학 전통이 어떠한 경로를 통해서 김동리 문학사상에 영향을 주었던 것일까? 김동리는 당시 중앙불교전문학교에 재학 중인 학생 문인들과 동인지 『시인부락』(1936)을 발행하는 등 그들과 문학적으로 폭넓게 교류하고 있었다. 이 과정에서 이 학교 출신의 문인들이 김동리의 문학사상에 직, 간접적인 영향을 주었다고 볼 수 있다.

그러나 그의 문학사상에 결정적인 영향을 주었던 인물은 서정주와 박한영이다. 서정주는 평생 동안 김동리와 문학가로서의 길을 함께 했던 인물이다. 그는 중앙불교전문학교에서 1년 동안 수학했는데, 이는 박한영의 적극적인 천거에 의한 것이었다. 서정주는 19세에 박한영의 제자로서 불교학을 사사받았으며, 그의 인도로 시인의 길로 접어들었던 인물이다.[15] 이러한 측

---

15) 윤재웅, 「서정주 번역 『석전 박한영 한시집』(2006)에 대하여」, 『한국문학연구』 32, 동국대 한국문학연구소, 2007. 6. 참조할 것.

면에서, 서정주가 중앙불교전문학교의 교육이념에 부합하는 문학을 창작했던 것은 어쩌면 너무나 자연스러운 결과라고 볼 수 있다. 그의 문학적 토대를 형성하고 있는 불교적 세계관, 동양적 자연관은 중앙불교전문학교 출신의 문학에서 나타나는 공통적인 특성이다. 이처럼 서정주는 중앙불교전문학교의 문학적 전통의 중심에 서 있었던 인물이며, 박한영의 문학사상을 이어받은 대표적인 적자였다고 볼 수 있다. 김동리와 서정주가 평생 동안 문학적 동지였다는 측면에서, 중앙불교전문학교의 문학적 전통은 서정주를 매개로 하여 김동리에게 영향을 주었다고 볼 수 있다.

박한영 역시 김동리 문학사상에 많은 영향을 주었던 인물이다. 김동리는 1934년 대원암에서 박한영으로부터 불교학을 사사받게 된다.[16] 이것이 가능했던 이유는 박한영이 원래 범부와 친분을 가지고 있었고, 서정주가 그의 제자였기 때문이다. 이처럼 스승과 제자로서 시작된 박한영과 김동리의 유대는 1948년 박한영이 사망하기 이전까지 긴밀하게 지속된다. 김동리는 민족주의자들이 일제의 탄압을 피하기 위해 모여들었던 다솔사와 해인사에서 박한영과 생활하기도 하였으며, 다솔사의 포교당(광명학원, 1937~1941)에서 교사로 생활하기도 하였다. 이러한 전력은 김동리가 박한영의 불교사상과 문학사상을 누구보다 가까이서 접하고, 이를 자신만의 독특한 문학사상으로 발전시킬 수 있는 중요한 기회를 제공해 주었다고 볼 수 있다. 이러한 측면에서 김동리는 정식으로 중앙불교전문학교

---

16) 김동리, 「대법(大法)·대덕(大德)」, 『밥과 사랑과 그리고 영원』, 사사연, 1985, 38쪽.

에서 수학했던 문학가들보다 오히려 이 학교가 추구하는 교육이념에 부합되는 최고의 교육을 받았던 인물로 평가할 수 있다. 왜냐하면 중앙불교전문학교의 실질적인 지도자가 박한영이였고, 이 학교의 학제 및 교과과정은 박한영의 교육이념과 문학사상을 적극적으로 반영한 것이었기 때문이다.

2) 혜화전문 교수 · 강사의 특수성

중앙불교전문학교는 불교학과 동양문학의 전문교육이라는 설립이념에 따라서 문과교육, 특히 인문학 교육에 중점을 두어 교과과정을 편성했다. 그리고 조선의 조계종이 설립한 불교교육기관이라는 특성상 정규 교과과정 이외에도, 교내외에서 비정규적인 불교 강연회와 조계종 산하 부속 강원에서 개설되는 다양한 학술강좌를 개설하고 있었다. 이러한 비정규교과과정의 개설은 학생들에게 정규 교과과정이 지니고 있는 제한성과 엄격성에서 벗어나 저명한 동양철학자, 문학가, 정치가들과 자유롭게 교류할 수 있는 기회를 제공해 주었고, 이는 학생들이 기존의 문학적 경향과는 변별되는 독특한 문학(사상)을 창조할 수 있었던 중요한 요인으로 작용하였다고 볼 수 있다.

표2. 중앙불교전문학교의 교과목 및 담당교수

교과목	직명	학위	성명	비고
금강경	학교장	대교사(大敎師)	宋宗憲	
구사학/인명학/화엄학/조선불교사	교수	대교사(大敎師)	金映遂	
각종강요/일본불교사/불교서사학/불교미술/인도철학사	교수	문학사(文學士)	江田俊雄	
한문학/조선문학/조선유학사	교수		卞榮晚	
윤리학 및 윤리사/논리학	교수	문학사(文學士)	金斗憲	
염송/유식학	강사	대교사(大敎師)	朴漢永	불교전문강원 강사
인도지나불교사	강사	문학사(文學士)	徐元出	
기신론/각종 강요	강사	문학사(文學士)	朴昌斗	
조선종교사/조선어학	강사		崔南善	조선사편수회 위원
종교학개론	강사	문학박사(文學博士)	赤松智城	성대교수(城大敎授)
심리학	강사	문학사(文學士)	天野利武	성대조수(城大助手)
불교학/철학개론/자연과학개론/서양철학사/영어	강사	문학사(文學士)	朴東一	
지나철학사	강사	문학사(文學士)	瀨尾精政	
교육학개론	강사	문학사(文學士)	裵相河	이화여대 교수
교수법	강사	문학사(文學士)	韓基駿	
법제	강사		白允和	경성복심법원 판사
경제	강사	상학사(商學士)	金洸鎭	성대조수(城大助手)
사회학개론	강사	문학사(文學士)	秋葉隆	성대교수(城大敎授)
사회문제 및 사회사업	강사	일본종교학사(日本宗敎學士)	金泰洽	
조선문화사	강사	문학사(文學士)	成樂緖	
국어	강사	문학사(文學士)	末永隆定	
국문학	강사	문학사(文學士)	咸秉業	
영어	강사	철학사(哲學士)	白象圭	보성전문학교 교수
영어	강사	문학사(文學士)	崔鳳守	
음악	강사		李尙俊	
체조	강사		李熙祥	

(『중앙불교전문학교 일람』, 1930. 6. 31~32쪽.)

먼저 정규 교과과정을 담당했던 교수·강사의 구성과 이들의 특성에 대해 정리하면 다음과 같다. 1930년 개교할 당시 중앙불교전문학교의 교수 · 강사는 총 26명이었고, 주로 한국인이었다. 이들은 주로 근대적인 인문학 교육을 받은 인재들로 구성되어 있었다. 이들의 최종 학위는 대교사 3명, 문학박사 1명, 문학사 14명, 상학사 1명, 철학사 1명, 일본종교사 1명, 그리고 학위가 없는 경우가 5명이다. 이를 통해서, 교수 · 강사가 주로 근대식 교육기관에서 다양한 인문학 교과목과 교양과목을 이수한 문학사/문학박사, 종교학사, 철학사 학위를 지닌 인물들로 구성되어 있었으며, 특히 문학사 학위를 지닌 이들이 압도적으로 많았다는 사실을 알 수 있다. 이는 중앙불교전문학교가 동양문학의 전문적인 교육을 실시하기 위해 근대 사상과 문학에 대한 해박한 지식을 소유하고 있는 교수 · 강사를 집중적으로 영입했다는 것을 의미한다.[17]

그리고 중앙불교전문학교 교수 · 강사의 소속을 살펴보면, 외부의 유명 교수 및 강사가 다수 포진되어 있다는 사실을 알 수 있다. 조계종 산하 강원의 유명강사, 외부의 유명대학(성대, 이대, 보성전문 등)의 교수 · 강사, 그리고 각 분야별 저명인사들(조선사편수회 위원, 경성복심법원 판사 등)이 다수 강의에 참여하고 있었다. 특히 학교 설립 초기 조선사편수회 위원으로 활동하고 있었던 최남선[18]과 소설 『임꺽정』(1928~1940)으로 유명세를 타고 있었던 홍명희가 강사로 초빙된 것은 이러한 학교정책의 결과라고 볼

---

17) 이는 혜화전문의 전신에 해당하는 명진학교, 불교사범학교, 불교중앙학림 등이 〈산술〉, 〈지리〉, 〈생물〉, 〈물리〉, 〈화학〉, 〈주산〉, 〈측량〉, 〈농업〉 등과 같은 교과목을 개설했었다는 사실과 대조되는 사실이다.

18) 최남선은 1930년 중앙불교전문학교가 개교할 당시 교가를 직접 작사하기도 했었다.

수 있다.

한편 이 학교의 비정규 교과목을 담당했었던 교수·강사의 특수성을 살펴보기 위해서는 교내외에서 활발하게 개최되었던 불교 강연회의 성격을 분석해 볼 필요가 있다. 이 학교의 중요한 특징 중의 하나는 다양한 불교 강연회의 개최를 통해서 학생들과 일반 대중들을 교화시키고, 민족의식을 함양시키기 위해 노력했다는 것이다. 이는 당시 조선이 일제의 식민지였었고, 이로 인해 불교의 대중화 운동이 민족주의적인 성격을 띨 수밖에 없었다는 사실과 밀접한 연관성을 갖고 있다.

다음 38쪽의 표3은 1928~1929년 동안 교내외에서 개최된 불교 강연회의 내용과 강사진을 기록한 것이다.

표3. 1928∼1929년의 주요 불교 강연회

일자			연사	주제	장소
1928년	5월	26일	김영수	석존의 입신(立身)	각황사
			김중세	바라밀다심경	
	6월	5일	김중세	무명(無明)과 진여(眞如)	교내
		30일	김법린	파리소감	
			주동훈	제일의(第一義)	
			박영희	사람답게 '살자	
			강유문	귀거래(歸去來)	
	12월	10일	한용운	심(心).의(義).식(識)	교내
1929년	1월	27일	황의돈	역경계(譯經界)의 위대2인	천도교회관
			김영수	정신생활의 안정법	
			윤치충	결핵병에 대하여	
			권덕규	조선어에 대하여	
	2월	21일	手島文會	조선불교의 장래	교내
	6월	19일	忽滑谷快天	뇌수(腦髓)의 구조와 인격	교내
	11월	25일	한용운	조선불교현황	
	12월	4일	서춘	학설의 역사적 방면에 대하여	천도교회관
			김법린	개인의식과 사회의식의 차이	
			이인	생활의 합리화	

(동대백년사편찬위원회 편, 『동국대학교 백년사 I : 백년의 길 · 역사』, 동국대학교, 2006, 131쪽.)[19]

먼저 불교강연회의 전체적인 내용을 정리해 보면 다음과 같다. 1928∼
1929년 사이에 총 9회의 강연회가 개최되었는데, 이 강연회들은 불교사
상과 관련된 강연이 9개(〈석존의 입신〉, 〈바라밀다심경〉, 〈무명과 진여〉, 〈제일
의〉, 〈귀거래〉, 〈심 · 의 · 식〉, 〈역경계의 위대2인〉, 〈조선불교의 장래〉, 〈조선불교
현황〉), 교양 관련 강연이 5개(〈파리소감〉, 〈사람답게 살자〉, 〈정신생활의 안정
법〉, 〈개인의식과 사회의식의 차이〉, 〈생활의 합리화〉), 의학상식 강연이 2개(〈결

---

19) 중앙불교전문학교가 운영되던 시기는 일제의 대륙 진출이 본격적으로 시작되는 시기와 겹쳐 있
다. 특히 1935년부터 불교 강연회와 지방순회 강연은 일제의 집중적인 통제 대상이 되면서 고유한
강연회로서의 성격을 잃게 된다. 그러므로 이 글에서는 중앙불교전문학교가 설립되기 바로 직전인
1928∼1929년 동안에 개최된 불교강연회의 기록을 토대로 강사진의 특성을 고찰하고자 하였다.

핵병에 대하여〉, 〈뇌수의 구조와 인격〉), 어학/문학 강연이 1개(〈조선어에 대하여〉) 등 총 17개의 강연으로 기획되어 있었다. 표면적으로 볼 때, 불교사상 관련 강연이 주를 이루면서도 교양 관련 강연이 다수 포함되어 있다는 점에서, 이러한 기획들은 불교강연회라는 취지에 완전히 부합된다고 볼 수 있다.

그러나 강사진의 성격을 고려해 본다면, 이러한 불교강연회가 전혀 다른 취지로 기획되었다는 사실을 알 수 있다. 전체 14명의 강사진 중 특히 한용운, 김법린, 박영희, 황의돈[20], 권덕규[21], 이인[22] 등은 평생 동안 각기 자신의 분야에서 적극적인 항일운동을 전개했던 인물들이다. 이러한 측면에서 불교강연회가 불교의 포교보다는 민족의식의 고취에 초점이 맞춰져 있었다고 볼 수 있다. 이것이 가능했던 것은 불교강연회가 정규 교과과정과는 달리 다양한 강연으로 기획될 수 있었고, 일제의 감시와 통제의

---

20) 황의돈은 전통적인 유학 가문에서 태어나 한학에 대한 해박한 지식을 소유했던 인물이다. 1911년 안창호가 설립한 대성학교에서 국사교육을 맡았으며, 1913년에는 고향으로 돌아와 청년들에게 국사를 강의하기도 하였다. 1916년 YMCA 강당에서 국사 강연을 한 것이 문제가 되어 일본 경찰에 체포되었고, 이로 인해 휘문의숙의 교사직에서 파면되기도 하였다. 이후 그는 1920년부터 대략 20년 동안 보선고등보통학교에서 국사와 한문을 강의하였다. 이처럼 그가 식민지 시기 동안 국사교육에 전념했던 것은 조선인에게 민족의식과 독립사상을 고취하기 위한 것이었다.(한국민족문화대백과 참조.)

21) 권덕규는 1919년 3·1운동 당시 장지연, 이인 등과 같이 활동하였으며, 1936년부터 약 1년간 한글학회에서 『큰 사전』 편찬에 참여하였다. 또한 그는 1944년 조선어학회 사건으로 함흥형무소에 투옥되기도 하였다.(두산백과 참조.)

22) 이인은 당시 조선에 몇 안 되는 변호사로서 항일독립투쟁사에 길이 남을 만한 큰 사건들을 거의 변론하였다. 수원고농사건 변호 때에는 법정불온변론문제로 변호사정직처분을 받기도 하였으며, 언론탄압반대연설회 등으로 여러 차례 유치장 신세를 지기도 하였고, 조선어학회 사건 때는 4년 동안 옥고를 치르기도 하였다. 그가 담당했던 대표적인 사건 중에는 의열단 사건, 광주학생 사건, 안창호 사건, 수양동우회 사건, 각종 필화 사건, 수원고농 사건, 6·10만세 사건, 경성제대학생 사건, 만보산 사건 등이 있다.(한국민족문화대백과 참조.)

시선에서 벗어나 사회적으로 유명한 독립지사 등을 초빙할 수 있었다는 사실에서 비롯된 것으로 볼 수 있다.

이처럼 혜화전문의 정규 교과과정과 비정규 교과과정을 담당하고 있었던 교수·강사는 대체로 인문학에 대한 전문적인 지식과 투철한 민족의식을 겸비한 인물들이었다. 이들 중에서도 특히 정규 교과과정에서 〈조계종지〉, 〈계율학〉, 〈염송〉, 〈유식학〉 등을 담당했었던 박한영, 비정규 교과과정으로 볼 수 있는 각종 강연에서 강사로 활동했었던 한용운은 혜화전문의 민족주의적 문학전통이 형성되는 데 있어서 가장 핵심적인 역할을 담당했던 인물로 볼 수 있다. 그리고 범부 역시 박한영, 한용운과의 오랜 동안의 유대관계를 바탕으로 혜화전문에서 꾸준히 강사로 활동했었다는 측면에서, 혜화전문의 문학전통이 형성되는 데 이바지했던 인물로 평가할 수 있을 것이다. 즉 범부 역시 혜화전문의 영역에 속한 인물로 볼 수 있다.

이러한 혜화전문의 문학전통은 자연스럽게 김동리의 문학사상으로 연결되는데, 범부와 박한영은 물론이고, 한용운 역시 김동리에게 사상적, 문학적 측면에서 상당한 영향을 끼쳤던 인물로 볼 수 있다. 김동리는 1938년 범부가 일제의 탄압을 피하기 위해 은거하고 있었던 다솔사에서 한용운을 처음 만나게 된다. 그리고 이때 만해에게 들었던 중국 고승전의 소신공양 이야기는 이후 「등신불」(1961)이라는 단편소설로 쓰여지기도 한다.[23] 이는 단순히 김동리 문학이 한용운의 불교사상의 영향을 받았다는 사실을

___

23) 김동리, 「만해 선생과 「등신불」」, 『나를 찾아서』 김동리 전집8, 1997, 179~184쪽.

입증해 주는 것만은 아니다. 한용운이 혜화전문 내에서 지닌 불교사상가, 독립지사, 문학가로서의 위상을 고려해 볼 때, 한용운의 사상이 김동리 문학에 영향을 주었다는 것은 곧 혜화전문의 문학적 전통이 김동리 문학에 이식되었다는 것을 의미한다.

2. 혜화전문의 민족주의적 전통과 동양적 미의 추구

혜화전문의 문학적 전통이 지닌 중요한 특징 중의 하나는 종교, 민족, 문학을 동일선상에서 파악한다는 것이다. 이러한 특징은 혜화전문의 설립목적이 기본적으로 불교계를 이끌어 갈 우수한 인재를 양성하기 위한 것이었지만, 식민지 시기 혜화전문이 항일 운동을 이끄는 실질적인 주체로서 기능하고 있었고, 문학 활동 역시 항일운동의 일환이라는 인식에서 기인된 것으로 볼 수 있다. 이러한 민족주의적 전통은 종교(불교) 활동, 구국 활동, 그리고 문학 활동을 유기적으로 결합시키는 근본적인 요인이다.

이로 인해 혜화전문의 문학전통은 동양적(조선적)인 미를 추구하는 경향을 보여주게 되는데, 이는 일제(서양)와 변별되는 조선적(동양적)인 전통의 탐구와 복권을 통해서 일본(서양)을 극복하기 위한 것이었다. 이러한 측면에서 동양적(조선적) 미에 대한 추구는 근본적으로 민족주의적 열망에 기초하고 있다고 볼 수 있다. 그러나 조선적인 전통을 탐구하기 위해 상고성(원시성)으로 회귀하는 방식은 오히려 개인과 개인, 민족과 민족, 국가와 국가의 경계(분리)를 무화시키고, 조선의 식민지적 현실을 소거함에 의해서 일제의 식민지 전략에 일정하게 조응될 수 있는 가능성을 내포하고 있었다. 이러한 모순은 유사한 문학적 경향을 띠고 있었던 김동리 문학에서도 동일하게 나타난다.

1) 종교, 민족, 문학의 유기적 결합

혜화전문 학생들은 불교학과 동양문학의 전문교육이라는 학교의 교육 이념에 걸맞게 주로 동양적인 세계관을 기반으로 한 문학작품들을 발표했다. 이들이 문학작품을 발표한 주요 매체는 교우회지 『일광』(1928~1940), 학생회가 간행한 『룸비니』(1937~1940), 그리고 동인지 『시인부락』(1936)과 『백지』(1939~1939) 등이다. 이들 매체들은 서정주, 김달진, 함형수, 신석정, 오화룡, 김어수, 최금동, 이태우, 최익연, 신상보, 장양봉, 김석준, 장성진, 김해진, 김용태 등과 같은 뛰어난 문학인들이 적극적으로 활동할 수 있는 자유로운 장을 마련해 주었다. 이와 같은 문학인들(재학생+졸업생+중퇴생)의 수는 당시 중앙불교전문학교의 실제 재학생이 50명~100명에 불과했다는 사실에 비추어 볼 때, 엄청난 인원으로 볼 수 있다.[24]

이러한 과도한 문학열은 문학이 종교, 민족과 동일선상에서 논의될 수 있는 대상이라는 인식에서 기인되었다고 볼 수 있다. 즉 이는 일제의 억압적이고, 폭력적인 식민 통치 하에서 민생구제를 위한 종교(불교) 활동, 민족/국가를 위한 구국 활동, 그리고 동양(조선)적인 미를 추구하는 문학

---

24) 전도현, 「식민지 시기 교지의 준문예지적 성격에 대한 일고찰-중앙불전 학생회지 『룸비니』를 대상으로」, 『한국학연구』 29, 고려대 한국학연구소, 2008. 11. 70~74쪽.

활동이 모두 조선인(인간)을 구원하기 위한 것이라는 인식과 밀접한 연관성을 갖고 있다. 그렇다면 문학이 조선인(인간)을 구원할 수 있다는 인식은 어떠한 논리에 기초하고 있는가?

> "創造의精神! 이것은 人類만이갖어진 큰보배이다.
>
> 創造의精神은 人類가人類로써의 高貴한生命을갖게한 原動力이다.
>
> 創造의精神은 人類의게만이주어진 先天的義務이다.
>
> 이 보배를보배답게 이힘을힘답게 이義務를義務답게 信하고 解하고 行하고 證하는 곧에 산 人間이있다. 이것들이 없는곧에서 우리는 人間의숨소리를 들을수없다.
>
> 그러나 人類史의첫페—지부터 끝까지들춰보라 산人間이 몇이나되나! 人類史는 송장의歷史書이다.
>
> 새 世紀의創造者 젊은벗이여! 그대들은 풀욱어진 古塚에서 白骨과亂舞하기를 쉬라.
>
> <u>그리고아즉人類가 손을대지못한 哲學의 世界를 찾어내고 文學의領野를開拓하라 그리하여 새宇宙를創造하야 새인간을登場시켜라.</u>
>
> 그대들은 모름즉이 人類의게 先天的으로 賦與된이 創造의精神을 發揮하라 그 穩全함과같이……"[25]

위의 예문은 중앙불교전문학교 학생회가 발행한 교지 『룸비니』의 권두

---

25) 한병준, 「권두언 : 창조의 정신」, 『룸비니』 제3집, 중앙불교전문학교 학생회, 1939. 1.

언 「창조의 정신」을 인용한 것이다. 이 글은 당시 학생들의 문학에 대한 일반적인 인식을 알 수 있는 자료라는 점에서, 주목할 필요가 있다. 글쓴이는 '창조의 정신'이 인류만이 갖고 있는 큰 보배이자, 인류에게만이 주어진 선천적 의무이며, 인류가 인류로서의 고귀한 생명을 갖게 하는 원동력이라고 주장한다. 그리고 이러한 창조의 정신을 실현함에 의해서, 궁극적으로 인간이 '산 인간(人間)", 즉 인간이 구원될 수 있다고 주장한다. 여기서 중요한 것은 글쓴이가 제시하고 있는 인간을 구원하기 위한 구체적인 방법과 이러한 방법이 지니고 있는 사회적(역사적) 함의이다. 글쓴이는 인간의 구원이 '철학'과 '문학'의 탐구와 개척을 통해서 새로운 우주를 창조하고, 새로운 인간을 등장(창조)시킴에 의해서 실현될 수 있다고 주장한다. 이는 철학과 문학이 현실과 인간을 개혁(창조)할 수 있는 주체가 될 수 있다는 사실을 강조한 것으로 볼 수 있다.

이러한 글쓴이의 주장을 통해서, 두 가지 중요한 사실을 알 수 있다. 첫째, 당시 중앙불교전문학교의 학생들은 문학이 지닌 형이상학적 기능에 대한 절대적인 믿음을 가지고 있었다는 것이다. 불교는 일반적인 종교로서의 성격과 철학(사상)으로서의 성격을 동시에 지니고 있다. 이러한 측면에서 문학과 철학을 동일선상에서 파악한다는 것은 곧 문학을 종교(불교)와 동일선상에서 파악하고 있다는 것을 의미한다. 이는 문학이 지닌 인간 구원의 가능성에 대한 절대적인 믿음에서 비롯된 것으로 볼 수 있다.

둘째, 문학, 종교/철학이 지닌 사회적(역사적) 기능을 강조하고 있다는 것이다. 문학, 종교/철학의 궁극적인 목표가 "새로운 우주의 창조"와 "새로운 인간의 창조(등장)"에 있다는 것은 기존의 현실을 개혁(변혁)할 수 있는 주체로서의 역할을 강조한 것으로 볼 수 있다. 당시 조선이 일제의 식민통치 하에 있었다는 점을 고려해 볼 때, 문학, 종교/철학의 궁극적인 기능이 민족주의적 관점에서 논의되고 있다는 사실을 알 수 있다.

이와 같이 문학, 종교/철학, 그리고 민족(주의)을 유기적으로 연결시키고, 문학을 종교화시키는 논리는 김동리의 문학사상에서도 동일하게 나타난다.

> "……. 그때 내 생각으로는, 文學이란, 사람이 제生命의 究竟意義를 探索하는 事業이려니 하였다. 이렇게 말하면 그것은 何必文學的動機가 아니요, 宗敎的 그것이라고도, 또는 哲學의 形而上學的 그것이라고도 하겠지만, 宗敎나 哲學보다 結局 文學을 取한것은, 文學엔 그러한 思想이 人生 或은 運命을 통하여 具體的으로 形象化(創作)되는것이었고, 그것이 내性格에 大端히 맞었든것이다.……〈중략〉…….
>
> 大槪 人間의 生命과 個性의 究竟을 追求한다함은 보다더 高次的인 人間의 個性과生命의 改造를 意味하는 同時 그것의 創造를 指向하는 精神이기도 한것이다. 前記 二作은 이것의 創造를 試驗한것으로 이제 그二作 중 「巫女圖」한編을 實例로서 分析해 보겠다.…〈중략〉….
>
> 人間의 個性과 生命의 究竟을 追求하여 얻은 한개의 到達點이 이 「毛火」란 새人間型의 創造였고, 이 「毛火」와 同一한 思想的系列에 서는 人物로선 「山祭」의 「太平이」가 그것이다."[26]

---

26) 김동리, 「신세대의 정신-문단〈신생면〉의 성격, 사명, 기타-」, 『문장』, 1940. 5. 82~92쪽.

김동리는 자신의 핵심적인 문학사상인 '구경적 생의 형식'이 '문학', '철학', '종교', '정치(민족/국가)' 등의 다양한 방식을 통해서 실현될 수 있다고 주장한다.[27] 그가 문학을 하게 된 근본적인 동기가 죽음에 대한 공포를 극복하기 위한 것이었다는 사실에서 알 수 있듯이, '구경적 생의 형식'은 신화적 세계관의 소멸, 공동체 의식의 붕괴 등과 같은 근대성의 경험에서 발생하는 죽음에 대한 공포와 소외(고독)를 극복할 수 있는 삶의 방식을 의미한다.[28] 일제의 제국주의에 의한 조선의 침략 역시 근대의 이성 중심적 주체가 자신의 영토를 확장하는 방식, 즉 근대의 이성 중심적 세계관이 발생시킨 모순의 결과[29]라는 측면에서, '구경적 생의 형식'은 근대인의 죽음에 대한 공포와 소외(고독)를 극복할 수 있는 방식이자, 일제의 제국주의를 극복할 수 있는 방식으로 볼 수 있다.

이러한 측면에서 김동리가 '구경적 생의 형식'을 실현할 수 있는 방식으로서 제시한 '문학', '종교/철학', '정치(민족/국가)' 등은 근대성(죽음+소외)을 극복할 수 있는 방식이자, 일제를 극복할 수 있는 방식으로 볼 수 있다. 이러한 논리가 가능한 이유는 김동리 문학 속에서 일제(서양)와 변별되는 조선적인(동양적인) 종교/철학을 통해서 근대성을 극복하는 것이 근대로 상정된 일제(서양)를 극복하는 의미를 지니고 있었기 때문이다. 그러므로 '문학', '종교/철학', '정치(민족/국가)'의 문제는 동일선상에서 논의될

---

27) 김동리, 「문학하는 것에 대한 사고-문학의 내용(사상성)적 기초를 위하여-」, 『백민』, 1948. 3. 44~45쪽.

28) 신정숙, 「김동리 소설의 문학적 상상력 연구」, 연세대 국어국문학과 박사학위 논문, 2012, 17~24쪽.

29) 나병철, 『한국문학의 근대성과 탈근대성』, 문예출판사, 1996, 22~28쪽.

수 있는 문제로 귀결될 수 있었던 것이며, 이로 인해 '문학'과 '정치(민족/국가)'가 '종교/철학'의 영역으로 지속적으로 신비화, 절대화되는 경향이 나타나게 되었던 것이다.

2) 민족/국가에 대한 열망과 동양적 미의 추구

박한영과 한용운은 모두 문학가로서 혜화전문 출신들의 폭넓은 존경을 받았던 인물이지만, 다양한 문학적 시도를 통해서 혜화전문의 문학적 전통을 수립하는 데 보다 직접적인 영향을 끼쳤던 인물은 한용운이다. 이는 박한영이 한시의 창작에 주력했었던 반면에, 한용운은 국문시와 국문소설의 창작에 주력함으로써 보다 대중성을 획득할 수 있었다는 사실에서 비롯된 것이다.

한용운은 명진학교 제1회 보조과 출신으로서 불교개혁가, 항일 운동가일 뿐만 아니라, 혜화전문의 문학적 전통의 기원이 된 본격적인 문학가라고 평가할 수 있다. 그는 교우회지『일광』의 창간호에 권두시를 발표하였으며, 1926년에는 시집『님의 침묵』을 발간함으로써 당시 문단에 큰 파문을 불러일으켰다. 그는 이미 1918년『유심』에 몇 편의 시를 발표하였고, 이후『흑풍』(1935~1936),『후회』(1936),『박명』(1938~1939) 등의 장편소설과 상당수의 한시 및 시조를 발표하기도 하였다. 이러한 그의 문학 세계는 근본적으로 불교사상과 동양사상을 기반으로 한 것인데, 이는 향후 신석정, 김달진, 조지훈, 서정주로 이어지는 전통주의 시인들의 문학적 계보의 기원이 된다. 신석정은 노장의 자연사상과 한용운을 통해 접하게 된 타고르의 영향으로 전원적, 목가적인 시 세계를 발전시켰으며, 김달진은 한용운의 불교적 시 세계와 신석정의 불교적, 노장적 시 세계를 독자적으로 계승하였다. 그리고 조지훈은 조선의 전통의식과 민족의식을 바탕으로 하여 서정적 세계와 삶에 대한 선적 인식을 드러내는 작품들을 창작했다. 특히 김동리와 평생 동안 막역한 관계를 유지했던 서정주는 초기에 보들레르의 영향을 받아 악마적이고, 원색적인 시풍을 보여주었지만, 해방 이후에는 동양적인 시풍으로 전환하게 된다. 이들의 동양적 미를 추구하는 문학적 전통은 향후 문단에서 정신주의 시, 또는 순수시 전통의 근간으로서 견고하게 자리 잡게 된다.[30]

이와 같은 혜화전문의 문학적 전통은 일제의 억압적인 식민통치 하에서 서양(일본)과 변별되는 동양(조선) 문학을 창작하는 것이 민족/국가를 위한 구국활동과 동일한 것이라는 민족주의적 열망과 밀접한 연관성을 갖고 있다. 이러한 전통문학과 민족주의와의 유기적 결합은 좌우합작 독립운동단체였던 신간회(1927~1931)가 일제의 탄압에 의해서 해체 된 후, 1930년대 전반부터 민족주의 계열에 의해 조선적인 전통과 고전에 대한 탐구를 중심으로 한 문화운동이 전개되었고, 이는 각종 학술운동과 결합하여 1930년대 후반 전통적(동양적) 문학을 추구하는 운동으로 발전되었다는 시대적 상황을 반영한 것이기도 하다.[31] 당시 전통부흥운동의 목적

---

30) 동대백년사편찬위원회 편, 『동국대학교 백년사II: 백년의 숲·학술문화사』, 동국대학교, 2007, 118~129쪽.

31) 차승기, 「1930년대 후반 전통론 연구-시간·공간 의식을 중심으로」, 연세대 박사학위 논문, 2002, 25쪽.

은 일제의 제국주의적 억압과 서양문명의 종말이라는 절망적 인식 하에 서 조선의 문화적 전통성을 회복함으로써 식민지적 상황과 근대성의 경험에서 발생하는 다양한 모순들을 극복하는 것이었다.[32] 이러한 측면에서 혜화전문의 문학적 전통은 근본적으로 민족주의와 반제국주의에 기반해 있다고 볼 수 있다.

이러한 혜화전문의 문학적 특성은 김동리 문학에서도 유사하게 나타 난다. 김동리는 자신의 문학을 구성하고 있는 가장 기본적인 요소가 '신(종교)', '인간', '민족'이며, 이 세 가지 요소들은 주요 문학작품 속에서 유기적으로 결합되어 있다고 주장한다. 즉 자신의 주요 문학작품의 주제는 "인간과 신의 관계를 다루고 있으며", "그 상황적 조건에 있어서는 대개 민족이 관여하고 있다"는 것이다.[33] 여기서 '인간'의 문제는 그가 문학을 하게 된 근본적인 동기라고 할 수 있는 '죽음의 공포'를 극복하는 것을 의미한다. 그는 문학 속에서 종교(신화), 인간 간의 소통, 이상적인 공동체(민족/국가)의 건설 등과 같은 다양한 방식을 통해서 죽음을 극복하는 방식을 제시한다.

김동리는 여러 종교 중에서도 특히 무속의 신화적 세계관을 통해서 죽음을 극복하는 양상을 문학적으로 형상화하는데, 이는 분리(단절)된 인간 간의 소통이 이루어지는 과정이자, 일제(서양)를 극복하는 과정을 상징한 다. 이러한 논리는 무속이 일제(서양)의 것과 변별되는 조선의 고유한 신

---

32) 신정숙, 「식민지 무속담론과 문학의 변증법-김동리 무속소설 「무녀도」, 「허덜풀네」, 「달」을 중심으로」, 『사이間SAI』 제4호, 국제한국문학문화학회, 2008. 5. 368쪽.

33) 김동리, 「신과 인간과 민족」, 『밥과 사랑과 그리고 영원』, 사사연, 1985, 109쪽.

앙이라는 인식과 밀접한 연관성을 갖고 있다. 무속은 기본적으로 토테미즘(totemism)과 애니미즘(animism)의 세계관을 기반으로 한 종교이다. 이러한 미분화된 세계관에서는 만물이 모두 하나의 신神이며, 표면을 이루고 있는 물질적 형태가 변환 가능하다는 측면에서, 삶과 죽음, 인간과 인간, 그리고 인간과 사물의 근본적인 경계(분리)는 존재하지 않는다.[34] 즉 무속은 기본적으로 시간상의, 그리고 사물 간의 단절과 분리를 부정하는 순환적 세계관과 유기체적 세계관을 기반으로 하여 죽음과 개인 간의 단절(분리)을 극복하는 것이 가능한 종교라고 볼 수 있다.

또한 김동리는 무속이 기독교, 유교, 불교 등의 외래 종교가 들어오기 이전의 가장 한국적(조선적)인 고유 신앙이라고 규정함으로써[35], 무속의 위상을 재정립시킨다.

> "「巫女」가 한巫女를 主人公으로 삼은것은 그냥 民俗的 神秘性에 끌려서는 아니다. 朝鮮의 巫俗이란, 그 形而上學的理念을 追究할때 그것은 저 風水說과함께 이 民族特有의 理念的世界인 神仙觀念의 發露임이 分明하다……. 이리하여 東洋精神의 한象徵으로서 取한 「毛化」의 性格은 表面으로는 西洋精神의 한代表로서 取한 예수敎에 敗北함이되나 다시 그 本質世界에 있어 悠久한 勝利를 갖게 된다는것이다."[36]

---

34) 신정숙, 앞의 글, 382쪽.

35) 김동리, 앞의 글, 117쪽.

36) 김동리, 「신세대의 정신-문단〈신생면〉의 성격, 사명, 기타-」, 『문장』, 1940. 5. 91~92쪽.

이러한 무속의 복권 과정은 근본적으로 조선적(동양적)인 것을 통해 근대적인 것(죽음+일제/서양)을 극복하기 위한 것이었다는 점에서, 인간의 실존에 대한 욕망과 현실적인 정치적(민족주의적) 의도가 긴밀하게 결합되어 있다는 것을 알 수 있다.

그러나 보다 중요한 사실은 당시 혜화전문 출신들과 김동리를 통해 이루어진 전통에 대한 탐구와 복권 과정이 일제가 주도하고 있었던 식민정책과도 일정 부분 조응하고 있었다는 점이다. 1920년 이후 일제는 일본인과 조선인으로 구성된 학술단체를 결성하고, 조선의 고유 신앙에 대한 각종 조사를 벌이게 되는데, 이는 조선을 하나의 앎/지식의 대상으로 파악함으로써 식민통치의 효율성을 높이려는 전략의 일환이었다.[37] 이러한 식민정책 하에서 조선학과 조선의 전통에 관한 많은 연구들은 일제의 조선에 대한 동화 정책에 적극 이용되었다. 명진학교 시절부터 혜화전문의 유명 강사로 활동했던 최남선, 이능화 등이 결국 일제의 식민지 지배정책을 적극적으로 옹호하거나, 보완하는 담론들을 생산해내는 어용학자들로 변모한 것이 이러한 대표적인 예로 볼 수 있다.[38] 전통에 대한 탐구는 조선만의 고유한 정체성을 탐구하기 위한 전략이었지만, 종교성 또는 상고성(원시성)으로 회귀하는 방식은 개인과 개인, 민족과 민족, 국가와 국가의 경

---

37) 이영진, 「식민지 시기 "무속담론을 둘러싼 쟁점들과 무속담론의 전화(轉化)－상처 입은 제국주의 중에서"」, 『민속학술자료총서 무속8』, 우리마당 터, 2005, 124〜130쪽.

38) 조선의 전통정신이 고유 신앙에 있다고 보고, 그 부흥을 제창하였던 최남선은 조선의 고유 신앙을 일본의 고신도(古神道)와 연결시키며, 이능화는 조선과 일본을 가족관계로 설정하고, 이를 서열화 시키는 방식을 통해서 일제의 무속담론에 적극적으로 동조하는 모습을 보여준다.(이능화, 『宇垣一成日記2』, みすず書房, 1970, 37〜52쪽. 여기서는 최석영의 『일제하 무속론과 식민지 권력』, 서경문화사, 1999, 143쪽. 재인용.)

계(분리)를 무력화시킴으로써, 일제의 식민지 동화정책에 쉽게 포섭될 수 있는 가능성과 구체적인 사회 현실을 소거함에 의해서 현실의 모순과 폭력을 은폐시킬 수 있는 가능성을 동시에 내포하고 있었다. 이러한 모순으로 인해서, 조선의 전통에 심취했던 학자들이 쉽게 일본의 정책에 포섭될 수 있었던 것이다. 이처럼 혜화전문 출신들과 김동리의 문학사상은 일제에 대항하기 위한 민족주의, 반제국주의를 기반으로 한 것이었지만, 실제로 식민지적 상황을 변혁시킬 수 있는 사상적 기반으로서 기능하기에는 어려운 측면을 갖고 있었다.

3장

문학적 입지의 확보와
우익문학가로의 성장

김동리 문학사상은 1933년부터 해방 이전까지 범부를 매개로 하여 이루어진 혜화전문 출신들과의 교류 및 이들과 문학 활동을 전개해 가는 과정에서 형성되었다고 볼 수 있다. 혜화전문이 불교교육기관으로서 불교학과 동양문학에 대한 전문교육을 목표로 설립되었고, 민족운동을 주도하는 구국활동의 장으로서 기능하고 있었다는 측면에서, 그가 교류했던 인물들은 주로 불교학자/스님, 동양 철학자(유교, 도교), 서양 철학자, 독립지사 등이었다. 이로 인해 그의 문학은 종교적으로 불교, 유교, 무속 등의 다양한 색채를 띠게 되었으며, 사상적으로는 민족주의적, 휴머니즘적, 허무주의적 성격을 띠게 되었다고 볼 수 있다. 그러나 그의 문학사상이 지닌 가장 핵심적인 특징은 인간 실존의 문제(죽음/소외)와 종교(무속), 그리고 민족의 문제가 유기적으로 결합되어 있다는 것이다.

　이러한 문학적 특수성은 그가 교류했던 인물들이 속한 구체적인 시공간, 즉 혜화전문(당시 중앙불교전문학교)의 인재 양성 시스템, 민족주의적 전통과 문학적 경향과의 연관성, 그리고 이로부터 창조된 문학적 전통이 지닌 성과와 한계를 동시에 고려할 때, 보다 선명하게 드러난다. 이 학교는 불교학과 동양문학의 전문교육을 목표로 설립된 학교로서, 이에 걸맞은 학제 및 교과과정, 그리고 교수·강사진을 갖추고 있었다. 이러한 교육 환경으로 인해서, 혜화전문 출신들은 불교 및 동양사상(유교, 도교 등), 문학(동양문학+서양문학) 등에 대한 기본적인 소양을 갖출 수 있었고, 동양적인(조선적인) 미를 추구하는 문학적 전통을 형성하게 된다. 이 학교의 민족주의적인 전통 역시 이러한 문학적 전통이 수립되는 데 중요한 요인으로 작용했다고 볼 수 있다. 일제의 억압적인 식민통치 하에서, 전통에 대한 탐구는 일본(서양)과 변별되는 조선적인 정체성을 수립하고자 하는 노력의 일환이었다는 측면에서, 그들의 문학적 전통은 기본적으로 민족주의와 반제국주의를 기반으로 하고 있다고 볼 수 있다. 그러나 이는 조선의 고유한 전통을 수립하는 방식이 지닌 비역사성(현실의 소거)으로 인해서, 일제의 식민정책에 일정하게 조응할 수 있는 가능성도 내포하고 있었다. 그러므로 그들의 문학은 문학적 성과가 곧 한계가 될 수 있는 근본적인 모순을 내포하고 있었다고 볼 수 있다.

이러한 모순은 김동리 문학에서도 동일하게 나타난다. 김동리 문학(사상) 역시 무속을 동양(조선)의 고유한 종교로 상정하고, 이를 통해서 근대성(일제/서양)을 극복하는 방식을 제시하고 있다는 점에서, 이러한 모순적 상황으로부터 자유로울 수 없다. 그러나 그의 문학이 전통적인(종교적인) 소설 이외에도 다수의 리얼리즘적인 소설[39]을 포함하고 있다는 사실은 그의 문학적 지향성이 단순히 전통의 탐구 또는 복권에 머물고 있는 것은 아니라는 사실을 입증한다. 그의 문학이 궁극적으로 지향하는 바는 근대성의 경험에서 발생하는 죽음에 대한 공포와 소외(분리/단절)의 극복이다. 일제(서양)의 제국주의 역시 근대의 이성 중심적 세계관이 발생시킨 모순의 결과라는 측면에서, 일제(서양)를 극복하는 것은 근대성을 극복하는 문제에 수렴된다고 볼 수 있다. 이로 인해서 김동리 문학사상 내에서 근대성의 극복을 목표로 하는 실존주의와 민족주의가 유기적으로 결합될 수 있었던 것이다.

　문학사상은 김동리와 혜화전문 출신들이 해방 이후 민족주의 계열을 중심으로 하여 우익 진영의 조선청년문학협회(1946)를 결성하고[40], 좌익 진영의 조선문학가동맹과 치열한 이념 논쟁을 벌일 수 있었던 사상적 토대로써 기능하게 된다. 이는 식민지 시기 동안 그들이 일관되게 지향했었던 동양적(조선적) 미의 추구가 기본적으로 인간의 실존 문제를 천착하는 순수문학으로서의 성격과 일제(서양)의 폭력적인 제국주의를 극복하기 위한 민족문학으로서의 성격을 동시에 지니고 있었다는 사실과 밀접한 연관성을 갖고 있다. 즉 그들의 문학사상은 인간의 실존 문제에 대한 궁

---

39) 식민지 시기 동안 발표된 리얼리즘적인 경향의 문학작품으로는 「산화」(1936), 「술」(1936), 「팥죽」(1936), 「찔레꽃」(1939), 「두꺼비」(1939), 「회계」(1940), 「동구 앞길」(1940), 「혼구」(1940), 「다음 항구」(1940) 등이 있다. 해방 이후에도 그는 많은 리얼리즘적인 소설을 발표했다.

40) 조선청년문학가협회는 1946년 4월 4일 기독교청년회관에서 정식으로 결성된다. 김동리와 혜화전문의 대표적인 문인들인 서정주, 조지훈, 김달진, 조연현 등은 이 단체를 이끌어갔던 핵심적인 인물들이다. 이 단체의 임원은 명예회장 박종화, 회장 김동리, 그리고 부회장 유치환·김달진으로 구성되어 있었다. 특히 김동리는 조선청년문학가협회를 움직였던 실질적인 인물로서, 좌익문학단체와의 대결과정에서 우익의 문학관과 이념의 정당성을 역설하였다.(강경화, 「해방기 우익 문단의 형성과정과 정치체제 관련성」, 『한국언어문화』 제23집, 2003. 6. 77~83쪽.)

극적 탐구라는 순수문학(예술)으로서의 정당성과 현실(정치/민족/가) 변혁의 주체로서의 기능을 동시에 확보하고 있었다고 볼 수 있다. 이 점이 해방 이후 김동리와 혜화전문 출신들이 좌익 문인들과의 이념논쟁에서 우익 문학의 이념적(사상적) 정당성을 역설할 수 있었던 이론적 근거되었으며, 남한에서 좌익 세력이 소멸된 후 우익 문단을 장악하는 데 있어서 결정적인 사상적 근거가 되었다고 볼 수 있다.

2부

근대의 생리生理,
문학의 논리

1장

김동리 문학연구의
새로운 접근과 모색

1. 김동리 문학의 전체적인 지향성의 탐구

김동리 문학은 말 그대로 매우 다채롭다. 그의 백씨 범부와 혜화전문의 큰 영향력을 받았다는 점에서 민족주의적 성격 혹은 동양적 성격을 보이기도 하지만, 이와는 상관없이 인간의 존재적 상황에서 기인된 문제를 독특한 서사를 통해서 보여주기도 한다. 이러한 특성으로 인해서 그의 문학에 대한 다양한 연구들이 이루어져 왔다. 지금까지 김동리 문학 연구자들은 주로 종교적인 관점에서 기독교 계열[41], 불교 계열[42], 무속 계열[43]의

---

41) 기독교 계열의 대표적인 작품은 「마리아의 회태」(1955), 「목공요셉」(1955), 「사반의 십자가」(1955. 11.~1957. 4.), 「부활」(1962)이다.

42) 불교 계열의 대표적인 작품은 「솔거」(1937), 「등신불」(1961), 「저승새」(1977)이다.

43) 무속 계열의 대표적인 작품은 「무녀도」(1936), 「달」(1947), 「당고개 무당」(1958), 「을화」(1978), 「만자동경」(1979)이다.

소설로 나누어 연구하거나, 발표 시기에 따라서 해방 이전과 해방 이후로 나누어 연구해 왔다. 이러한 연구 방식은 기본적으로 1930~1970년대까지 발표된 김동리의 소설들이 보여주는 다양한 종교적 색채와 발표 시기별로 상이하게 드러나는 소설적 특징들이 그의 문학적 경향의 변모 과정을 보여주는 것이라는 인식과 밀접한 연관성을 갖고 있다. 그러므로 연구자들은 유사한 종교적 색채를 띠는 작품들을 분류하거나 연대기적으로 구분함에 의해서, 이들 작품들의 공통된 특징을 탐색하는 방향으로 연구를 진행한 것이다. 이러한 연구 방식은 현재도 그대로 답습되고 있거나, 조금씩 변용되어 지속되고 있는 추세이다.

이 지점에서 주목해야 할 사실은 이러한 연구 방식이 김동리 소설들이 보여주는 전체적인 지향성, 즉 김동리의 문학관과 이를 태동시킨 근원적인 동인을 탐색하는 것을 불가능하도록 만든다는 것이다. 이러한 제한적인 연구 방식은 각각의 분류체계에 속한 작품들의 배경, 주제, 그리고 이의 문학적 형상화 기법을 고찰하는 데 그칠 수밖에 없다.

김동리는 일생 동안 대략 150여 편의 소설을 창작[44]했는데, 그는 이 많은 소설들의 밑바탕에는 공통된 '얽혀 있는 것'이 있다고 말한다.

"지금까지 내가 써 온 작품 가운데 시와 평론 수필 따위를 별도로 한다면 소설 작품만 약 2만 5천 장(2백자 원고지) 내지 3만 장 가량 되지만 샤머니즘이니 불교니 하는 계열의 작품은 장수로 계산해서 지극히 일부밖에 되지 않아. 그

---

44) 김주현, 「떨림과 여운—김동리의 미발굴 소설 찾아 읽기」, 『작가세계』, 2005. 겨울호. 72쪽.

런데 자네들은 내 작품을 말하려고 할 때 왜 샤머니즘이니 불교니 하는 것을 먼저 생각하게 되는가, 이런 것도 문제의 하나가 될 줄 아네. 그러나 내가 지금 이런 따위를 문제삼으려는 것은 아니야. 아까 나는 샤머니즘 불교 기독교 휴머니즘 민족주의 허무주의 하는 따위가 그 밑바닥에 있어서는 서로 '얽혀 있는 것'을 밝히기 위해서는 일단은 전체적인 검토에서 출발해야 되지 않을까. 이렇게 볼 때 이런 문제를 얘기할 수 있는 사람은, 적어도 오늘날까지는 내 자신밖에 없을 줄 아네. 왜 그러냐 하면 적어도 오늘날까지 내 작품(소설)을 그렇게 전체적으로 검토해본 사람은 없을 테니까."[45]

그는 자신의 전체 소설 작품 중 샤머니즘 계열, 불교 계열의 소설은 극히 일부일 뿐만 아니라, 소설 속에서 구현되고 있는 '샤머니즘', '불교', '기독교', '민족주의', '허무주의'의 요소들은 극히 단편적인 것에 불과하다고 주장한다. 이러한 요소들의 기저에 자리하고 있는 '서로 얽혀 있는 것'이 중요하다는 것이다. 이 '얽혀 있는 것'은 문학작품을 통해서, 김동리가 궁극적으로 드러내고자 하는 것이며, 그로 하여금 이러한 문학작품을 창작하도록 추동하는 근원적인 동력을 의미한다. 김동리가 많은 수필과 평론을 통해 언급했듯이, 그가 문학을 하게 된 근본적인 동기는 '죽음'[46]에 대한 불안과 공포다. '죽음'은 한 주체가 불안과 공포 속에서 자신의 고유성과 개별성이 온전하게 부각되는 사건[47]이자,

---

45) 김동리, 「샤머니즘과 불교와」, 『문학사상』, 1972. 10. 263쪽.

46) 김동리, 『고독과 인생』, 백만사, 1977. 참조.

47) 이기상·구연상 공저, 『『존재와 시간』 용어해설』, 까치, 1998, 259쪽.

한 주체의 자율성이 완전히 상실됨으로써 존재가 자신으로부터 소외되는 사건[48]이다. 이러한 측면에서 '죽음'에 대한 불안과 공포는 곧 분리에 대한 불안과 공포라고 볼 수 있다. 한편 많은 수필과 글, 소설 속에서 반복적으로 나타나는 김동리의 '고독'에 대한 토로는 자신과 타자와의 극복할 수 없는 분리의식에서 비롯된 것이다. 그러므로 김동리의 소설 기저에 '서로 얽혀 있는 것'은 죽음에 의한 분리의식과 자신과 타자의 분리의식을 의미한다고 볼 수 있다.

김동리의 분리의식은 근본적으로 근대사회가 지닌 모순과 근대 한국사회가 지닌 역사적 특수성의 경험과 밀접한 연관성을 갖고 있다. 근대 주체철학의 강조에 의해서 하나의 독립적인 인간이 탄생했지만, 그로 인해 종교의 초월성과 공동체 의식이 붕괴됨으로 초래된 주체들의 소외와 분열은 그의 분리의식을 발생시키는 첫 번째 요인이다. 한편 일제의 조선에 대한 파시즘적 억압 정책, 해방 이후 한국의 정치적 혼란과 6·25 전쟁 등과 같은 근대 한국사회의 역사적 특수성은 그의 분리의식이 발생하게 된 두 번째 요인이다. 그러므로 김동리의 분리의식은 근대라는 시공간에 존재하고 있는 근대인의 실존 자체가 가지고 있는 모순과 김동리가 외부 현실과 대립하는 과정에서 발생한다고 볼 수 있다.

이러한 김동리의 분리의식은 그의 소설 속에서 신화(종교)적 세계관, 인간 간의 소통, 공동체(민족/국가)의 형성 등에 의해서 극복될 수 있는 가능성을 보여주거나, 이상적으로 극복되는 양상으로 형상화된다. 이로 인

---

48) 엠마누엘 레비나스, 『시간과 타자』, 강영안 옮김, 문예출판사, 2011, 84쪽.

해 그의 소설들은 일관된 경향을 보여주지 못하고, 종교소설, 정치소설, 역사소설 등의 경계를 부단히 넘나드는 모습을 보여주게 된다. 이러한 양상은 자신의 분리의식을 극복하기 위한 다양한 문학적 탐구와 모색 과정에서 기인된 것으로 볼 수 있다.

그러므로 김동리 문학의 전체적인 지향성을 탐구하기 위해서, 김동리의 1930~1970년대 소설 전체를 고찰해 볼 필요가 있다. 그중에서도 다음과 같은 소설은 주목을 요하는 작품들이다.

「산화」(1936), 「무녀도」(1936), 「술」(1936), 「산제」(1936), 「어머니」(1937), 「솔거」(1937), 「잉여설」(1938), 「완미설」(1939), 「황토기」(1939), 「두꺼비」(1939), 「찔레꽃」(1939), 「혼구」(1940), 「윤회설」(1946), 「밀다원 시대」(1955), 「사반의 십자가」(1955~1957), 「수로부인」(1956), 「당고개 무당」(1958), 「등신불」(1961), 장편 역사소설 「삼국기」(상편, 1972~1973), 「대왕암」(하편, 1974~1975), 「만자동경」(1979) 등이다.

위의 소설들은 다양한 특징들을 보여줌에도 불구하고, 이들을 관통하는 공통적인 지향성은 근대인의 분리의식을 극복하고자 하는 열망이다. 즉 이 소설들의 문학적 상상력을 추동하는 근본적인 동력은 분리의식으로 인해서 발생하는 불안과 공포를 극복하고자 하는 열망이라고 볼 수 있다.

2. 새로운 문학연구 방법론(틀)의 적용

김동리 소설의 분석의 틀로써 리처드 커니와 질베르 뒤랑의 방법론에 주목할 필요가 있다.

먼저 여기서 사용하는 분리의식의 개념은 인간의 근원적인 실존 양상, 즉 인간이 분리된 개별자로 존재한다는 사실과 유한(죽음)한 존재라는 사실에서 발생하는 분리에 대한 인식(사실 인식)과 자아와 타자의 대립(갈등)에 의해서 발생하는 분리에 대한 인식(사실 인식), 그리고 분리에 대한 인식(사실 인식)으로 인해 발생하는 주관적 감정을 포괄하는 개념이다. 분리에 대한 인식이 단순히 객관적인 사실에 대한 자각이라면, 분리의식은 이 객관적인 사실을 받아들이는 개별자의 주관적 감정이 포함된 것으로 볼 수 있다. 그러므로 근대 자본주의 사회가 지닌 모순에 의해 발생하는 소외와 분열, 그리고 일제의 파시즘적 억압과 폭력, 한국 사회의 역사적 특수성 등이 분리의식을 심화시키거나, 새로운 양상의 분리의식을 발생시키는 주요한 요인으로 간주한다.

김동리 소설을 분석하기 위한 첫 번째 이론은 리처드 커니[49]의 '판별의 해석학'[50]이다. 리처드 커니는 자아와 타자의 단절과 갈등은 자아-타자 사이의 '이질성'에서 발생한다고 주장한다. '이질성'은 자아-타자 사이의 근본적인 '다름'과 '차이'를 의미한다. 이런 측면에서 '이질성'은 자아-타자의 고유성과 개별성의 또 다른 이름이다. 하나의 개별자로서의 인간이 자신의 '고유성'과 '개별성'을 체험한다는 것은 타자와 자신이 '다른' 존재라

---

49) 리처드 커니, 『이방인 · 신 · 괴물』, 이지영 옮김, 개마고원, 2004.

50) 리처드 커니는 자신의 이론을 '판별의 해석학'이라고 정의한다. 그의 주장에 따르면, '판별의 해석학'은 "한 주체의 의식을 다른 주체의 의식과 통합하는 낭만적 해석학"과 "전유의 모델을 거부하고, 타자 간의 환원 불가능한 차이와 분리를 주장하는 근본적 해석학"을 뛰어 넘는 제3의 길이다.

는 사실을 체험하는 것이며, 자신과 타자가 서로 육체적으로 분리된 존재라는 사실을 인식하는 것이다. 그러므로 이질성으로부터 발생하는 '낯설음'은 필연적으로 불안과 공포를 동반하게 된다는 것이다.

리처드 커니는 인간이 불안과 공포를 극복하는 방식을 1) '분리'/'배제', 2) '통합'/'융합'이라는 개념을 통해서 설명한다. 1) '분리'/'배제'는 자신과 다른 타자를 '신', '괴물', '이방인'화 해버리는 것이다. 이러한 방식은 인간이 자신과 다른 타자를 분리/배제함에 의해서, '안정'과 '평화'를 확보하고자 하는 욕망과 밀접한 연관성을 갖고 있다. 그러므로 '분리'/'배제'의 방식은 자아-타자의 분리의식이 극복 불가능한 것이라는 인식이 반영된 것으로 볼 수 있다.

2) '통합'/'융합'은 자아-타자 사이의 경계를 무화시키는 '전체화의 양식'을 의미한다. 이는 한 주체의 의식과 다른 주체의 의식을 '통합'/'융합'시키거나, 한 주체를 '공동체'에 '통합'/'융합'시키는 것이다. 이러한 방식은 자아-타자 사이의 경계를 무화/소멸시킴에 의해서 하나로 '통합'/'융합'시킨다는 점에서, 자아-타자에 대한 낭만적 시각을 기반으로 한 것이다. 그러나 '통합'/'융합'의 방식은 필연적으로 폭력성을 내포하게 된다. 하나의 개별자로서의 주체의 고유성과 개별성이 확보되지 않은 상태에서의 타자와의 '통합'/'융합'은 한 주체가 다른 주체로 흡수, 통합된다는 것을 의미한다. 즉 이러한 방식은 흡수된 주체의 소멸을 야기한다.

한 주체가 공동체와 '통합'/'융합'하는 방법 역시 한 주체의 고유성과 개별성의 소멸을 전제한다는 사실에서 폭력성을 띠게 된다. 개인과 공동체의 '통합'/'융합'에 대한 상상은 민족/국가를 심미화하는 기제로 작용하게 되며, 이로 인해 개인은 민족/국가를 위해 희생해야 하는 존재로 전락하게 되는 것이다.

　이러한 측면에서 리처드 커니는 비-공동체의 종말론적 균열과 융합된 동질적 공동체를 피하면서도 자아와 타자가 소통하기 위한 방식으로서 각각의 자아들 간의 '차이'를 환대하고, 상호 간에 '대화'를 실천할 것을 주장한다. 그는 타자의 '차이'에 대한 환대와 '대화'의 실천이 가능한 근본적인 이유로 인간이 자신과 타자의 경계에 대해 끊임없이 생각하는 존재이며, 비록 한계가 있다고 하더라도 이에 대해 말하고자 하는 서사적 정체성을 지닌 존재라는 점을 제시한다. 이는 인간이 자신을 둘러 싼 이질적인 타자에 대해서 서사적인 방법을 통해서 이해하고자 한다는 사실을 의미한다.

　이와 같은 타자를 위한 서사의 요청은 타자와의 소통에의 관심과 연관되는 것이며, 서사적 역사에 참여하는 것은 타자와의 소통 및 연결의 영역을 확대하는 것이다. 이는 서사의 윤리적 성격을 강조한 것으로 볼 수 있다. 그러므로 리처드 커니의 관점에서 진정한 서사는 자아와 타자 간의 분리에 의해서 발생하는 고통과 절망을 치유하고, 그들 간의 화해를 유도하는 기능을 담당한다. 이러한 서사적 기억하기는 인간의 타자에 대한 '도덕적 의무'라는 측면에서 '윤리적' 실천의 의미를 갖고 있고, 자신과 타자의 분리를 극복하기 위하여 조화와 화해를 추구한다는 측면에서 일종의 '시적' 행위로 볼 수 있다. 인간으로 하여금 타자를 위해 행동할 것을 요청하는 근본적인 요인은 그 자신 안에 각인되어 있는 타자인 '윤리적 의식'이다.

이러한 비판적 해석학은 타자가 동일성 안에 갇히거나 접근 불가능한 타자성으로 환원되는 것을 극복할 수 있는 방식이며, 타자가 다의성과 유동성을 함축하도록 보증하는 방식이다. 이러한 측면에서 리처드 커니는 인간이 지닌 상징적 상상력을 강조한다. 왜냐하면 상징적 상상력은 상징이 지닌 다의성, 무한 확장성으로 인해 타자를 일방적으로 바라보지 않고, 다의성과 유동성을 지닌 존재로 볼 수 있게 하기 때문이다. 이는 인간이 상징적 상상력을 통해서 분리된 주체 사이의 분리의식을 극복할 수 있고, 인간의 실존적 한계에서 벗어나 가치적으로 상승된 존재가 될 수 있다는 것을 의미한다. 이러한 분리의식의 극복은 '상징'과 '이미지'에 의해서 실현된다.

이러한 리처드 커니의 이론은 김동리 소설에 등장하는 인물들의 분리의식의 양상과 이로 인해 그들이 선택하게 되는 삶의 방식이 지닌 상징성을 분석할 수 있는 가능성을 제시해 준다. 이는 곧 분리의식과 관련된 '내용' 분석이지만, 형식이나 이미지의 분석과 중첩되고, 연결된다.

두 번째 이론은 질베르 뒤랑의 상상력[51] 이론이다. 그의 상상력 이론은 김동리 소설에 나타난 분리의식의 양상과 분리의식의 극복 양상이 각각 하강(추락)의 이미지와 상승의 이미지로 형상화되는 방식을 분석하기 위한 이론적 토대를 제공해 준다. 이러한 분석 방식은 김동리 소설이 기본적으로 서사성이 약한 반면, 언어적 기법(상징, 이미지)이 강조된다는 사실

---

51) 질베르 뒤랑의 『상징적 상상력』, 진형준 옮김, 문학과지성사, 1983. 질베르 뒤랑, 『상상계의 인류학적 구조들』 진형준 옮김, 문학동네, 2007. 송태현, 『상상력의 위대한 모험가들: 융, 바슐라르, 뒤랑-상징과 신화의 계보학』, 살림, 2005.

과 밀접한 연관성을 갖고 있다. 즉 김동리 소설에서 등장인물들의 분리의식은 하강(추락)의 이미지로, 분리의식의 극복은 상승의 이미지로 형상화된다.

질베르 뒤랑은 인간의 '상징적 상상력'이 "죽음과 시간의 무화에 대한 근본적인 부정의 기능"이라는 점을 강조한다. '죽음'이 곧 '분리'라는 점에서, '상징적 상상력'은 인간이 '분리의식'에 의한 불안과 공포에서 벗어나, '삶의 균형'을 회복하고, '심리 사회학적 균형'을 회복하도록 유도한다는 것이다.

이는 상징이 기표(signifant)와 기의(signifé)가 지닌 무한 확장성으로 인해서, 대상 속에 감추어진 의미를 재현하고, 신비를 현현시킨다는 사실과 밀접한 연관성을 갖고 있다. 이러한 상징의 초월적 성격으로 인해서, 상징은 현실의 세계가 아닌 인간이 열망하는 세계를 재현할 수 있다는 것이다. 즉 문학 속에서 상징들은 반복을 통해서, 커다란 이미지의 체계를 형성하게 되는데, 이 '상징태 symbolisant'(=physonomie[52])는 현실을 재조직한 일종의 '총체적인 모형'이라는 것이다. 그리고 이 '상징태 symbolisant'는 작가의 심리, 문화적 '내용 contenu'에 의해서 구현된다. 그러므로 '상징'과 '이미지'는 기본적으로 외부 세계에 대한 반응의 결과로서, 필연적으로 역사성을 내포하게 된다.

또한 질베르 뒤랑은 상징들의 반복에 의해서 구현되는 이미지를 크게 두 가지로 분류하는데, 이는 '하강(추락)'의 이미지와 '상승'의 이미지이다.

---

52) 'physonomie'란 개념은 원래 에르스트 카시러가 사용한 것이다. 뒤랑은 '상징태 symbolisant'의 성격을 설명하는 과정에서, 카시러가 사용한 'physonomie'란 개념을 그대로 차용한다.

이러한 상이한 두 이미지는 '분리의식'에 의한 인간의 반응 양상을 상징한다. '하강(추락)의 이미지'는 '분리의식'의 불안과 공포로 인한 절망과 좌절을 상징하며, '상승의 이미지'는 분리의식의 극복 가능성, 또는 극복 양상을 상징한다. 그리고 '하강(추락)'의 이미지와 '상승'의 이미지는 '물질'에 대한 상상력과 결합되어 있다. 특히 '물', '대지(흙)'는 '하강(추락)'의 이미지를 불러일으키는 물질이며, '불', '공기'는 '상승'의 이미지를 불러일으키는 물질이다.

여기서 주목해야 할 사실은 질베르 뒤랑이 상상력의 기능을 '보편적 선험성'에 근거한 것이 아니라, 특정 개인의 경험과 그 개인이 처한 역사적 상황의 결과물로 본다는 사실이다. 그는 상상력이 특정 개인의 경험에 의해 추동되며, 상상의 '내용'은 그 특정 개인이 속한 시대적, 역사적 상황에 의해서 구성된다고 주장한다. 이러한 주장은 상상력의 '역사성'을 강조한 것이다.

이러한 질베르 뒤랑의 상상력 이론은 김동리의 분리의식이 '하강(추락)'/ '상승'의 이미지로 구현되는 방식을 분석할 수 있는 중요한 해법을 제공해 준다. 이는 분리의식의 문학적 형상화 방식, 즉 '형식(현상)'에 대한 분석이다. 형식 분석 역시 앞에서의 내용 분석이나, 상징성 분석과 긴밀히 연결된다.

2장

근대성의 경험과
문학창조의 욕망

1. 분리의식의 발생과 불가능한 치유

1) 근대인과 소외의 탄생

　김동리의 분리의식은 근본적으로 주체를 강조하는 근대성의 경험과 밀접한 연관성을 갖고 있다. 근대의 주체철학과 계몽사상은 신의 초월성을 부인함으로써 인간을 해방시키고, 모든 사물의 판단 기준을 인간의 이성에서 찾고자 했다. 이를 통해서 근대인은 중세적 종교의 속박에서 벗어나 자율적 인간으로 탄생할 수 있었던 것이다. 그러나 주체철학은 모든 판단의 기준을 개인의 내면의 이성에서 찾음으로써 이전의 종교가 지니고 있었던 초월적 기능과 사회 통합의 힘을 상실하게 된다.[53] 이러한 종교

---

53) 나병철, 『한국문학의 근대성과 탈근대성』, 문예출판사, 1996, 19~20쪽.

의 초월적 기능과 공동체 의식의 상실은 분리의식이 발생하게 되는 주요 원인이다.

근대의 주체철학과 계몽사상은 종교의 초월성 대신 이성적 주체를 강조한다. 즉 근대의 주체철학은 주체 내부의 선험적 이성을 강조함에 의해서, 이성의 성으로 둘러싸인 자율적 주체를 상정한다. 한 주체의 자율성을 보장한다는 것은 그 주체의 외부에 존재하는 타자와의 사이에 경계를 설정한다는 것을 의미한다. 이러한 경계설정을 통해서 한 주체가 다른 주체의 자율성을 침해할 가능성을 배제할 수 있는 것이다. 이러한 주체의 이성에 대한 특권 부여는 타자와의 상호 연관을 단절시키게 되고,[54] 이는 근대인의 분리의식을 발생시키는 근본적인 요인으로 기능한다. 이와 같은 근대인의 주체 중심성과 타자에 대한 분리의식은 김동리의 글들에서 반복적으로 발견된다. 김동리의 문학 속에서 근대인의 분리의식은 크게 죽음에 의한 분리의식과 자아-타자의 분리의식으로 구분할 수 있다.

(1) 죽음에 의한 분리의식

김동리는 「나는 왜 크리스찬이 아닌가」라는 글에서 "자아에 집착하는 일은 왜 신앙을 가질 수 없게 하는가"[55]라고 스스로 질문한다. 그는 자신이 유교, 기독교, 불교, 도교에 이르기까지 정확한 교리를 이해하고 있고,

---

54) 나병철, 앞의 책, 22~23.

55) 김동리, 「나는 왜 크리스찬이 아닌가」, 『밥과 사랑과 그리고 영원』, 사사연, 1985, 32쪽.

이 종교들을 통해서 많은 가르침과 큰 도움을 받았다고 말한다. 그럼에도 불구하고 그는 자신이 어느 종교에도 귀의할 수 없는 이유는 자신의 의식 세계가 '자아 중심'으로 굳어졌기 때문이라고 파악한다. 이러한 김동리의 자가진단은 근대인이 신화적 세계관(종교)에서 벗어나 세속화되었다는 것을 보여준다. 이는 근대의 주체철학이 종교(신)의 초월성을 거부하고, 개인의 이성에 특권을 부여함으로써 개인의 자유('자아 중심')를 증진시켰다는 것을 의미한다.

그런데 흥미로운 사실은 그가 자신의 '자아 중심'적 사고에 의해서 "자아의 구경究竟에의 통로"가 막혔다고 생각한다는 것이다. 여기서 "자아의 구경究竟에의 통로"가 의미하는 바를 규명하기 위해서는 아래의 예문을 주목할 필요가 있다.

"그렇다면 현대인의 고독은 무엇에서 연유하여 오는가. 이것을 한 마디로 표현할 수 있다면, 삶(날)의 원리原理가 유동적流動的인 데 있다. 현대인 치고 삶의 목적이나 의의意義에 대해서 뚜렷한 이념理念을 가진 사람은 드물다. 막연히 하루 하루를 살아가는 사람들이 대부분이다. 이렇게 살면 된다하는 확고한 신념이나 자신 같은 것이 없다. 도대체 무엇이 된단 말인가. 처음부터 뚜렷한 목적이나 이념이 없기 때문에 죽음 이외엔 될 것도 없는 것이다.

이러한 폐단은 무엇에 기인하는가. 한 마디로 현대 문명의 성격에서 온다고 하겠다. 현대 문명을 가리켜 우리는 보통 기계 문명 · 물질 문명 · 과학 문명 따위의 말로 표현하고 있다. 기계 · 물질 · 과학 따위가 단적으로 현대 문명의 성격을 말해 주고 있는 것이다.

그러면 기계 · 물질 · 과학 따위로 표현되는 현대 문명은 왜 삶의 목적이나 의의에 대하여 뚜렷한 이념을 가질 수 없게 하는가. 한 마디로 대답한다면 이러한 따위는 모두 현세주의現世主義의 범주範疇 속에 속하기 때문이다. 다시 말해서 기계 문명 · 물질 문명 · 과학 문명 따위는 통틀어 현세주의 문명인 것이다.

현대 문명이 현세주의 문명이기 때문에 내세來世 또는 죽음에 대한 여러 가지 문제들은 현대 문명에서 소외되어 있는 것이다. 내세 또는 죽음에 대한 여러 가지 문제가 소외되어 있다는 말은 삶의 구경究竟에 대한 연구나 대비책이 없다는 것과도 같은 것이다. 삶의 끝이 어떻게 되느냐 하는 문제보다는, 어떻게 사는 것이 유익하고 편리하며 만족한가 하는 쪽으로 쏠려 있는 것이 현대 문명인 것이다."[56]

김동리는 '현대인의 고독'이 '현대문명의 성격'에서 기인되었다고 말한다. 그는 "기계 · 물질 · 과학 따위로 표현되는 현대문명이 현세주의 문명이기 때문에 내세 또는 죽음에 대한 여러 가지 문제들이 소외되어 있다"고 진단한다. 여기서 중요한 점은 현대문명이 현세주의 문명이기 때문에 '내세 또는 죽음'이 소외되어 있으며, 이로 인해 "삶의 구경에 대한 연구나 대비책"이 없게 되었다는 사실을 지적한 것이다.

죽음은 자신과 타자가 분리된 존재라는 사실을 온몸으로 체험하게 되는 계기가 된다. 죽음은 하나의 생명체가 스스로 감내해야 하는 과정이며, 어떤 다른 누군가가 대신해 줄 수 없는 하나의 사건이다. 즉 죽음 앞에서

---

56) 김동리, 「고독에 대하여」, 『고독과 인생』, 백만사, 1977, 32쪽.

인간은 철저히 자기 자신과만 관계한다. 그러므로 죽음은 한 존재가 그 자신의 고유성과 독자성을 확인하게 되는 계기이자, 분리의식이 정점에 이르게 되는 하나의 사건으로 볼 수 있다.[57] 그리고 죽음과 관련해서 주체는 더 이상 자신의 자율성을 확보할 수 없는 존재이다. 죽음은 자신의 것으로 동화시킬 수 있는 잠정적 규정으로서의 타자성이 아니라, 절대적 타자성이다. 그러므로 인간은 죽음을 통해서 자신의 존재가 자신으로부터 소외된다. 즉 인간의 분리의식은 죽음을 통해서 굳어지는 것이 아니라, 죽음을 통해서 발생한다고 볼 수 있다.[58] 또한 죽음은 물질적(육체적) 측면에서 자신이 속한 세계로부터 영원한 분리를 의미한다. 그러므로 죽음은 심리적 측면, 물질적(육체적) 측면에서 모두 분리를 의미한다.

이와 같이 죽음으로 인해 발생하는 분리의식은 필연적으로 불안과 공포를 동반하게 된다. 이는 죽음 이후의 세계에 대해 전혀 알 수 없다는 불확정성과 밀접한 연관성을 갖고 있다. 이러한 측면에서 종교의 내세에 대한 제시는 개인적인 측면에서 유한한 인간이 신화적으로 영원성(연속성)을 획득하는 방식이자, 죽음으로 인한 불안과 공포를 극복하는 방식으로 볼 수 있다. 또한 종교는 종교적 윤리를 통해서 사회를 통합하는 기능을 담당한다. 이로 인해 개인은 한 사회에 자신이 소속되어 있다는 공동체의식을 갖게 됨으로써 분리의식을 극복할 수 있게 된다.

그러나 근대 이후의 사회는 '절대적 이성'을 강조하는 탈 신화화된 세

---

57) 이기상·구연상 공저, 『『존재와 시간』 용어해설』, 까치, 1998, 259쪽.

58) 엠마누엘 레비나스, 『시간과 타자』, 강영안 옮김, 문예출판사, 2011, 77~84쪽.

계이며, 합리적 세계이다. 이러한 합리적 세계관의 관점에서 '죽음'이란 한 생명체의 물질적 소멸에 불과하며, 종교에서 제시하는 죽음 이후의 세계에 대해서 어떠한 해답도 제시할 수 없다. 또한 근대인은 외부에 존재하는 초월적 원리(신)를 거부함에 의해서 자율적인 주체를 얻었지만, 종교적 통합의 기능의 상실로 인해서 공동체 의식을 상실하게 된 것이다. 그러므로 김동리가 자신의 '자아 중심'적 사고에 의해서 "자아의 구경의 통로"가 막혔다고 한 말은 '자아(주체)'를 강조하는 합리적 사고에 의해서, 종교를 통한 분리의식의 극복이 불가능하게 되었다는 사실을 의미한다고 볼 수 있다. 그러므로 '구경'은 '소통', 또는 '분리의식의 극복'을 의미한다. 이 지점에서 흥미로운 사실은 그가 "죽음'에 의한 분리의식을 극복하는 방식으로 '문학하는 것'을 제시했다는 사실이다. 김동리에게 문학하는 것은 '죽음의 극복'[59]을 의미한다. 그런데 아이러니하게도 그의 '죽음에 대한 집착'은 그의 문학을 종교에 결부시키게 된다.[60] 왜냐하면 '죽음'이란 인간의 힘으로 극복할 수 없는 영역이며, 이는 신의 초월성에 의해서만 극복될 수 있는 영역이기 때문이다. 그러므로 그의 문학은 필연적으로 신화적, 초월적, 신비적 성격을 지닐 수밖에 없는 것이다.

이 점이 김동리 문학이 근본적으로 지니고 있는 모순이다. 김동리가 그의 문학을 통해서 극복하고자 하는 대상은 죽음으로 인해서 발생하는 분

---

59) 김동리, 「문학 그 동기 죽음」, 『고독과 인생』, 백만사, 1977, 164쪽.

60) 김동리는 자신의 작품 중 「무녀도」(1936), 「허덜풀네」(1936), 「달」(1947), 「당고개 무당」(1958)을 샤머니즘 계열로, 「사반의 십자가」(1955.11.~1957.4.), 「목공요셉」(1957), 「부활」(1962)을 기독교 계열로, 「솔거」(1937), 「등신불」(1961), 「까치소리」(1966)를 불교 계열로 분류한다.(김동리, 「문학 그 동기 죽음」, 『고독과 인생』, 백만사, 1977, 164쪽.)

리의식이다. 그러나 그의 문학 속에서 분리의식의 극복은 신화적, 초월적, 신비적 죽음을 통해서만이, 즉 인간이 자신의 육체성을 벗어날 때만이 가능하게 된다. 이러한 역설적 성격으로 인해서, 그의 문학 속에 등장하는 인물들은 죽음에 대한 공포와 죽음에 대한 충동(유혹)[61]을 동시에 보여주게 된다.

그러나 이와 같이 김동리가 죽음에 대해 이중적 태도를 지녔음에도 불구하고, 실제 작품에서 죽음에 의한 분리의식이 완전히 극복되는 양상이 나타나지 않는다. 오히려 자아-타자의 분리의식의 극복을 통해서, 죽음에 의한 분리의식까지도 극복하고자 하는 양상이 두드러지게 나타난다. 이는 그의 논설과 실제 작품과의 차이에서 비롯된 것이다. 그의 문학 속에서 죽음에 의한 분리의식을 극복하는 방식은 분리된 대상과의 신화적인 '합일(合一)', '융화(融化)'의 과정을 통해 실현된다는 측면에서, 낭만주의적인 시각이 반영되어 있다고 볼 수 있다.

---

61) 김동리는 '죽음에의 유혹'을 "고향과 조상과 자연에 대한 향수"와 동일한 선상에서 이해하고 있다. 그러므로 죽음은 곧 "인간의 육체를 해체하고, 자연으로, 고향으로 돌아가는 것"이다. 이는 김동리의 죽음에 대한 이중적 사고를 의미한다. 즉 죽음은 불안과 공포의 대상인 동시에, 휴식으로의 회귀를 의미한다.(김동리, 「낙엽과 향수」, 『밥과 사랑과 그리고 영원』, 사사연, 1985.)
　　죽음에의 충동(유혹)을 다룬 수필로는 『밥과 사랑과 그리고 영원』(1985)의 「가을밤의 이 소슬」, 「낙엽과 향수」 등이 있다. 그리고 문학작품으로는 「달」(1947) , 「진달래」(1955), 「저승새」(1977) 등이 대표적이다.
　　고향에 대한 향수를 다룬 수필로는 『자연과 인생』(1965)에 수록된 「고향을 그린다」, 「잔디밭의 향수」, 『취미와 인생』(1978)에 수록된 「나의 고향」, 「반월성」, 그리고 『밥과 사랑과 그리고 영원』(1985)에 수록된 「유림숲과 물레방아」, 「철쭉꽃과 대왕암」 등이 있다. 그리고 문학 작품으로는 단편소설 「무녀도」(1936)가 대표적이다.
　　그리고 자연에 대한 과도한 가치부여를 보여주는 글로는 『밥과 사랑과 그리고 영원』(1985)에 수록된 「눈 온 아침」, 「자연과 한국문학」, 「화랑혼」 등이 있다. 그리고 문학작품으로는 「무녀도」(1936), 「달」(1947) 등이 대표적이다.

(2) 자아-타자의 분리의식

김동리는 근대 주체철학의 이성에 대한 강조에 의해서 인간의 자유와
개성이 탄생했다는 사실을 깊이 인식하고 있었다. 그러나 근대의 주체철
학은 주체가 소유한 이성으로 주체와 다른 주체 사이에 폐쇄적인 경계선
을 설정함으로써 피할 수 없는 단절을 상정하게 된다.[62] 이로부터 자아와
타자의 분리의식이 발생하게 된 것이다.

이러한 근대인의 딜레마에도 불구하고, 김동리는 자신이 '고독'하기 때
문에 "조금은 불행한 것 같이 느끼고 있지만, 실은 고독을 사랑하고 있
으며, 나아가서는 고독함으로써 도리어 행복하다고까지 생각할 때가 많
다"[63]고 말한다. 이는 고독이 "자기, 또는 자아가 있는 데서만 있을 수 있
다"는 점과 밀접한 연관성을 갖고 있다. 고독이 발생하는 이유는 한 개인
이 "그 자신이 세계나 타인 속에 충분히 싸이지 않는다고 느끼기 때문"이
며, "세계 또는 타인과는 거리가 있는 자기 자신의 존재를 강하게 의식하
기 때문"[64]이라는 것이다. 이 말은 개인들 간에 분리가 존재하기 때문에,
그의 자율성이 확보될 수 있다는 사실을 의미한다. 그러므로 한 주체가
타자와 분리되어 있음에서 발생하는 '고독'은 한 주체의 '행복'의 주요한
조건이 될 수 있는 것이다.

---

62) 나병철, 『한국문학의 근대성과 탈근대성』, 문예출판사, 1996, 18쪽.

63) 김동리, 「고독에 대하여」, 『고독과 인생』, 백만사, 1977, 19쪽.

64) 김동리, 위의 글, 27쪽.

"그러나, 고독은 귀한 것이다.

고독한 동안 우리는 생각하게 될 것이다. 생각하는 동안 우리는 희망을 잃지 않는다. 적어도 생각하는 동안 절망은 아니다.

현대인이 고독하다는 것은 생각하고 있다는 뜻이며, 절망하지 않고 있다는 증거이기도 하다.

고독은 행복한 것이다.

고독한 동안, 나는 나를 타인이나 세계에 의하여 송두리째 빼앗기지 않고 있다는 사실을 확인할 수 있기 때문이다. 고독한 만큼 나는 나에게 남아 있는 것이다.

나는 오늘도 고독 속에서 책을 뒤지며 인생과 세계와 그리고 영원에 대하여 생각하고 있는 것이다."[65]

김동리에게 있어서 "고독은 귀한 것"이며, "고독은 행복한 것"이다. 그러므로 그는 근대인의 고독, 즉 자아와 타자의 단절로 인한 분리의식은 근대인이 자신의 자유와 개성을 획득하기 위해서 치러야 할 필연적인 대가(희생)로 인식한다. 그리고 자아-타자의 분리의식을 극복하기 위한 해결방안으로 '윤리'[66]를 제시한다. 김동리는 윤리를 타율적인 윤리('법률'과 '사회풍습')와 자율적인 윤리('양심'과 '사랑')로 분류한다. 여기서 그가 자아-타자의 분리의식을 극복하기 위한 방식으로 제시한 것은 '사랑'이다. 그가 제시한 '윤리'로서의 '사랑'은 불교의 '자비慈悲', 유교의 '충서忠恕',

---

65) 김동리, 앞의 글, 33쪽.

66) 김동리, 「자아와 사랑의 문제–현대적 인간과 윤리의 문제점」, 『밥과 사랑과 그리고 영원』, 사사연, 1985, 322~323쪽.

기독교의 '박애博愛'를 아우르는 개념이다. 그는 이 세 종교의 윤리적 공통점을 "나를 버리거나 희생시키는 데 있다"고 파악한다. 즉 김동리는 사랑의 기본적인 성격을 '이타성'으로 보는 것이다. 그는 개인이 '이타성'을 구체적으로 실천함으로써, '나(자아)'를 둘러싼 경계로부터 벗어날 수 있고, 이를 통해 "자기 자신의 생명이나 영혼의 구경적인 해결 및 구원"이 이루어질 수 있다고 주장한다. 이러한 주장을 통해서, 한 주체가 "구경적 해결 및 구원"에 이르는 길은 '이타성'의 구체적 실천을 통해서 자아와 타자의 상호 연관성을 회복하는 것이라는 사실을 알 수 있다. 그러므로 자아와 타자의 상호 연관성의 회복은 '자아'와 '타자' 모두가 '구원'될 수 있는 근본적인 방법으로 볼 수 있다. 여기서 '구원'은 자아와 타자의 분리의식의 극복을 의미한다.

"불교의 자비나 기독교의 박애를 성심껏 실행하기 위해서는 우선 그 교教에 대한 진실된 신앙을 가지고, 그 '교'의 구경적인 목표인 '피안'이나 '하늘나라'를 얻기 위한 수행 생활을 곁들여야 한다. 자기 자신의 생명이나 영혼의 구경적인 해결 및 구원을 위한 '피안'이나 '하늘나라'를 외면한 채 세상을 구한다느니 약한 자를 돕는다느니 하는 것은 '교'의 탈을 쓴 위선주의자가 아니면 어떤 현실적 정치적 목적을 위한 타락자들의 속임수에 지나지 않는다.

그런데 이 '피안'이나 '하늘나라'를 얻기 위한 제일 근본문제는 '나我'를 버리거나 희생시키는데 있다. 불교에서는 이것을 해탈解脫이라고 한다. '나'를 벗어난다는 뜻이다. 우리가 '피안'(열반)에 도달하지 못하는 것은 세속적인 욕심에 얽매어 있기 때문이며, 이러한 욕심은 '내'가 있기 때문이니 결국 '나'를 벗어나야 '피안'에 도달할 수 있다는 것이다."[67]

그러나 김동리는 한 주체가 '자아'를 버린다(벗어난다)는 것은 거의 불가능하다고 생각한다. 왜냐하면 그가 강조하는 "근대정신의 기조인 인간주의(인본주의)의 핵심은 자아, 즉 나에 대한 충실"에 있기 때문이다. 이러한 점에서 그는 종교적 윤리인 '사랑'은 근대인의 자아-타자의 분리의식을 해결하기 위한 현실적인 대안이 될 수 없다고 생각한다.

그러므로 그는 다음과 같은 현실적인 대안을 제시한다.

"그러면 현대인의 새로운 윤리는 어떻게 수립되어야 할 것인가. '자비'나 '박애'는 구경적인 구원救援과 연결되어 있으므로 도저到底한 신앙이 전제되어야 한다.

그러한 도저한 신앙을 가지지 못한 현대의 일반대중들이 택해야 할 윤리는 '자아'의 충실을 통하여 보편적인 인간애人間愛를 발견하고 이를 실천하는 일이다. 본디 인간성人間性 속에는 천성天性이 곁들여져 있기 때문에 '자아'에의 충실을 통하여 '자아' 속에 내포된 '천성'을 발견하고, 이 '천성'을 매개체로 하여 인간애人間愛로 발전할 수 있다고 본다."[68]

김동리는 "일반 대중들이 택해야 할 윤리는 자아의 충실을 통하여 보편

---

67) 김동리, 앞의 글, 325~326쪽.

68) 김동리, 위의 글, 326쪽.

적인 인간애를 발견하고, 이를 실천하는 일"이라고 주장한다. 여기서 중요한 사실은 그가 인간의 '보편적인 인간애'를 설명하는 방식이다. 그는 '보편적 인간애'가 "자아 속에 내포된 천성"을 매개로 발전한 것으로 파악한다. '천성'이라는 것은 '타고난 것', 즉 "원래부터 존재하는 선험적인 것"을 의미한다. 그러므로 '보편적 인간애'는 "자아 속에 선험적으로 존재하는 것"에 의해서 발전한 것으로 볼 수 있다.

이러한 그의 논리는 '보편적 인간애'의 '싹'인 '천성'을 자아 속에 선험적으로 존재하는 것으로 설정함으로써, '천성'(개별적인 것)으로부터 '보편적 인간애'(보편적인 것)로의 일반화가 불가능하다는 모순을 내포하고 있다.[69] '개별적인 것'으로부터 '보편적'인 것으로의 일반화는 개인 간의 상호 연관성과 타자성이 허용될 때 가능한 것이다. 하지만 '자아'라는 개념은 타자와의 분리를 전제로 한 개념이다. 이러한 측면에서 자아와 타자의 상호 연관성과 타자성이 배제된 '보편적 인간애'는 상호 이질적, 대립적인 타자들을 전체화하는 윤리가 될 수 있는 가능성을 내포하게 된다. 그러므로 그가 제시한 윤리는 보다 강력한 주체에 의해서 정치적, 이데올로기적으로 악용될 수 있는 가능성을 내포하게 된다고 볼 수 있다.

한편 김동리가 그의 소설에서 분리의식을 극복하기 위한 방식으로 제시한 것이 남녀 간의 '에로티즘'이다. 에로티즘은 분리된 타자와의 심리적, 육체적 합일(융합)의 추구[70]라는 측면에서, 자아와 타자의 분리의식을

---

69) 나병철, 『한국문학의 근대성과 탈근대성』, 문예출판사, 1996, 23쪽.

70) 조르주 바타이유, 『에로티즘』, 조한경 옮김, 민음사, 2006, 9~21쪽.

극복하기 위한 방식으로 볼 수 있다. 김동리는 죽음에 의한 분리와 타자에 의한 분리를 비슷한 차원으로 보고 있다. 그러나 죽음과는 달리 타자와의 관계에서는 자아와 타자가 서로 교섭할 수 있고, 이 경우 양자는 근본적으로 하나로 합치될 수 없으므로 미래를 향한 끝없는 교섭과정이 나타나게 된다. 이 방식은 자아를 버리지 않은 상태에서 타자와의 교섭과정을 통해 분리의식을 극복하는 것이다. 이 과정은 그의 소설 속에서 분리의식을 서사적으로 극복하는 방식으로 표현된다.[71]

2) 분리의 트라우마와 불가능한 치유

김동리 문학은 근대인의 극복할 수 없는 분리의식과 이로 인해 발생하는 불안과 공포의 체험에서 시작된다. 자아-타자의 분리의식은 기본적으로 인간이 다른 존재들과 함께 존재하는 공속적인 존재[72]라는 사실과 밀접한 연관성을 갖고 있다. 왜냐하면 특정한 자아의 의미는 다른 타자와의 관계 속에서 규정되는 것이며, 분리의식이란 기본적으로 자아-타자와의 관계에서 발생하는 것이기 때문이다.

---

71) 분리의식을 극복하기 위해 김동리가 제시한 방식과 엠마누엘 레비나스가 제시한 방식은 매우 유사하다. 이 두 사람은 모두 분리의식을 극복하는 방식으로써 '윤리'와 '에로티즘'을 제시한다.(엠마누엘 레비나스, 『시간과 타자』, 강영안 옮김, 문예출판사, 2011. 참조할 것.)

72) 하이데거는 인간의 현존성을 '세계-내-존재'로서 규정한다. 이는 인간이 이미 태어나는 순간 다른 대상들과 더불어 존재한다는 사실을 의미한다.(마르틴 하이데거, 『존재와 시간』, 이기상 옮김, 까치, 2007, 255~256쪽.)

"이 말을 좀더 敷衍하면, 우리는 한사람씩 한사람씩 天地 사이에 태어나 한사람씩 한사람씩 天地 사이에 살아지고 있다는 事實을 通하여, 적어도 우리와 天地 사이엔 떠날래야 떠날 수 없는 有機的 聯關이 있다는 것과 및 이「有機的 聯關」에 關한限 우리들에게는 共通된 運命이 賦與되어 있다는 것을 發見하게 되는 것이다. 우리는 우리들에게 賦與된 우리의 共通된 運命을 發見하고 이것의 展開에 志向하지 않으면 안된다. 우리가 이事業을 遂行하지 않는限 우리는 永遠히 天地의 破片에 끝칠 따름이요, 우리가 天地의 分身임을 體驗할수는 없는 것이며, 이 體驗을 갖지 않는限 우리의 生은 天地에 同化될수 없기때문이다. 그리고 우리는 우리에게 賦與된 우리의 이 共通된 運命을 發見하고 이것의 打開에 努力하는 것, 이것이 곧 究竟的 삶이라 부르며 또 文學하는 것이라 일으는 것이다. 웨 그러냐하면 이것만이 우리의 삶을 究竟的으로 完遂할수 있는 길이기 때문이다."[73]

위의 예문은 김동리의 인간의 현존에 대한 인식을 선명하게 보여준다. 그는 인간이 "한 사람씩 한 사람씩 천지 사이에 태어나 한 사람씩 한 사람씩 천지 사이에 살아지고 있다는 사실을 通하여, 적어도 우리와 천지 사이엔 떠날래야 떠날 수 없는 유기적 연관이 있다는 것과 이「유기적 연관」에 관한 한 우리들에게는 공통된 운명이 부여되어 있다"고 말한다. 여기서 "한 사람씩 한 사람씩 천지 사이에 태어나 한 사람씩 한 사람씩 천지 사이에 살아지고 있는 사실"은 인간이 근본적으로 자신들의 기원과 유래,

---

73) 김동리, 「문학하는 것에 대한 사고-나의 문학정신의 지향에 대하여」, 『문학과 인간』, 청춘사, 1952, 100~101쪽.

그리고 인간의 외부를 둘러싼 사물들에 대해 설명할 수 없을지라도, 인간은 인간을 포함하는 다른 사물들과 '이미' 더불어 존재하고 있다는 사실을 의미한다. 그러므로 인간은 다른 존재들과 더불어 존재한다는 점에서 "떠날래야 떠날 수 없는 유기적 연관"을 맺을 수밖에 없다. 그러나 이러한 연관성에도 불구하고, 자신을 둘러싼 존재들은 치명적인 불안과 공포의 대상이 된다.[74] 인간은 근본적으로 고립된 개별자의 형태로 존재하며, 자신과 대면하고 있는 다른 대상들과 분리된 존재이다. 자신을 둘러싸고 있는 대상은 근본적으로 나와는 전혀 다른 존재이며, 그들과 자신과의 사이에는 물질적 거리와 그 이상의 심리적 거리가 존재한다. 이 분리의 심연은 인간으로 하여금 불안과 공포를 불러일으키는 근원적인 요인이다.

한편 죽음에 의한 분리의식은 그의 문학적 상상력을 불러일으키는 또 다른 핵심적인 요인이다.

"내가 다섯 살 때 경험한 선이의 죽음은 나에게 생각하는 버릇을 굳혀 주었다. 이래 근 칠십년에 걸친 나의 인생은 명상 내지 사색의 연속이었다고 해도 지나친 말이 아닐 정도. 그러나 나의 그 명상과 사색은, 어떤 공안公案이나 화두話頭를 전제한 정진精進도 아니요, 무슨 체계體系를 전제한 논리적 표현을 목적한 것도 아니었다. 그런대로 칠십년 가까이 계속된 사색과 명상이라면, 어떤 일관된 방향이나 광의廣義의 주제主題 같은 것이라도 없을 수 있느냐고 한다면, 그것은 한마디로 오직 〈죽음〉이 있을 뿐이라고 나는 대답할 수밖에 없다. 따라서 나는

---

74) 마르틴 하이데거, 『존재와 시간』, 이기상 옮김, 까치, 2007, 256쪽.

언제 어디서 꽃을 보거나 녹음을 보거나, 입에 거품을 물며 외쳐대는 세상의 얼굴들이나 반갑다고 웃으며 손을 내미는 친구의 그것이나, 나에게 있어서는 그 모두가 이별離別의 대상對象에 지나지 않는다. 지금 이곳의 나는 저승에서 이승으로 잠깐 나들이 온 어떤 〈나〉에 지나지 않는다고 언제나 그렇게 믿고 있기 때문이다."[75]

위의 예문은 김동리가 '다섯 살'이라는 어린 나이에 경험했던 친구의 죽음이 그의 삶에 얼마나 중요한 영향을 끼쳤는가를 선명하게 보여주는 글이다. 그 경험 이래 그의 "근 칠십 년에 걸친 인생은 명상 내지 사색의 연속"이었으며, 이 "계속된 사색과 명상이 오직 '죽음'"에 고착되었다는 것을 알 수 있다.[76] 이러한 고착화 경향에 의해서, 그를 둘러싼 '꽃', '녹음'과 같은 자연과 다른 타자들은 모두 '이별(죽음)', 즉 분리의 관점에서 파악된다. 이는 그가 세계 내에 존재하는 대상들이 하나의 고립된 개별자이며, 결국 소멸을 담보한 존재라는 사실을 항상 인식하고 있었다는 것을 의미한다. 그러므로 죽음은 김동리에게 자신과 타자들의 관계를 규정하는 핵심적인 기준이 된다.

김동리의 분리의식은 문학 속에서 다양한 방식으로 변주되어 형상화된다. 이러한 문학적 특성은 그가 어린 시절 겪었던 친구와의 분리(죽음)의 경험이 그의 삶을 지배하는 하나의 트라우마로 자리 잡았다는 것을 의

---

75) 김동리, 「책머리에–사색과 명상의 언어를…」, 『밥과 사랑과 그리고 영원』, 사사연, 1985.

76) 김동리의 죽음에 대한 공포와 무속과의 연관성에 대해서는 이진우, 『김동리 소설 연구–죽음의 인식과 구원을 중심으로–』(푸른사상사, 2002, 72~75쪽.)를 참조할 것.

미하며, 그의 문학은 이 경험을 서사적으로 기억하는 작업임을 암시한다. 즉 그의 소설은 과거의 극복할 수 없는 분리(죽음)의 트라우마를 반복적으로 재현한 것이다.[77] 이러한 측면에서 김동리의 서사적 '기억하기'는 일종의 치유 행위이다.[78] 김동리는 일생 동안 분리의식에 의한 공포를 문학적 기억하기를 통해 치유하는 과정을 반복했다고 볼 수 있다.[79] 그러나 그가 열망하는 분리의식의 극복은 궁극적으로 이루어질 수 없다. 왜냐하면 문학적 형상화 과정을 추동하는 상상력이 종료되는 순간, 그는 자신이 현실의 존재라는 사실을 인식하게 되며, 이로써 문학적 치유효과는 상실되기 때문이다.

2. 완전한 소통에의 열망과 문학적 상상력

1) '구경적 생의 형식'과 분리의식의 극복

김동리가 문학을 하게 된 근원적인 동기는 '인간의 유한성(죽음)'에 의해

---

77) 리처드 커니, 『이방인 · 신 · 괴물』, 이지영 옮김, 개마고원, 2004, 252쪽.

78) 리처드 커니는 예술이 일종의 치료법을 제공한다고 주장한다(리처드 커니, 위의 책, 19쪽.)

79) 김동리는 자신이 "문학을 하게 된 동기가 죽음을 생각하고, 그것을 너무나 두려워 한 결과"이며, "죽음에 대하 집착이 자신의 문학을 종교와 결부시켜 놓은 것일지도 모른다"라고 말한다. 그러나 이러한 그의 노력에도 불구하고, 여전히 "죽음에 대한 전율은 가셔지지 않고 있다"고 말한다.(김동리, 「문학 그 동기 죽음」, 『고독과 인생』, 백만사, 1977, 164쪽.)

발생하는 분리의식의 극복에 있다.[80] 이는 김동리가 어느 종교에도 귀의할 수 없는 '자아 중심'의 인물이라는 점과 밀접한 연관성을 갖고 있다.[81] 그의 자아에 대한 강조는 그가 종교적(신화적) 세계관에서 벗어난 탈 신화화된 세계관을 지닌 인물이라는 사실을 의미한다. 이러한 합리적, 이성적 세계관 내에서 인간의 죽음은 단순한 물질적(육체적) 죽음에 불과하며, 이러한 인식으로 인해 발생하는 죽음에 의한 분리의식은 근본적으로 극복될 수 없는 것이다.

김동리는 근대인의 분리의식을 '인생의 구경 추구'라는 독특한 문학관을 통해서 극복하고자 한다.

"그러므로「文學하는 것」은 먼저「사는 것」이 아니어서는 아니 된다.

그러면 어떻게 사는 것이「文學하는 것」인가.

…… 그것이 위에서 말한 究竟的 삶生 이라 일컫는 것이다. 여기서 人類는 그가 가즌 無限無窮에의 意慾的 結實인 神明을 찾게 되는 것이다.「神明을 찾는다」는 말이 거북하면 自我속에서 天地의 分身을 發見하려 한다고 해도 좋은 것이다.

이 말을 좀더 敷衍하면, 우리는 한사람씩 한사람씩 天地 사이에 태어나 한사람씩 한사람씩 天地 사이에 살아지고 있다는 事實을 通하여, 적어도 우리와 天地 사이엔 떠날래야 떠날 수 없는 有機的 聯關이 있다는 것과 및 이「有機的 聯

---

80) 김동리, 앞의 글, 164쪽.

81) 김동리,「나는 왜 크리스찬이 아닌가」,『밥과 사랑과 그리고 영원』, 사사연, 1985. 참조할 것.

關」에 關한限 우리들에게는 共通된 運命이 賦與되어 있다는 것을 發見하게 되는 것이다. 우리는 우리들에게 賦與된 우리의 共通된 運命을 發見하고 이것의 展開에 志向하지 않으면 안된다. 우리가 이事業을 遂行하지 않는限 우리는 永遠히 天地의 破片에 끝칠 따름이요, 우리가 天地의 分身임을 體驗할수는 없는 것이며, 이 體驗을 갖지 않는限 우리의 生은 天地에 同化될수 없기때문이다. 그리고 우리는 우리에게 賦與된 우리의 이 共通된 運命을 發見하고 이것의 打開에 努力하는 것, 이것이 곧 究竟的 삶이라 부르며 또 文學하는 것이라 일으는 것이다." [82]

김동리에게 있어서 '문학하는 것'은 '사는 것'이며, 이는 '구경적 삶을 추구'하는 것이다. 김동리가 문학을 하게 된 궁극적인 동기가 죽음에 의한 분리의식의 극복에 있는 만큼, '究竟적 삶'이란 죽음을 극복한 삶이다. 그러나 유한한 인간이 죽음을 극복한다는 것은 근본적으로 불가능하다. 이 지점에서 죽음의 극복 불가능성을 극복 가능성으로 전환시키는 그만의 논리가 등장한다.

먼저 주목해야 할 점은 '우리(인간)'와 '천지' 사이에 '유기적 연관'이 있다는 논리이다. '천지'는 구체적으로 인간을 둘러싼 외부 세계, 즉 자연을 의미한다. 인간은 자연과 더불어 세계 내의 존재로서 공속하고 있지만, 근본적인 의미에서 자연은 인간과 서로 유기적으로 연결된 존재가 아니다. 자연은 원래의 상태 그대로 존재하고 있을 뿐이며, 인간과의 유기적 연관 속에서 탄생한 것이 아니다. 보다 정확하게 말한다면, 인간에게 자연이란

---

82) 김동리, 「문학하는 것에 대한 사고-나의 문학정신의 지향에 대하여」, 『문학과 인간』, 청춘사, 1952, 98~101쪽.

불안과 공포를 불러일으킬 수 있는 대상이다. 왜냐하면, 자기 자신의 탄생의 이유와 유래를 전혀 알 수 없는 상태에서 어느 날 갑자기 대면하게 되는 자연은 인간의 분리의식을 심화시키는 하나의 동인이 되기 때문이다. 여기서의 자연은 인간이 직면하고 있는 물리적 대상으로서의 자연이다. 이러한 사실에도 불구하고, 김동리는 인간과 자연이 공속하고 있다는 사실을 근거로 서로 끊임없이 연결시키고자 한다. 이러한 시도는 인간과 그를 둘러싼 자연(외부세계) 사이의 분리의식을 극복하기 위한 하나의 전제가 된다. 이를 통해서 그는 인간이 분리된 '천지의 파편'이 아니라, '천지의 분신'이며, 더 나아가서 인간이 '천지에 동화'될 수 있다고 주장한다. 여기서 '천지'는 인간을 포함한 전체로서의 자연으로 볼 수 있다.[83]

두 번째로 주목해야 할 점은 인간에게 '공통된 운명이 부여'되어 있다는 논리이다. 여기서 '운명'이란 곧 죽음을 의미한다. 모든 인간에게 죽음이란 필연적인 하나의 과정으로서, 인간의 공통된 특성으로 볼 수 있다. 하지만 죽음은 특정한 생명체가 혼자서 감내할 수밖에 없는 사건이라는 측면에서, '공통된' 운명이라기보다는 그 개별자의 운명이다. 김동리는 죽음이라는 각각의 개별자의 운명을 '공통된' 운명으로 전환시킴에 의해서, 죽음 역시 각자가 극복해야 할 대상이 아니라 '우리'가 극복해야 할 대상

---

83) 스피노자는 자연을 능산적 자연(natura naturans)과 소산적 자연(natura naturata)으로 구분한다. 여기서 능산적 자연은 창조자로서의 신을 의미하며, 소산적 자연은 창조되는 자로서의 자연을 의미한다. 스피노자는 능산적 자연을 소산적 자연의 초월적 원인(causa transiens)이 아니라, 내재적 원인(causa immanens)이라고 규정한다. 능산적 자연은 동양사상에서의 자연에 가깝다.(박삼열, 『스피노자의 「윤리학」 연구』, 선학사, 2002, 40~43쪽.)

이라는 논리로 확대시킨다. 이러한 논리적 확대에 의해서, 나(자아)와 너(타자)는 '우리'라는 연대 속으로 포섭되며, 나(자아)와 너(타자) 사이에 존재하는 경계는 일시에 무화된다. 이 무화된 빈 공간은 합일의 충만한 감정으로 채워지게 되는 것이다.

김동리의 문학 논리는 인간에게 분리의식을 발생시키는 요인을 크게 인간-자연, 그리고 인간-인간으로 구분하고 있다. 이 두 가지 분리의식은 '유기적 연관성'(인간-자연)과 '공통된 운명'(인간-인간)이라는 측면에서 극복 가능한 대상으로 전환된다. 여기서 '인간-자연'과 '인간-인간'의 분리의식은 인간이 기본적으로 자아를 통해 자신을 둘러싼 타자와 자연물을 인식, 반응하며, 일정한 관계를 맺게 된다는 측면에서, 결국 자아-타자(자연+다른 인간)의 분리의식으로 수렴된다.

그러므로 김동리가 문학적 형상화를 통해서 극복하고자 하는 분리의식은 자아-타자의 분리의식이다. 그가 분리의식을 극복하는 방식은 서로 이질적인 대상인 자아-타자의 사이에 존재하는 경계와 간극을 무화시키고, 서로 연결시키는 방식이다. 이러한 연결에 대한 무한한 집착은 그가 분리의식으로 인해 느끼는 공포의 크기를 반증한다. 이러한 집착은 그의 소설 속에서 동일한 방식으로 나타나는 것이 아니라, 분리의 양상들이 일정한 동형성을 지니면서도 주제를 변형시키는 방식으로 나타난다.[84] 그러나 그의 소설들을 추동하는 근원적인 동력은 분리의식을 극복하고자 하

---

84) 질베르 뒤랑은 특정한 주제에 집착하는 현상을 '주제의 점착성'이라고 정의한다. 그는 이러한 '점착성'을 인간의 내밀한 강박관념의 형상화라고 주장한다.(질베르 뒤랑, 『상상계의 인류학적 구조들』, 진형준 옮김, 문학동네, 2007, 412쪽.)

는 욕망이라는 측면에서 공통점을 갖고 있다. 그의 문학적 형상화 방식은 '합일(合一)', '융화(融和)', '귀화(歸化)'의 방식이다. 이러한 '합일', '융화', '귀화'의 문학적 상상 속에서, 자아-타자 사이에 존재하는 심리적, 육체적 (물질적) 분리의식은 극복될 수 있는 것이다.[85]

그러므로 그의 문학적 상상의 공간에서 자아-타자는 완전한 '하나'가 될 수 있고, 개인들로 구성된 공동체(민족/국가) 내에서는 어떠한 균열도 존재하지 않는다.[86] 그러나 자아-타자가 하나가 된다는 것은 실질적인 의미에서 한 주체가 다른 주체에 통합되는 것을 의미하며, 공동체(민족/국가)에 의한 개인들의 통합은 그 공동체 안에 소속된 구성원들의 동일화 내지 균질화를 의미한다. 이러한 측면에서 '합일', '융화'의 방식은 자아-타자의 분리의식의 진정한 극복방식으로 볼 수 없다.

2) 서사를 통한 타자성의 회복과 문학적 상상력

(1) 삶의 '균형 잡기'와 문학적 상상력

김동리에게 분리의식은 평생 동안 전율과 공포의 대상이었고, 문학적 형상화를 통해 극복해야 할 대상이었다. 그는 많은 수필과 글을 통해서

---

85) 김동리, 「신세대의 정신-문단 〈신생면〉의 성격, 사명, 기타-」, 『문장』, 1940. 5. 91쪽.

86) 김동리는 "민족이란 한 개 개성"이며, "민족은 공동운명체"라고 말한다. 이는 '개성'='민족'='공동운명체'으로 요약할 수 있다. 이러한 논리의 비약은 개인과 공동체 사이에 연결성을 찾고자 하는 의도의 결과이다.(김동리, 『문학개론』, 정음사, 1952. 34쪽.)

분리의식으로 인해 심리적, 육체적으로 하강(추락)하는 양상을 끊임없이 보여준다. 그가 습관처럼 토로하는 죽음의 공포와 죽음에의 충동(유혹)[87], 고독, 슬픔, 절망과 그가 앓아 온 원인을 알 수 없는 병, 불면증, 신경증에 대한 언급은 자아-타자와의 분리의식에 기인한 하강(추락)의식과 직접적으로 연결되어 있다. 이러한 하강(추락)의식은 그가 대면하고 있는 구체적인 현실로부터 벗어나고자 하는 도피의식으로 발전하는 양상을 보여준다.

김동리는 「가을밤의 이 소슬」이라는 수필[88]에서 "잠자는 시간에만 살아 있다"라고 말한다. 다소 역설적이고, 과장적인 이 표현은 김동리와 외부세계 사이에 존재하는 분리의 심연을 단적으로 보여준다. 이 글에서 그의 분리의식을 자극하는 대상은 무한한 생명성을 지닌 자연이다. 그는 "폭포처럼, 강물처럼 퍼붓고 있는 햇빛"을 바라보며, 자연의 역동적인 생명성에 완전히 압도당한다. 그는 자연의 생명성과 자신의 무력함 사이에서 알 수 없는 '피곤함'을 느끼게 되고, 잠이 선사하는 망각 속으로 지속적으로 도피하는 양상을 보여준다. 여기서 '잠'이란 현실로부터 '뒷걸음치는 행위'이자, 극복할 수 없는 분리에 대한 반사적인 행동이다. 이는 자기 안의 세계로 도피하려는 '자폐증'적 경향이다. 이러한 내면으로의 하강은 '현실과의 접촉 상실', '실용주의의 결핍', '현실 기능의 상실'[89]이라는 측면에서, 결과적으로 삶의 균형 감각을 상실하게 만드는 요인이 된다. 이 지점에서

---

87) 김동리, 「가을밤의 이 소슬」, 『밥과 사랑과 그리고 영원』, 사사연, 1985.

88) 김동리, 「잠」, 『자연과 인생』, 국제문화사, 1965, 89~90쪽.

89) 질베르 뒤랑, 『상상계의 인류학적 구조들』, 진형준 옮김, 문학동네, 2007, 272쪽.

상실된 삶의 균형 감각을 되찾기 위한 본능이 발현되게 되는데, 김동리에게 있어서 이는 '문학 하는 것'이며, 보다 구체적으로 말한다면 문학적 '상상력'이다.

아래의 인용문은 김동리의 문학이 왜 '몽환적, 비과학적, 초자연적' 세계를 그리게 되는지에 대해 중요한 실마리를 제공한다.

> "自己의 愚見에 衣하면 어떠한 主觀이나 客觀이 그 自體가 따로 떠러저서는 아무런 리알리즘도 成立될수 없다는 것이다. 作家의 主觀과 아무런 交涉도 없는 現實(客觀)이란 어떠한 境遇에도 그 作家的 리알리즘과는 아무런 相關도 없는것이다. 한 作家의 生命(個性)的 眞實에서 把握된 「世界」(現實)에 비로서 그 作家的 리알리즘은 始作 하는것이며, 그 「世界」의 呂律과 그 作者의 人間的 脈搏이 어떤 文字的 約束아래 有機的으로 肉體化 하는데서 그 作品(作家)의 「리알」은 成就 되는것이다. 그러므로 아모리 夢幻的이고, 非科學的이고 超自然的인 現像이드라도, 그것은 가장 現實的이고 常識的이고 科學的이 다른 어떤 現象과 꼭 마찬가지로 어떤 作家의 어떤 作品에 있어서는 훌륭히 레알리즘이 될수있는 바이다."[90]

김동리는 「나의 소설수업」이라는 글에서 '리알리즘' 문학의 조건으로서 '작가의 주관'과 '현실(객관)'과의 '교섭'을 강조한다. 이러한 '교섭'의 강조는 '리알리즘' 문학이 작가를 둘러싼 '현실(객관)'을 구체적으로 재현할 수 있어야 한다는 사실을 의미한다. 그는 현실과 작가의 문학적 재현

---

90) 김동리, 「나의 소설수업-〈리알리즘〉으로 본 당대 작가의 운명」, 『문장』, 1940. 3. 174쪽.

이 서로 유기적으로 연결되어 있다면, 그 문학적 표현기법과는 상관없이 '리알'이 성취될 수 있다고 주장한다. 즉 문학적 기법과는 상관없이 현실의 총체성을 재현하는 문학이 곧 '리알' 문학이라는 것이다. 그러므로 그는 자신의 문학이 아무리 '몽환적', '비과학적', '초자연적'인 현상을 그리고 있을지라도 현실과 유기적으로 연결되어 있다는 측면에서 '본격적 리알리즘'[91]이라고 주장한다. 이러한 그의 주장을 통해서 그의 문학은 그가 외부 현실과 대응하는 과정에서 그의 관점에 의해 새롭게 재현된 세계이며, 이 세계는 현실 속에서 성취될 수 없는 그의 열망(이상)을 형상화한 세계라는 사실을 알 수 있다.

이와 같이 김동리 문학이 비현실적인 성격을 띠게 되는 구체적인 요인은 두 가지 측면에서 설명할 수 있다. 김동리가 「나의 소설수업」을 썼던 때가 1940년이라는 점에서, 우리는 먼저 그가 처한 식민지 현실에 주목할 필요가 있다. 1930년대 중후반 이후 식민지 조선은 일제의 극렬한 억압과 수탈을 겪는 동시에, 일제 주도의 식민지 자본주의화 정책으로 여러 가지 자본주의의 모순이 발생하고 있었다. 이러한 식민지 조선의 현실은 김동리의 분리의식을 심화시키는 주요 요인이다.[92] 즉 식민지 현실과 관련한 김동리의 분리의식은 그 부조리한 현실을 변화시킬 수 없다는 무력감과 밀접한 연관성을 갖고 있다. 그러므로 김동리는 자신의 분리의식을 구체적인 현실의 재현을 통해서 표현하기보다는 총체성을 상실한 현실에서

---

91) 김동리, 앞의 글, 174쪽.

92) 이러한 조선의 식민지 상황은 한국의 모더니즘과 서구의 모더니즘을 구분하는 미학적 차이의 근원이 된다.(나병철, 『한국문학의 근대성과 탈근대성』, 문예출판사, 1996, 98쪽.)

그의 분리의식을 대상화하는 방식으로 표현한다. 이는 그가 인식한 식민지 현실을 내적 형식(플롯)에 의해 재현하기보다는 외적 기법(미학적 기법)에 의해 재현[93]했다는 것을 의미한다. 그러므로 그의 문학은 서사성이 약하고, 언어적 기법(상징, 이미지)이 중시되는 경향이 나타나게 된다.

김동리의 소설이 비현실적인 성격을 띠게 되는 또 다른 주요 원인은 그가 추구하는 문학이 근대인이 경험하게 되는 분리의식을 극복하고자 하는 열망에서 기인되었다는 점과 밀접한 연관성을 갖고 있다. 근대인의 분리의식은 개인이 자유를 획득함으로써 발생하게 되는 필연적인 결과물이라는 점에서, 분리의식을 극복하는 것은 현실적으로 불가능하다. 이러한 분리의식의 극복 불가능성은 그의 문학을 종교(신화적 세계관)와 연결시키는 근본적인 동인으로 볼 수 있다. 그러므로 그의 문학은 '몽환적', '비과학적', '초자연적'인 성격을 띠게 되는 것이다. 이러한 그의 문학적 특성을 분석하기 위해서는 그가 주장하는 '진정한 창작정신'의 의미를 살펴 볼 필요가 있다.

"리알리즘을 標榜하는 作家나 評家中에서는 흔히 있는 그대로 그리라는둥, 있는 그대로 그리겠다는둥 하지만 이말은 확실히 리알리즘精神의 一面을 代表하는 同時, 다시 여러모로 反駁되어야 할것이다. 무엇보다도 이말의 큰 誤謬는 作家의 眞正한 創作精神의 拒否에 있다. 여기 이른바 眞正한 創作精神이란

---

93) 이러한 측면에서 김동리의 문학은 모더니즘적 성격을 지니고 있다고 볼 수 있다. 한국의 모더니즘의 특수성에 대해서는 나병철, 『한국문학의 근대성과 탈근대성』, 문예출판사, 1996, 201~202쪽을 참조할 것.

作家의 主觀(個性, 運命)에서 빚어진 倫理的要素와 神秘的要素를 일컫는 것이다. 또 眞正한 創作精神으로써의 倫理的要素란, 저무슨 修身敎科書나 팜푸렡 조각에서 누구나 함께 읽고 듣고한 그러한 常識(倫理의)을 말하는것이 아니라, 作者의 個性과 運命과 意慾等에서 빚어난, 즉 倫理의 創造를 말하는 것이다. 이러한 倫理의 創造를 拒否하는 藝術이라면 그것은 저 修身敎科書나 팜푸렡의 道德觀에 根據를 둔 勸善懲惡流의 通俗物과 함께 이미 우리가 肯定할바 藝術은 못될것이다.

文學史上의 가장 嚴格한 리알리스트의 한사람으로서 自他가 公認하는 저 「푸로베-ㄹ」이 가끔 藝術至上主義者의 이름을 듣게 되는것도 그의 藝術이 그의 主觀(個性, 運命)에서 빚어진 倫理的要素와 神秘的要素(藝術의 宗敎的精神의 通路)가 缺乏되어 있기때문이다."[94]

김동리는 '진정한 창작정신'이란 '윤리적 요소'의 창조와 '신비적 요소'의 창조에 의해서 이루어지며, '윤리적 요소'는 '작가의 개성과 운명과 의욕 등에서 빚어난 윤리'이고, '신비적 요소'란 "예술의 종교적 정신의 통로"라고 주장한다. '윤리적 요소'는 "작가의 개성과 운명과 의욕 등에서 빚어난 윤리"라는 점에서, '윤리의 창조'는 결국 운명(죽음)의 극복, 즉 분리의식을 극복할 수 있는 새로운 윤리를 창조하는 것을 의미한다. 한편 '신비적 요소'는 "예술의 종교적 정신의 통로"라는 점에서, '운명(죽음)=분리의식'이라는 극복 불가능한 대상을 극복 가능한 대상으로 전환시키는 종교

---

94) 김동리, 「〈센치〉와 〈냉정〉과 〈동정〉」, 『박문』, 1940. 12. 16~17쪽.

적(신화적) 상상력을 의미한다.

그러므로 그의 문학적 상상력은 인간이 처한 실존적 상황에 대한 하나의 반응이며, 극복할 수 없는 외부의 현실을 극복 가능한 대상으로 바꾸는 '가공의 기능(fonction fabulatric)'이다.[95] 이러한 문학적 기능을 통해서 그는 인간의 현실적 절망과 낙담에 대항하게 되고, 이러한 절망과 낙담을 희망으로 전환하게 된다. 즉 김동리에게 문학적 상상력은 그의 삶의 균형을 잡아주는 기능을 담당한다고 볼 수 있다.

(2) 상징, 이미지, 그리고 회귀의 신화학

김동리에게 '문학하는 것'은 삶의 균형을 잡기 위한 하나의 생명체로서의 본능이다. 그러므로 문학은 그에게 종교와도 같다. 그는 "문학은 사색하고, 상상하고, 창조(표현)하는 것이다"[96]라고 말한다. 이는 그가 추구하는 문학의 목표가 분리의식의 극복에 있는 만큼, 문학이란 인간의 분리의식에 관해 사색하고, 이를 극복하기 위해 상상하고, 상상한 내용을 문학적으로 창조(표현)하는 것으로 바꾸어 말할 수 있을 것이다. 그는 분리의식을 극복하기 위해서는 인간의 한계를 뛰어넘는 새로운 인간형의 창조와 궁극적으로 새로운 초월적인 세계의 창조가 필요하다고 주장한다. 이러

---

95) 베르그송은 상상력의 기능을 생물학적 측면에서 새롭게 분석한다.(앙리 베르그송, 『도덕과 종교의 두 원천』, 김재희 옮김, 지식을만드는지식, 2009, 94~98쪽.)

96) 김동리, 「문학하는 것에 대한 사고-나의 문학정신의 지향에 대하여」, 『문학과 인간』, 청춘사, 1952, 101쪽.

한 새로운 인간형의 창조와 세계의 창조를 가능하게 하는 것은 '상징'에 의해서 실현된다. 문학 속에서 상징적 어휘들은 반복을 통해서 하나의 커다란 이미지의 체계를 형성하게 되는데, 이는 곧 세계를 재현해 보여주는 체계[97]가 된다.

이러한 문학적 재현이 가능한 이유는 상징이 지닌 근본적인 특성에 있다. 서론에서도 언급했듯이, 상징은 감각적으로 느낄 수 있는 하나의 구체적인 대상을 지칭하는 것이 아니라, 하나의 의미로만 귀결된다. 이러한 상징의 특성으로 인해서, 작가는 새로운 의미를 창조할 수 있고, 작가가 열망하는 세계를 자유롭게 형상화할 수 있는 것이다.[98] 그러므로 상징은 인간이 대면하고 있는 극복할 수 없는 현실을 극복 가능한 현실로 전환시키고자 하는 열망에 의해서 발현되는 것이라고 볼 수 있다. 이러한 측면에서 상징과 이미지는 그 자체가 현실의 역사성을 내포하고 있으면서도, 그 역사성을 초월하려는 성격[99]을 지니게 된다. 이러한 상징과 이미지의 초월성은 필연적으로 인간의 종교적 열망과 결합되도록 만드는 근원적인 요인이다.

"신과 인간과 민족이란 세 가지 기본요소는 따로따로 그것이 작품의 주제로 되기보다는 한데 엉겨서 인간과 신의 관계라든가 인간과 신과 민족의 관계라든

---

97) 질베르 뒤랑, 『상징적 상상력』, 진형준 옮김, 문학과지성사, 1983, 99쪽.

98) 질베르 뒤랑, 위의 책, 19~21쪽

99) 질베르 뒤랑, 위의 책, 41쪽.

가 하는 따위로 나타났다. 나의 문학에 대해서 제삼자가 말할 때 주로 종교문제를 다룬다고 흔히들 말하지만 그것은 정확하지 않다. 종교문제라고 할 때는 교단敎團이 주 대상이지만 나에게 있어 교단은 지극히 간접적인 배경에 지나지 않는다. 신과 인간간의 관계, 불타와 인간의 관계, 천과 인간의 관계, 거기에는 간접적으로 교단과 관계될지 모르지만 내 자신의 관심은 교단에 있지 않다."[100]

김동리는 자신의 문학에서 기본적인 세 가지 요소가 '신', '인간', '민족'이며, 이 세 가지 요소가 서로 결합되어 '신과 인간의 관계', '인간과 신과 민족의 관계' 등으로 형상화된다고 주장한다. '신과 인간의 관계'를 다룬 것은 단순히 종교적 신념을 형상화한 것이 아니라, 그의 문학적 목표를 실현하기 위한 간접적인 배경에 불과하다는 것이다. 이와 같이 그가 '신'을 인간 문제와 결합시키는 근본적인 이유는 신이 초월성을 상징하기 때문이다. 여기서 신은 단순히 기독교의 '하느님'이나, 불교의 '부처님'을 의미하는 것은 아니다. 김동리의 소설에서 신의 개념은 일반적인 신의 개념을 뛰어넘는다. 그에게 신은 특정한 몇몇 대상이 아니라, 우리 주변의 모든 대상들이 모두 신이 될 수 있다. 그 이유는 그 대상들에 부여된 상징의 유연성과 확장 작용 때문이다. 즉 상징은 구체적으로 실존하는 특정 대상을 하나의 의미로 변모시키며, 상징의 역동적 성격으로 인해 새로운 의미를 창조하게 된다.[101]

---

100) 김동리, 「신과 인간과 민족」, 『밥과 사랑과 그리고 영원』, 사사연, 1985, 115쪽.

101) 질베르 뒤랑, 앞의 책, 15~19쪽.

"이리하여 東洋精神의 한象徵으로서 取한「毛化」의 性格은 表面으로는 西洋
精神의 한代表로서 取한 예수敎에 敗北함이되나 다시 그本質世界에 있어 悠久
한勝利를 갖게 된다는것이다.

人間의 個性과 生命의 究竟을 追求하여 얻은 한개의 到達點이 이「毛火」란
새人間型의 創造였고, 이「毛火」와 同一한 思想的系列에 서는 人物로선「山祭」
의「太平이」가 그것이다. 毛火나 太平이들이 이時代 이現實에 對하여 別般意義
를 가지지못함은 내 自身 잘알고있으나, 그러나 人間이 個性과生命의 究竟을追
求하여 永遠히 넘겨보군할 그러한 한개의 길이라고 나는 믿는것이다."[102]

위의 인용문을 통해서 알 수 있듯이, 무속에서 인간과 자연('나무', '돌',
'바위', '산' 등등)은 모두 하나의 신을 상징한다. 여기서 인간 모화가 신이
될 수 있는 것은 '동양정신의 한 상징'이기 때문에 가능하며, 자연물이 신
이 될 수 있는 것은 그들이 '무한성(영원성)'을 상징하기 때문이다. 이러한
초월성을 부여받는 인간과 자연은 서로 분리된 존재가 아니라, 서로 소
통(합일)할 수 있는 존재들이다. 다만 서로 다른 개별자로서의 물질적(육
체적) 분리만이 존재할 뿐이다. 그러므로 한 생명체로서의 죽음은 완전한
소멸(분리)을 의미하는 것이 아니라, 새로운 생명체로 전환하기 위한 필수
과정에 불과하다. 이러한 생명의 순환에 대한 상상은 죽음으로 발생하는
분리에 대한 불안과 공포를 무화시키며, 궁극적으로 합일과 융화에 대한
상상을 촉진시킨다.

---

102) 김동리, 「신세대의 정신-문단 〈신생면〉의 성격, 사명, 기타-」, 『문장』, 1940. 5. 90~92쪽.

이러한 역동적 상상력에 의해서, 그의 문학 속에는 하나의 신화가 탄생하게 된다. 그런데 이 새롭게 창조된 '신화'는 김동리가 속한 현실과 완전히 괴리된 비현실적 공간이 아니다. 이 '신화'는 김동리가 처한 현실적 상황을 그의 관점에서 새롭게 해석하여 재구성된 것으로서, 현실의 객관적 진실과 이를 새롭게 구성하려는 그의 욕망 사이에서 창조된 것[103]이다. 즉 이 신화는 분리의식을 극복할 수 없는 객관적 현실과 이를 초월하고자 하는 그의 열망이 상호작용하는 과정에서 새롭게 창조된 상상의 공간이다. 이 신화적 공간 안에서, 모든 대상들의 분리의식은 존재하지 않는다. 그러므로 이 공간에서 인간의 절망(하강)은 희망(상승)으로 전환된다.

한편 김동리에게 '민족/국가'는 종교 이상의 의미를 지니고 있다. 이러한 그의 사상은 그의 백부 범부 선생이 민족주의자였다는 사실과 밀접하게 연결되어 있다.

"나는 그 글에서 〈나는 어려서부터 예배당엘 다녔다〉고 했지만, 실상은 내가 예배당엘 다니기 이전부터 나에게는 민족 의식民族意識이 특이한 성질로 깃들어 있었던 것이다. 그것은 주로 내 백씨伯氏-凡父先生에게서 깨우쳐진 것이다. 내 백씨가 일본이나 서울 같은 데서 집으로 돌아오시면, 그 날로 순사나 형사가 우리 집에 나타나곤 했던 것이다. (그 당시 내 백씨는 일경의 소위 〈요시찰 인물〉로 되어 있었던 것이다) 그 즈음 나는 순사가 칼을 차고 우리 집으로 들어와 툇마루에 걸터앉은 채 내 백씨와 더불어 오랫 동안 면담을 하고 있던 일을 지금도 잘

---

103) 질베르 뒤랑, 앞의 책, 143쪽.

기억하고 있는 것이다. 나는 서너 살 때부터 벌써 일본이 우리의 원수라는 것, 순사는 일본을 대표해서 〈우리를 잡아가는 사람〉이라는 것을 막연히나마 알고 있었기 때문에, 그네가 그렇게 긴 칼을 철걱거리며 우리 집으로 들어와 툇마루에 앉아 있으면, 나로서도 어찌할 수 없는 적의敵意와 공포감恐怖感에 휩쓸려 아랫턱이 달달 떨리곤 했던 것이다."[104]

김동리는 자신이 존경하는 범부 선생이 일제로 상징되는 '긴 칼'을 찬 순사나 형사와 면담하는 과정을 지켜보면서, 일제에 대한 '적의'와 '공포감'을 느끼게 된다. 이러한 경험은 일제의 제국주의적 폭력과 억압에 대항할 수 있는 공동체로서의 '민족/국가'의 개념을 정립하게 되는 중요한 계기가 된다. 여기서 중요한 사실은 그가 상정하는 '민족/국가'의 형성이 단순히 일제에 대항하기 위한 방식으로서 뿐만 아니라, 개인의 분리의식을 극복하기 위한 방식으로도 제시된다는 점이다.

"나의 소년시절은 극도로 우울하였다. 나는 언제나 고개를 떨어뜨리고 걸어다녔지만, 그것은 내 발뿌리를 자세히 살피기 위해서가 아니었다. 따라서 나는 내가 언제 어떠한 언덕이나 절벽에서, 헛발질로 인하여 떨어지게 될지 모르리라고 내 자신을 생각하고 있었던 것이다. 이러한 절망적인 암담과 우울이 어디에 기인했던 것인지 그것을 나는 지금도 똑똑히 알지 못하고 있다. 그러나 그 가장 중요한 원인의 하나가 〈나라〉에 있었던 것만은 지금도 의심할 수 없는 일

---

104) 김동리, 「창작과정과 그 방법(제3회): 착상과 그 내적 경험-「사반의 십자가」를 중심으로」, 『신문예』, 1959. 2. 24쪽.

이다. (그 당시 나는 〈민족〉이니 〈겨레〉니 하는 말보다 〈나라〉라고 의식하고 있었다) 그것은 더 나아가서 예수에 대한 실망과 〈이인〉에 대한 실망까지 겹쳐져 있었던 것이다."[105]

김동리는 많은 글을 통해서, 자신이 "소년시절 극도로 우울하였다"는 사실을 반복적으로 토로하고 있다. 이러한 우울감은 그가 인간의 실존이 지닌 근원적인 고독에 대한 인식과 일제의 제국주의적 폭력성에 대한 인식에서 비롯된 것이다. 즉 그의 소년 시절의 '우울'(하강의식)은 인간의 근원적인 분리의식과 일본으로 상정되는 타자와의 대립(갈등)과정에서 발생하는 분리의식에서 비롯된 것이다. 이러한 이유로 인해서, 그에게 '민족/국가'는 탈신화화된 근대사회에서 종교의 초월적 기능을 대신함으로써 죽음에 의한 분리의식을 치유해 줄 수 있는 대상이자, 분리된 개인들이 공동체(민족/국가)에 이상적으로 통합됨으로써 분열과 소외를 치유해 줄 수 있는 대상으로 상정된다. 그러므로 김동리는 "자기의 나라와 자기의 민족이 없다면, 우주도, 죽음도, 낙원도, 구원도 있을 수 없다"[106]라고 말할 수 있었던 것이다. 그러므로 김동리의 민족/국가에 대한 신화화는 인간의 근본적인 분리의식과 일제의 폭력적인 억압정책에 의해서 발생하는 분리의식을 극복하기 위한 열망에서 비롯된 것으로 볼 수 있다.

이와 같이 김동리가 지속적으로 그의 문학 속에서 구현하고자 하는 바

---

105) 김동리, 앞의 글, 25쪽.

106) 김동리, 위의 글, 25~26쪽.

는 분리의식의 극복이며, 이는 '균열 없는' 세계로의 회귀를 의미한다. 이러한 극복 방식은 신화와 연관된 다양한 상징적 상상력이나 서사적 상상력에 의해 실현된다. 이 방식들 중 김동리 문학 속에서 보다 문학적 성취를 이룬 것은 전자이다. 김동리의 문학 속에서 분리의식이 극복되는 방식을 구체적으로 분류하면 다음과 같다.

첫째, 신화적 상징의 상상력에 의해 분리의식을 극복하는 방식이다. 이는 신화적(무속적) 세계관에 의해서 인간과 자연의 분리, 인간과 인간의 분리, 죽음(유한성)에 의한 분리를 극복하는 것이다. 신화적 세계관은 현실을 재구성하는 창조적 상상력으로 작동할 때, 분리의식을 극복할 수 있는 중요한 방법이 된다. 그러나 신화적(무속적) 세계관이 근대적 현실을 벗어난 전근대적 세계관을 해체하지 못할 때, 이는 완전한 극복 방식이 될 수 없다. 이러한 경향의 대표적인 작품은 「산화」(1936), 「무녀도」(1936), 「달」(1947)이다.

둘째, 시적 상징의 상상력에 의해서 분리의식을 극복하는 방식이다. 시적 상징은 신화적 상징과는 달리 실제로 일어난 신화적, 신비적 사건을 통해서 분리의식을 극복하는 것이 아니라, 현실에서 이루어지기를 바라는 내면의 소망을 표현하는 방식을 통해서 분리의식을 극복하는 방식이다. 대표적인 작품은 「찔레꽃」(1939), 「달」(1947)이다.

셋째, 물질적 상상력에 의해서 분리의식을 극복하는 방식이다. 김동리 소설의 중요한 특징 중 하나는 분리의식의 양상이 '물', '흙', '공기', '불'이 지닌 물질적 상상력과 결합되어 하강(추락)의 이미지와 상승의 이미지로 형상화된다는 사실이다. 하강의 속성을 지닌 '물', '흙'은 분리의식에 의한 고통과 절망을 상징하며, 이러한 상징적 어휘들은 반복을 통해서 하강의 이미지로 형상화된다. 반면 상승의 속성을 지닌 '공기', '불'은 분리의식의 극복에 의한 기쁨과 희망을 상징하며, 이러한 상징적 어휘들은 반복을 통해서 상승의 이미지를 형상화한다. 대표적인 작품은 「산제」(1936), 「무녀도」(1936), 「어머니」(1937), 「솔거」(1937), 「술」(1937), 「황토기」(1939), 「밀다원 시대」(1955), 「수로부인」(1956), 「등신불」(1961)이다.

넷째, 서사적 방법을 통해서 분리의식을 극복하는 방식이다. 이 방식은 자아와 타자의 교섭, 또는 자아와 타자의 통합을 통해서 분리의식을 극복하는 것이다. 남녀 간의 에로티즘, 윤리(사랑)의 실천은 자아와 타자의 교섭을 통해 분리의식을 극복하는 방식이며, 공동체(민족/국가)의 형성, 공동체 의식의 회복은 자아와 타자의 합일(통합)을 통해서 분리의식을 극복하는 방식으로 볼 수 있다. 대표적인 작품은 「혼구」(1940), 「밀다원 시대」(1955), 「사반의 십자가」(1955~1957), 「수로부인」(1956), 「등신불」(1961), 장편 역사소설 「삼국기」(1972~1973), 「대왕암」(1974~1975)이다.

위의 네 가지 방식들은 특정 소설 속에서 단일하게 나타나기도 하지만, 두 가지 이상의 방식들이 혼재하거나, 유기적으로 결합되어 나타나기도 한다. 이 방식들은 특정 소설에 형상화된 분리의식의 유형과 밀접한 연관성을 갖고 있다. 즉 김동리 소설에 형상화된 분리의식의 유형에 따라서, 그러한 분리의식을 극복하는 방식이 달라진다.

3부

문학과 근대와의 대결,
문학과 근대와의 화해

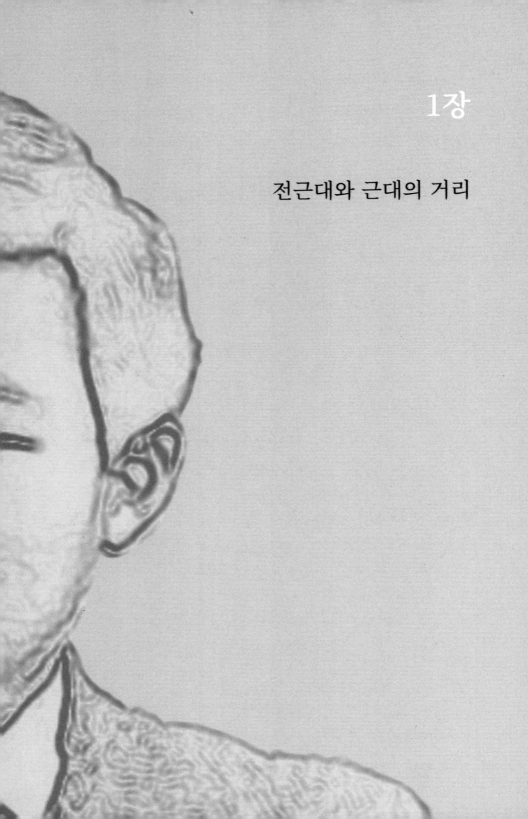

1장

전근대와 근대의 거리

김동리의 분리의식은 근본적으로 그가 처한 시공간이 전근대가 아닌 근대라는 사실에서 발생한 것이다. 근대는 주체의 '자기로의 귀환', '자신에게 얽매임(un enchaînement à soi)'을 의미하는 동일성(자기 중심적)[107]의 원리에 의해서 지배되는 세계이다. 이는 근대의 주체철학이 체계화의 원리를 주체 내부에서 찾는다는 것을 의미한다. 인간은 주체 외부에 존재하는 초월적(신화적)인 종교, 억압적인 이념으로부터 벗어나 자율성을 갖게 된다. 그러나 이성적 주체는 자율성을 얻기 위해 자신의 체계를 유지해야 하며, 이를 위해 타자들을 자신의 원리에 종속시켜야 한다.[108] 즉 자신의 자율성을 획득하기 위해서 타자의 자율성을 침해해야 하는 것이다. 그러

---

107) 엠마누엘 레비나스, 『시간과 타자』, 강영안 옮김, 문예출판사, 2011, 52쪽.

108) 나병철, 앞의 책, 22쪽.

므로 근대인은 자신의 자율성을 보호하기 위해서 자신의 체계화의 원리에 동화되지 않은 타자를 이질적 타자로 규정하며, 이들을 분리와 배제의 대상으로 전락시킨다. 이러한 분리와 배제의 방식은 인간의 동일화의 욕망과 자신과 분리된 알 수 없는 타자에 대한 불안과 공포의 결과라고 볼 수 있다.

김동리 초기 소설의 특징들 중 하나는 근대에 적응하지 못하는 전근대적인 인물들이 근대세계로부터 분리/배제되거나, 혹은 근대세계와 충돌하는 양상이 나타난다는 것이다. 김동리에게 있어서 근대는 전근대와 대치되는 개념이면서, 동시에 일제와 동일시되는 개념이다. 이러한 인식은 당시 식민지 조선에서 일제 주도의 근대화에 의해 여러 가지 사회적인 모순이 발생하고 있었고, 일제의 억압적 통치로 인해서 사회적으로 절망감이 팽배해 있었다는 사실과 밀접한 연관성을 갖고 있다. 그에게 근대를 극복하는 것은 곧 일제의 제국주의를 극복하는 것이 된다. 그러므로 근대에 동화되지 않은 타자는 일제의 제국주의에 동화될 수 없는 타자라는 개념을 내포하고 있다. 그가 근대를 극복하기 위해 내세운 '동양'은 '조선'을 상징하며, 이질화된 타자는 '조선(동양)'적 사상을 지닌 인물을 상징한다. 그러므로 그가 내세운 '동양정신'은 근대를 극복하기 위한 탈근대적 성격과 일제의 제국주의를 극복하기 위한 민족주의적 성격을 동시에 띠게 된다.

그에게 '동양정신'은 무속을 의미한다.

"「巫女圖」가 한巫女를 主人公으로 삼은것은 그냥 民俗的神秘性에 끌려서는 아니다. 朝鮮의 巫俗이란, 그 形而上學的理念을 追究할때 그것은 저 風水說과 함께 이 民族特有의 理念的世界인 神仙觀念의 發露임이 分明하다. (이點 巫女圖에서 具體的描寫를 試驗한것이다.)

「仙」의 靈感이 道詵師의 境遇엔 風水로서 發揮되었고, 우리 모화(巫女圖의主人公)의 境遇에선 「巫」로 發顯되었다. 「仙」의 理念이란 무엇인가? 不老不死 無病無苦의 常住의 世界다. (仔細한말은後日로) 그것이 어떻게 成就되느냐? 限있는 人間이 限없는 自然에 融和되므로서다. 어떻게 融和되느냐? 人間的機構를 解體시키지않고 自然에 歸化함이다. 그러므로 巫女「모화」에게 있어서는 이러한 「仙」의 靈感으로 말미암아 人間과 自然사이에 常識的으로 가로놓인 障壁이 문어진 境遇다."[109]

김동리의 관점에서 무속은 "불로부사 무병무고의 상주의 세계"인 선仙의 이념의 발현이다. 무속적 세계관 내에서 삶과 죽음, 인간과 자연 간의 단절은 존재하지 않는다. 이러한 측면에서 김동리는 근대인들이 무속적 세계관을 통해서 죽음에 의한 분리의식, 자아와 타자의 분리의식을 극복할 수 있다고 주장한다. 이러한 주장은 무속적 세계관에 의해 근대를 극복할 수 있고, 또한 근대로 상징되는 일제를 극복할 수 있다는 것을 의미한다. 이는 무속적 세계관이 지닌 신화적 성격에 의해서 가능하다. 그러나 무속적 세계관은 근본적으로 전근대적인 것이며, 신비적, 신화적 성격을 지녔다는 점에서 반근대적인 것이다. 전근대 혹은 반근대적인 것으로 근

---

109) 김동리, 「신세대의 정신 – 문단 〈신생면〉의 성격, 사명, 기타–」, 『문장』, 1940. 5. 91쪽.

대적인 것을 극복하는 것은 불가능하다. 이러한 측면에서 김동리의 소설에 등장하는 신화적(무속적) 인물들이 근대적인 인물들에게 패배하는 것은 자연스러운 결과로 볼 수 있다. 그들이 지닌 신화적(무속적) 성격은 오히려 동일화의 욕망에 지배되는 근대세계로부터 '이질성'으로 규정되며, 이로 인해 근대세계로부터 분리/배제되거나, 근대와 충돌하게 되는 핵심적인 요인으로 작용한다. 그러므로 그의 소설 속에 묘사된 무속적 세계관은 근대적인 것을 극복하기 위한 실질적인 방식으로 제시되기 보다는 근대와 동화될 수 없는 신화적 세계로 형상화된다.

김동리 단편소설 「산제」(1936)는 전통적(전근대적) 사상을 지닌 태평이란 인물이 근대세계로부터 완전히 단절되는 양상이 나타난 소설이다. 이 소설에서 전근대와 근대가 교섭할 수 있는 가능성은 전혀 제시되지 않는다. 그는 외부세계와 완전히 차단한 채 자신의 세계에 안주하는 경향을 보인다. 이러한 소설적 설정은 인간이 소통 불가능한 타자(들)와 대면하게 되었을 때, 그가 선택할 수 있는 방법 중 하나는 그 타자(들)로부터 도망치는 것이라는 사실과 밀접한 연관성을 갖고 있다. 이 방식이 수동적인 대처방식으로 보일지라도, 폭력적인 외부세계로부터 자기 자신을 보호하기 위한 적극적인 대처방식이 될 수 있다. 왜냐하면 타자와의 분리/단절은 자신의 내면을 손상시킬 가능성을 삭제시키기 때문이다. 그러므로 이 소설에서 그가 자신의 전통적 세계에 함몰된 채, 근대세계와 완전히 단절하는 것은 근대세계가 지닌 폭력성과 이로 인한 그의 고통과 절망을 간접적으로 암시한다고 볼 수 있다. 소설의 도입 부분에서 '눈'의 물질적 상상력과 결합하여 형상화되는 하강(추락)의 이미지는 그의 고통과 절망을 나타낸 것으로 볼 수 있다.

「무녀도」(1936)는 신화적(전근대적) 세계를 상징하는 주인공 모화와 근대적 세계를 상징하는 인물들이 충돌하는 양상이 나타난 소설이다. 이러한 충돌이 발생하게 된 근본적인 이유는 근대에 동화될 수 없는 그녀의 정체성 때문이다. 그녀는 무녀로서 근대의 합리적 세계관에 동화될 수 없는 이질적 존재이다. 이러한 이질성은 그녀를 신화화시키는 동시에, 그녀를 다른 사람들로부터 분리/배제시키는 근본적인 요인이 된다. 모화가 「산제」(1936)의 태평이와 변별되는 점은 그녀가 자신의 이질성(신화적 성격)에 가치를 부여하고, 그녀를 분리/배제시키는 타자(들)에게 적극적으로 대항(대립)한다는 사실이다. 이러한 대항(대립)과정에서 발생한 그녀의 죽음은 근대적 세계관의 관점에서 본다면, 단순한 육체적 죽음에 불과하다. 그러나 신화적(무속적) 세계관에서 그녀의 죽음은 인간의 유한성(죽음)과 인간과 자연, 인간과 인간의 분리를 초월하는 과정이다. 이러한 초월과정은 모화의 '율동(춤)'과 '물', '공기'에 대한 물질적 상상력이 결합하여 상승의 이미지로 형상화된다.

「황토기」(1939)는 근대의 '동일성'의 원리에서 벗어난 이질적 타자가 근대세계로부터 분리/배제되고, 이 상태가 완전히 고착화되는 양상이 나타난 소설이다. 이 소설에서 주인공 억쇠와 득보가 근대세계로부터 분리/배제되는 이유는 그들의 비정상적인 '힘' 때문이다. 이러한 이질성으로 인해서, 그들은 일반 사람들로부터 완전히 분리/배제된 채 자신들만의 공동체를 형성한다. 이러한 소설적 설정은 분리/배제의 방식이 지닌 이중적 성격을 상징한다. 분리/배제의 방식은 기본적으로 분리/배제의 주체와 객체를 구별하는 것에서 시작된다. 이 소설에서 1차적인 분리/배제의 주체는 마을 사람들이다. 그러나 분리/배제의 객체인 억쇠와 득보는 자신들만의 공동체를 만듦으로써, 자신들과 마을 사람들을 분리시킨다. 이는 분리/배제의 주체가 객체로 전환되었다는 사실을 의미한다. 즉 분리/배제의 방식은 한 주체에서 다른 주체로 일방적으로 작용하는 것이 아니라, 주체들 사이에서 양 방향적으로 작용한다. 이로 인해 이질성을 지닌 두 인물과 마을 사람들의 분리의식은 극복되지 않고, 고착되는 경향을 보이게 된다. 그들의 고착화된 분리의식은 등천하지 못한 '용'의 상징을 통해서 하강(추락)의 이미지로 형상화된다. 여기서 '용'은 뛰어난 육체적 능력('힘')을 지녔음에도 불구하고, 상승(소통)하지 못하고, 하강(분리의식)할 수밖에 없는 억쇠와 득보의 운명을 상징한다.

「당고개 무당」(1958)은 신화적(무속적) 세계관을 지닌 이질적 타자가 근대사회로부터 소멸되는 양상이 나타난 소설이다. 이 소설에서 신화적 세계관을 지닌 주인공 당고개 무당과 직접적으로 대립(갈등)하는 인물들은 근대적 세계관을 지닌 그녀의 딸들이다. 그들이 당고개 무당과 대립하는 근본적인 이유는 이질적 타자인 당고개 무당을 자신들과 동일한 근대적 세계관을 지닌 인물로 변화시키고자 하는 욕망 때문이다. 이러한 동일화의 욕망은 그들의 당고개 무당에 대한 깊은 사랑에 기반을 두고 있다. 그녀에 대한 깊은 사랑은 동일화 과정에 내재하고 있는 폭력성을 합리화시키는 요인으로 기능하며, 이로 인해 그들의 폭력성이 점차 심화되는 경향을 보인다. 아이러니하게도 그들의 당고개 무당에 대한 사랑에 의해서, 그들과 당고개 무당 간의 분리의식은 더욱더 심화되며, 결국 이 과정에서 당고개 무당은 자살(죽음)하게 된다. 여기서 그녀의 자살(죽음)은 사랑하는 딸들과의 극복할 수 없는 분리의식으로 인한 하강(추락)의식의 구체적인 표현이다. 그녀의 하강(추락)의식은 실제로 그녀가 선택한 자살(죽음)의 방식이 높은 다리 위에서 몸을 던짐으로써 추락사한다는 설정을 통해서도 선명하게 나타난다. 이 소설의 말미에 형상화된 하강(추락)의 이미지는 근대사회에서 소멸될 수밖에 없는 이질적 타자인 당고개 무당의 운명을 상징한다고 볼 수 있다.

「만자동경」(1979)은 근대사회에 동화될 수 없는 전통적 세계관을 지닌 이질적 타자들의 영원한 종말을 보여주는 소설이다. 이 소설은 김동리 소설 중 전통적 세계관과 근대적 세계관이 대립하는 양상이 가장 구체적으로 나타난다. 이 소설에 나타난 전통적 세계관은 근대인의 분리의식을 극복하기 위한 대안으로서의 기능을 상실한 채, 합리주의, 진보주의를 상징하는 근대와 대립(갈등)하는 반근대적 세계관으로 표상된다. 이러한 설정은 이미 근대사회가 전통적 세계관을 통해서 여러 가지 모순을 극복하는 것이 불가능한 단계에 접어들었다는 김동리의 시각이 반영된 것으로 볼 수 있다. 그러므로 전통적 세계관은 근대인의 '향수'의 대상으로 표현된다. '향수'는 기본적으로 되돌아갈 수 없는 과거의 것을 지향하는 것이다. 이는 '향수'의 대상이 근대적 시공간에 존재할 수 없는 이질적인 것임을 의미한다. 그러므로 이러한 이질적 것, 즉 전통적 세계관은 근대적 시공간에서 존재할 수 없지만, 언제나 근대인의 의식 속에 '향수'의 대상으로 존재하는 것으로 상정된다. 이러한 전통적 세계관의 운명은 '물'에 대한 물질적 상상력과 '대지(흙)'에 대한 물질적 상상력이 결합하여 하강(추락)의 이미지로 형상화된다.

1. 근대와의 완벽한 단절

「산제」(1936)의 태평이는 「무녀도」(1936)의 모화와 마찬가지로, '서양정신'(근대)을 극복하기 위해 상정된 '동양정신'(전근대)의 상징이다. 이 두 인물이 서양정신(근대)을 극복할 수 있는 요인은 모화가 무녀라는 점, 그리고 태평이가 자연과 합일된 인물이라는 점이다. 먼저 모화는 무속적 세계관을 통해서 자아와 타자의 분리의식과 죽음에 의한 불안과 공포를 신화적으로 초월한다. 한편 태평이는 자연과의 완전한 합일을 통해서 외부세계와의 분리의식을 초월한다.

"이리하여 東洋情神의 한象徵으로서 取한 「毛化」의 性格은 表面으로는 西洋精神의 한代表로서 取한 예수敎에 敗北함이되나 다시 그本質世界에 있어 悠久한 勝利를 갖게 된다는 것이다.

　人間의 個性과 生命의 究竟을 追求하여 얻은 한개의 到達點이 이 「毛火」란 새人間型의 創造였고, 이 「毛火」와 同一한 思想的系列에 서는 人物로선 「山祭」의 「太平이」가 그것이다. 毛火나 太平이들이 이時代 이現實에 對하여 別般意義를 가지지못함은 내 自身 잘알고있으나, 그러나 人間이 個性과生命의 究竟을 追求하여 永遠히 넘겨보군할 그러한 한개의 길이라고 나는 믿는것이다."[110]

---

110) 김동리, 앞의 글, 92쪽.

"……. 그男便이 戶主나 그것은 形式뿐이오 男便은 一年에 몇일 집에 있지 않었다. 四伊와 琅이는 毛火의 아들딸.『山祭』- 太平이.「내」. 太平이 亦是 별명이고 그 本姓名은 作品에 나타나지 않다. 年六十가령. 太平이 自身이 戶主. 職業은 農. 妻先亡. 故, 獨身. 每日 山에 뒤를보러 다니는 것이 그一生의 唯一한樂. 아니 樂이라기보다는 좀더 嚴肅한 運命. 毛火와 太平이는 生理的으로 그血管에 樹液이 흐르고 그骨髓엔 岩石과 흙의 成分이 그대로 作用하고 일어야할 即 大自然의 一分子(個體)로 그에게 人間的 變化法則에 (가령 生死같은데) 그대로 收容되지 안는 型의 人物을 創造해 보려고한 點에 일어 이 두사람은 같은 系列에 선다. 앞으로도 短篇에선 가끔 이러한 型의 人物을 展開시켜볼 작정이다."[111]

이러한 사실은 그들 자신이 곧 자연이라는 설정을 통해서 제시된다. 두 인물은 '대자연의 일분자(개체)'로서, "생리적으로 그 혈관에 수액이 흐르고, 그 골수엔 암석과 흙의 성분이 그대로 작용"하는 사람들이다. 그들이 비록 인간의 육체를 지녔지만, 그들의 내면은 '암석', '흙'과 같은 자연의 특성을 지녔다는 것을 의미한다. 이러한 특성에 의해서, 그들은 인간의 변화 법칙인 생사의 법칙에서 벗어나, 자연의 법칙인 불로불사를 따르게 된다는 것이다. 김동리의 언어로 말한다면, 이들은 자연에 '귀화', '융화', '합일'된 인물로 볼 수 있다. 김동리의 이러한 논리는 그의 '자연'에 대한 인식과 밀접한 연관성을 갖고 있다. 김동리가 규정하는 자연의 개념에는 무속적 세계관이 반영되어 있다.

---

111) 김동리,「작중인물지-그리운 그들」,『조광』, 1940. 12. 235쪽

"도대체 자연이란 무엇인가. 그것은 우주를 있음有으로 볼 때 부르는 명칭인 것이다. 따라서 자연은 신神과 대척적인 있음일 수도 없고 인간이나 문명과 대립적인 그것일 수도 없고, 초자연 · 부자연 · 비자연과 상대적인 그것일 수도 없다. 그 모든 것을 포괄한 있음의 가능성이 곧 자연이기 때문에 그 모든 것이 다 자연에 속해 있다고 본다.

인간도 물론 자연에서 파생된 존재다.……

여기서 우리는 자연으로 돌아가기로 하자.……

셋째, 오늘날 모든 인간은 신과 인간 사이에 방황하고 있다. 인간이 신을 찾는 것은 근본적으로 자기의 삶을 영원과 연결시키기 위해서다.……

여기서 우리는 인간을 지키면서 영원으로 통할 수 있는 새로운 성격의 신을 찾지 않을 수 없다. 그 시도적인 일례로 한국적 인간주의를 들 수 있다. 고대 한국의 샤머니즘은 자연 속에 인간 속에 신이 깃들어 있다고 믿었다.

이 경우 우리가 자연으로 돌아간다는 말은 신이 깃든 영원의 세계로 돌아간다는 뜻으로 통한다."[112]

위의 인용문을 통해서 알 수 있듯이, 김동리의 관점에서 '자연'은 신, 인간 또는 문명과 대립적인 개념이 아니다. 자연은 이러한 상이한 대상들을 모두 포괄하는 개념으로서, 자연이 곧 인간(문명)이자, 신이다. 그러므로 자연, 인간, 신의 경계가 존재하지 않는다. 이 점이 종교에 귀의하지 않고도, 인간 자체의 능력으로 '영원의 세계'에 진입할 수 있는 근본적인 요인

---

112) 김동리, 「자연과 인간과 영원」, 『사랑의 샘은 곳마다 솟고』, 신원문화사, 1988, 164~165쪽.

이다. 그리고 김동리로 하여금 그토록 무속적 세계관에 몰두하도록 만든 계기이기도 하다. 이러한 측면에서 김동리는 '신'이 되고 싶었던 인물로 볼 수 있다.

이러한 김동리의 자연에 대한 인식은 실제 작품 속에서 다른 양상으로 나타난다. 「무녀도」(1936)와 「산제」(1936)에 형상화된 자연은 모화, 태평이와 '융화', '귀화', '합일'의 대상이지만, 근대적 세계관과 철저하게 대립하는 대상이다. 그러므로 '자연의 일분자(개체)'로서 모화와 태평이는 근대적 시공간에 존재하는 다른 사람들과는 뚜렷하게 차별되는 '이질성'으로 인해서 분리와 배제의 대상으로 전락할 수밖에 없다. 특히 「산제」(1936)의 태평이의 경우, 근대적 시공간과 완전히 단절된 인물이다. 그는 자신이 근대적 세계로부터 완전히 단절되었다는 인식조차 하지 못하는 인물이다. 이 점이 근대적 세계관을 지닌 마을 사람들, 낭이(딸)와 대립하는 모화와의 차이점이다. 그리고 이러한 소설적 설정은 태평이의 분리의식이 그만큼 굳건하게 내면화되었다는 것을 상징한다고 볼 수 있다.

「산제」(1936)에서 태평이가 지닌 특성[113]을 명확하게 인식하고 있는 인물은 태평이 자신이 아니라, 그를 관찰하는 '나'란 인물이다. '나'는 아무도 관심을 기울이지 않는 태평이를 은근하지만 집요한 시선으로 관찰한다. 그가 이와 같이 태평이를 주목하는 근본적인 이유는 '나' 자신이 사람들에게 갖고 있는 분리의식에서 비롯된 것이다. 그는 동경 유학에 실패하

---

113) 이지연은 주인공 '태평이'가 '순수의 표상'이며, '눈'은 '훼손에 대한 인지'와 '이에 대한 정화의 기대가 투영된 상관물'로 파악한다.(이지연, 「김동리 문학 연구-'운명'과 '자연'을 가로지르는 '자유'의 서사」, 연세대 국어국문학과 석사학위 논문, 2003, 51~52쪽.)

고 집으로 돌아 온 인물로서, '염인증'[114]이 심한 인물이다. 그가 동경 유학에 실패했다는 것은 근대로 대변되는 동경이란 공간에 적응하는 데 실패했다는 것을 의미한다. 이를 통해서 그 역시 태평이와 마찬가지로 여전히 근대적 세계와 대립하는 인물이며, 이 근대적 시공간으로부터 끊임없이 벗어나고자 하는 인물임을 알 수 있다. "될 수 있는 대로 사람의 그림자가 없는 곳으로 숨고 싶어"하는 성향과, "집 밖으로 뛰어나가" '마을'⇒ '시내' ⇒'널은 모래ㅅ벌'⇒'산'에 이르는 과정은 그의 인간에 대한 분리의식을 상징한다. 그가 집에서 벗어나 깊은 자연 속으로 진입하는 과정은 인간의 세계로부터 벗어나 자연의 세계로 진입하고자 하는 욕망을 형상화한 것이다. 이러한 특성은 그가 태평이란 인물에게 호기심을 느끼게 된 근본적인 요인이다. 그러므로 그의 태평이에 대한 관심은 자신과 공통적인 특성을 지닌 인물에 대한 호기심에서 비롯된 것으로 볼 수 있다.

전근대를 상징하는 태평이와 근대를 상징하는 마을 사람들과의 분리의식은 두 가지 원인에서 발생한다. 첫째, 태평이가 자연과 동일한 정체성을 지닌 인물이라는 점이다. 이는 다른 사람들과 변별되는 그의 외모에 대한 구체적인 묘사를 통해서 드러난다.

"보아도 보는것같지 않고 보고도 본것같지 않은것이 태평이를 본 인상이다라고해서 태평이를 못본 사람에게 태평이의 모습이 전해질리도 만무하지만 다시 또 어쩔 도리도 없는것이 그와 매일 만나 인사를하고 지내는 나자신도 돌아서면

114) 김동리, 「산제」, 『중앙』, 1936. 9. 26쪽.

언제나 아무런 기억도 남지 않는것이었다.

　조고만한 상투 히지도 누르지도 검지도 붉지도 않은 얼굴빛, 주름살, 빛나지
도 흐리지도 크도 적도 않은 두 눈, 아무렇지도않은 코, 아무렇지도않은 입, 욕
심 없어보이는 관골, 여윈 볼, 크지도 적지도않은 키, 마른 가슴하고 그의 모습
과 지체를 낱낱이 떼어 설명한다고 그의윤곽이 떠오를리도 아예 만무하지만 전
체를 두고 보아도 역시 그저 아무렇지도 않다는것밖에 도리가 없다.

　나는 앞에 그를 눈일른지 모른다고했다. 우리는 눈맛을 설명하긴 힘든다. 그
것도 달도 떫도 쓰도 시도 않다. 그러나 눈은 히기나 하다. 태평이는 냉수처럼
맛과함께 빛도 없다."[115]

　태평이의 "보아도 보는 것 같지 않고", "보고도 본 것 같지 않은" 외모는
언제나 그와 인사를 하며 지내는 '나'조차도 그를 기억할 수 없게 만드는
요인이다. 기억할 수 없다는 것은 태평이와 마을 사람들 간의 소통을 방
해하는 1차적인 요인이다. 태평이의 기억할 수 없는 비개성적인 외모는
마을 사람들로 하여금 그에 대한 사고를 근본적으로 차단한다. 마을 사람
들은 간혹 그와 마주친다 하더라도, 그의 존재를 인식하지 못한다. 이는
마을 사람들과 달리 태평이가 '길가의 누운 바위', '나무', '참새', '까치', '가
마귀'[116] 등과 같이 자연의 일부로 존재한다는 사실에서 비롯된 것이다. 이
러한 태평이와 마을 사람들 간의 이질성은 극복할 수 없는 분리의식이 발

---

115) 김동리, 앞의 글, 32쪽.
116) 김동리, 위의 글, 26쪽.

생하게 된 근본적인 요인이다.

두 번째 원인은 태평이 자신이 갖고 있는 마을 사람들에 대한 분리의식이다. 이러한 분리의식은 태평이의 몸에 착용하는 여러 소품들에 의해서 나타난다.

"태평이는 우비를 잘하고 다녔다. 비가 뿌리거나 하는날은 물론이지만 그냥 하늘이 흐리기만해도 의례히 도랭이를 두르고 혹은 삿갓을 쓰고 오는것이었다.

나는 산에서 태평이와 마주치기를 늘 피하였다. 어쩐지 그가 나와 만나는것을 좋아하지 않을것같았다. 그가 자주 삿갓을 쓰고 도랭이를 두르고 다니는것도 될수있는대로 사람의눈에 긴줄 알리지않으려고 그러는상싶었다.

그가 사람의 눈에 뜨이고 싶지 않았던것은 그가 항상 개눈을 기어 다니는것으로도 짐작할수 있었다. 그가 직접 개를 쫓거나 미워하거나 하는것을 보인적은 없었지만 그의 거동과, 보다도 개의 거동과 표정을 보아 분명히 취측할수 있었다."117)

태평이가 비오는 날 뿐만 아니라, 흐린 날에도 항상 착용하는 '도랭이', '삿갓'은 마을 사람들에 대한 그의 분리의식을 상징한다. '도랭이', '삿갓'은 기본적으로 얼굴과 몸을 최대한 가려줌으로써 피부의 노출을 최소화한다. 이러한 노출의 최소화는 그의 몸을 마을 사람들의 시선에서 차단시키고, 그와 마을 사람들과의 거리를 확보해 준다. 이러한 방식을 통해서

---

117) 김동리, 앞의 글, 29~30쪽.

그와 마을 사람들 간의 소통의 가능성은 지속적으로 지연된다.

한편 태평이의 분리의식은 그가 마을 사람들과의 관계 형성을 의도적으로 거부하는 양상을 통해 드러난다.

"아들의 말을 들으면 태평이는 아직까지 다른 사람으로 더부러 시비를 한 일이 없고 집안 사람에게도 간섭이 없으며 동시에 다른 사람의 간섭도 싫어할뿐 아니라 일체 남과 상의할만한 일은 당초 하지도 않는다는것이다.

태평이는 또 구경가는것을 모른다. 하늘에 비행기가 떳다, 코 굵은 양국 사람이 왔다 광대가 줄을 탄다해도 마을 사람과 어울려 구경을 나서는적이 없다. 이웃 사람이 그의집 뜰에 와 법석을 놓아도 그 한마디도 귀에 담어듣질 않는다."[118]

그는 "다른 사람과 시비를 한 일도 없고, 집안사람들의 일에 간섭도 하지 않으며, 어떤 일에 대해서 다른 사람들과 상의하지 않는다" 이러한 경향은 그가 다른 사람들과 관계를 형성하고, 그들과 소통하고자 하는 열망이 없다는 것을 암시한다.

이러한 요인으로 태평이는 마을 사람들(근대)과 완전히 단절된 채, 자연의 일부로 살아가게 된다. 그가 자연의 일분자라는 사실은 태평이가 산 속에서 "똥을 누는 행위"[119]를 통해 반복적으로 제시된다. 태평이는 사람들의 눈을 피해 매일 집이 아닌 산 속에서 "똥을 누고", 그를 따라다니는

---

118) 김동리, 앞의 글, 32~33쪽.

119) 김동리, 위의 글, 28쪽.

'누렁개'는 태평이가 눈 똥을 매일 먹는다. 이러한 과정은 '태평이(인간)'+ '산속(자연)'+'누렁개(동물)'가 함께 하는 과정이다.[120] 여기서 태평이가 '산속'에서 자신의 일부인 '똥'을 배설하는 것은 자연에 '영양분'을 제공한다는 것을 의미한다. 그리고 누렁개가 태평이의 '똥'을 먹는 것은 인간의 일부인 '똥'이 '누렁개'(자연의 일부)에게 흡수된다는 것을 의미한다. 이러한 '똥'을 매개로 한 순환과정은 태평이가 자연의 순환과정에 참여하고 있다는 것을 상징한다. 즉 이 순환과정은 태평이가 인간의 영역이 아닌, 자연의 영역에 속한 인물이라는 사실을 상징한다고 볼 수 있다.

이러한 상징을 통해서 태평이가 마을 사람들과 완전히 분리된 인물이며, 자연의 영역에 속한 인물임을 알 수 있다. 그는 자신이 마을 사람들과 분리되어 있다는 자각조차 없으며, 근대사회에 걸맞지 않는 자신의 이질적 삶의 방식을 고수하고 있다. 이러한 상황에서 그와 마을 사람들 사이에 가로놓여 있는 분리의식을 극복할 수 있는 가능성은 완전히 삭제된다. 이러한 소설적 설정은 태평이(전근대)와 마을 사람들(근대) 사이에서 발생하는 분리의식의 극복 불가능성과 그럼에도 불구하고 이를 극복하고자 하는 강렬한 열망을 동시에 상징한다고 볼 수 있다. 태평이가 근대세계와 단절하고, 자연의 일부로 살아간다는 설정은 자연과 인간을 유기적으로 연결시킴으로써 자연과 인간이 하나로 합일될 수 있다는 상상을 형상화한 것이다. 이러한 설정은 분리의식으로 인한 인간의 불안과 공포, 절망과

---

120) 이지연은 이 과정이 '태평이'의 '순결성'과 '자연과의 친연성'을 나타내는 것으로 파악한다.(이지연,『김동리 문학 연구-'운명'과 '자연'을 가로지르는 '자유'의 서사』, 연세대학교 석사학위 논문, 2003, 51~52쪽.)

좌절감의 깊이를 상징하는 것이다. 이러한 측면에서 태평이가 마을 사람들과의 분리에 대한 인식 자체가 없다는 것은 분리의식으로부터 발생하는 절망과 고통을 반증하는 것으로 볼 수 있다.

이 소설에서 주인공 '나'와 태평이의 분리의식은 '비'와 '눈'에 대한 물질적 상상력과 '대지(흙)'에 대한 상상력이 결합되어 하강(추락)의 이미지로 나타난다. '비'와 '눈'은 '물'의 변양태로 항상 아래로 하강(추락)하는 물질이다.[121]

> "가끔 뜰을 내다보니 눈은 여전히 아낄줄을 모르는듯이 퍼붓는다. 저 흰 눈은 시방 이 집밖에 온 마을과 시내와 뫼와 먼 들에도 나린다…… 하고 생각하면 문득 내 머리에 떠오르는 사람이있다. 저 푸근히 나리는 눈과함께 언제나 떠오르는 태평이의 얼굴이다. 그는 사람이 아니라 저 새하얀 눈일른지 모른다. 혹은 눈의 화신化身 일른지도 모른다. 그러나 그의 어디가 사람이 아니라 눈일른지 모르리만치 눈에 가까운지도 나는 모른다.
>
> ─ 지난해 겨울 이렇게 밤새도록 눈이 퍼부은날 아침이다. 사랍거리에 눈을 치고 들어오는 박도령이 태평이의 주검을 고했다."[122]

태평이가 '비 오는 날'을 좋아한다는 점, 그리고 주인공 '나'란 인물이 태평이를 "사람이 아니라 새하얀 눈", 혹은 "눈의 화신化身"일지도 모른다

---

121) 가스통 바슐라르, 『물과 꿈』, 이가림 옮김, 문예출판사, 1998, 18쪽.

122) 김동리, 앞의 글, 25쪽.

고 생각하는 점, 그리고 태평이가 "밤새도록 눈이 퍼부은" 날 밤, 눈이 녹아 사라지듯이 조용히 이승을 떠났다는 점은 태평이가 근본적으로 하강(추락)의 속성을 지닌 인물임을 간접적으로 암시한다. 또한 '나' 역시 태평이와 동일한 분리의식을 소유하고 있다는 점에서 하강(추락)의식을 내면화한 인물이다. 이로 인해 그는 눈이 오는 밤이면, 언제나 태평이의 얼굴이 떠오르게 되는 것이며, 또 언제나 흥분하게 되는 것이다. 여기서 그가 눈이 오면 "흥분한다는 것"은 '눈'이 불러일으키는 하강(추락)의 상상력에 의해서 오히려 분리의식으로 인한 고통과 절망감이 완화된다는 점과 밀접한 연관성을 갖고 있다. 왜냐하면 분리의식으로 인한 하강(추락)의식은 근본적으로 상승하고자 하는 열망에 의해서 하강의 깊이와 속도가 확장, 심화되는 것이기 때문이다. 자신의 하강(추락)을 하강(추락)으로 인정할 때, 하강(추락)으로 인한 충격과 고통은 그만큼 완화될 수 있다. 즉 '눈'에 대한 물질적 상상력은 두 인물의 하강(추락)의식을 형상화하는 동시에, 하강(추락)의식으로부터 발생하는 고통과 절망을 완화시키고자 하는 휴식에의 몽상을 형상화하는 것이다.

이러한 측면에서 이 소설의 도입 부분에서 강조되는 '밤'의 이미지 역시 주인공 '나'의 휴식에의 몽상과 연결하여 설명할 수 있다. '나'는 기본적으로 현실로부터 도피하고자 하는 경향을 지닌 인물이다. 그와 외부세계의 대립(갈등)에서 발생하는 불안과 공포는 '빛'의 세계에 노출됨으로써, 즉 상승을 꿈꾸는 방식에 의해 극복될 수 없다. 오히려 '빛'의 세계로의 진입은 자신이 속한 어둠(분리)의 세계를 강하게 인식하게 되는 계기로 작용하게 되며, 이로 인해 '빛'의 공간에서 불안과 공포는 더욱 심화된

다. 그러므로 그가 모든 분열과 분리를 감춰주는 '밤'의 세계에 안주하려
는 경향을 보이는 것은 현실의 공포를 잊기 위한 것으로 볼 수 있다.[123]

　이와 같이 「산제」(1936)는 인간과 자연과의 완전한 합일이라는 신화적
세계관에 의해서 근대적 세계관을 극복하고자 한 소설로 볼 수 있다. 그
러나 이 소설에서 근대를 극복하는 방식은 근대와 완전히 단절하고, 신화
적 세계로 도피하는 방식이다. 신화적 세계로의 도피가 근대를 극복하는
현실적 방식은 될 수 없다는 측면에서, 이 소설에서 근대와 반근대의 철
저한 단절의 양상만이 형상화되었다고 볼 수 있다. 그러나 이러한 양상은
현실에서 극복될 수 없는 분리의식의 크기를 반증한다는 점에서, 김동리
가 현실과의 대립에서 느끼는 무력감과 절망감을 역설적으로 형상화한
것으로 볼 수 있다.

2. 전근대와 근대의 충돌

　김동리의 무속소설 「무녀도」(1936), 「당고개 무당」(1956), 「만자동경」
(1979)은 모두 무녀를 주인공으로 한 소설이다. 또한 이 소설들은 전근
대(무속)적 세계관과 근대적 세계관의 대립과정에서 전근대(무속)적 세
계관을 상징하는 무녀가 패배(죽음)한다는 점에서 공통점을 갖고 있

---

123) 질베르 뒤랑, 『상징적 상상력』, 진형준 옮김, 문학과지성사, 1983, 132~133쪽.

다.[124] 그러나 「무녀도」(1936)에 나타난 주인공 모화의 패배(죽음) 양상과 「당고개 무당」(1956), 「만자동경」(1979)에 나타난 패배(죽음)의 양상은 매우 상이한 성격을 지니고 있다.

「무녀도」(1936)에서 모화의 죽음은 신화적 세계관에 의해서 근대를 초월하는 방식이다. 그러나 「당고개 무당」(1956)에서 당고개 무당의 자살은 자신의 전근대적(무속적) 세계관을 거부하는 딸들(근대적 세계관)과의 대립으로부터 벗어나기 위한 도피 방식에 불과하다. 그러므로 그녀의 죽음은 근대라는 시공간에서 공존할 수 없는 전근대성(무속)의 패배를 상징한다고 볼 수 있다. 「만자동경」(1979) 역시 「당고개 무당」(1956)과 유사한 경향을 보여주는 소설이다. 이 소설에 등장하는 석가성 홀아비(전통적 세계관)와 연달래(무속적 세계관)는 모두 전근대적(전통적) 세계관을 대변하는 인물들이다. 석가성 홀아비는 석탈해왕의 후손이라는 자부심을 지키기 위해 근대세계와 완전히 단절한 인물이라는 점에서, 무녀 연달래는 근대의 합리적 세계관에 동화될 수 없는 신화적 인물이라는 점에서, 이 두 사람은 근대와 대립하는 인물로 볼 수 있다. 이들은 근대와 대립하는 과정에서 자신들이 살고 있던 전통적 공간 오두막에 불을 지르고 자살한다. 즉 이들은 자신의 전통적 세계관을 고수하는 방식이자, 자신이 존재하는

---

124) 이진우는 「무녀도」(1936), 「당고개 무당」(1956), 「만자동경」(1979)에 등장하는 무녀들이 "모두 내외상內外傷을 입은 채 패배"하는 양상을 보인다고 주장한다. 그는 「무녀도」(1936)의 모화는 가족 간의 갈등과 시대의 변화에 따른 무녀의 위상변화로 인해 물에 빠져 죽은 것이며, 「당고개 무당」(1956)의 당고개 무당은 두 딸과의 갈등에 의해 다리 위에서 떨어져 죽은 것이고, 「만자동경」(1979)의 연달래는 자신의 의사와는 상관없이 석영감과 동반자살하게 된 것으로 파악한다.(이진우, 『김동리 소설 연구-죽음의 인식과 구원을 중심으로』, 푸른사상사, 2002, 129~130쪽을 참조할 것.)

전통적 공간(오두막)을 수호하기 위한 방식으로 자살을 선택한 것이다. 그러므로 이들의 자살은 거부할 수 없는 근대화의 흐름에 대한 그들의 마지막 저항이라고 볼 수 있다. 그러나 이들이 소멸된 근대의 시공간은 여전히 존재하고 있고, 앞으로도 지속될 것이라는 측면에서, 이들의 죽음은 근대적 세계관과 전통적 세계관의 대결 과정에서 전통적 세계관이 패배했다는 사실을 상징한다고 볼 수 있다.

이러한 측면에서 「무녀도」(1936)를 좀 더 세밀하게 분석해 볼 필요가 있다. 왜냐하면, 이 소설은 다른 무속소설들과 달리 신화적(무속적) 세계관을 통해서 근대를 극복하는 양상이 나타나기 때문이다. 이러한 극복방식은 탈신화화 된 근대적 공간에서 과거의 잊혀진 신화를 재신화화 하는 방식에 의해 근대를 극복하는 방식이다.

「무녀도」(1936)는 자아와 타자의 분리의식을 전근대를 상징하는 주인공 모화와 근대를 상징하는 마을 사람들, 그녀의 딸('낭이')과의 대립(갈등)을 통해서 형상화한 소설이다. 모화는 무녀라는 점에서 전근대적인(신화적) 세계관을 상징하며, 그녀와 대립(갈등)하는 마을 사람들과 그녀의 딸('낭이')은 근대를 상징한다. 이러한 전근대적인 인물('모화')과 근대적인 인물들 간의 대립('마을 사람들'과 '낭이')은 그들이 존재하는 시공간이 '근대'라는 점에서 근대적인 인물들의 승리로 끝날 수밖에 없다. 이 소설에서 반근대성과 근대성의 대립(갈등)에 의해서 발생하는 자아-타자의 분리의식은 중층적으로 형상화된다. 이 소설에서 취하고 있는 액자 구성은 인간의 중층적인 분리의식을 선명하게 드러내기 위한 효과적인 설정이다. 이 소설은 내화와 외화로 구분되어 있는데, 외화의 주인공 '나'와 내화의 주인공 '모화'와의 사이는 완전히 단절되어 있다. 그림의 액자의 틀이 내부의 그림을 보다 선명하게 부각시키는 것처럼, 외화의 세계와 내화의 세계가 뚜렷하게 구분됨으로써, 오히려 내화의 세계를 강조한다.[125]

이러한 1차적 분리 안에서, 내화의 주인공 모화가 거주하는 '평민촌'은 외부세계와 완전히 분리되어 있다. '평민촌' 밖의 외부세계(사회적, 정치적 현실)는 완전히 삭제된 채, '평민촌' 안의 등장인물들의 삶이 선명하게 부각된다. 이러한 2차적 분리는 모화의 가족이 거주하고 있는 '평민촌'의 인물들과 외부세계와의 분리의식을 상징한다. 3차적 분리는 '평민촌' 내에서 발생하는 분리의식에 의해서 형상화된다. 이러한 분리의식은 '모화(가족)'↔'마을 사람들', '모화'↔'낭이(모화의 딸)'의 관계를 통해 드러난다. 이는 '모화(가족)'↔'마을 사람들'의 분리의식뿐만 아니라, 분리의 대상인 모화 가족 내에서도 또 다른 분리의식이 존재한다는 것을 의미한다. 이러한 중층적인 분리의식은 전근대적(신화적) 세계관과 근대적 세계관의 대립(갈등) 양상이 하나로 단순화시킬 수 없는 중층적인 성격을 지니고 있다는 사실에서 비롯된 것이다.

이 소설의 가장 핵심적인 분리의식은 '모화(가족)'와 '마을 사람들' 사이의 분리의식이다.

---

125) 「무녀도」(1936)에 형상화된 분리구도에 대해서는 신정숙, 「식민지 무속담론과 문학의 변증법-김동리 무속소설 「무녀도」, 「허덜풀네」, 「달」을 중심으로」를 참조할 것.(『사이間SAI』 제4호, 국제한국문학문화학회, 2008. 5.)

"마을 사람들은 누구나 이 집에 오기를 꺼리었다. 어떤 사람은 가까이 지나가기도 싫어 했다. 그들은 집만 아니라 이집의 사람들 까지도 가까이 하지 않았다. 그들은 스스로 백정이나, 무당의 족속과는 잘 분별하야, 그 웃 지위에 처할것을 잊지 않았다.

그러나 그들 가운데, 누구든지 사람이 아프거나, 죽거나 하면 반드시 모화를 찾았다. 한번 찾은 사람은 자칫하면 또 찾고 했다. 그만치 그들은 모화를 보는것이 위안이 되었었다."[126]

마을 사람들은 "누구든지 사람이 아프거나, 죽거나 하면 반드시 모화"를 찾았고, 그녀를 만남으로써 '위안'을 얻는다. 그럼에도 불구하고, 그들은 "그녀의 집에 가기를 꺼려하고", "그녀의 집 가까이 지나가는 것도 싫어할" 정도로 그녀의 가족을 멀리한다. 이러한 마을 사람들의 이중적 태도는 자신들이 '무당의 족속'인 모화 가족과는 변별되는 사람들이라는 인식에 기인한다. 즉 그들의 모화 가족에 대한 분리의식은 기본적으로 자신들이 천민계급인 '무당 족속'과는 '다른' 계급이라는 인식에서 발생한 것이다. 그러므로 그들이 천민계급인 모화 가족과 자신들을 철저히 분리시키려는 행동은 자신들이 속한 계급의 우월성을 입증하고자 한 것임을 의미한다.

자신들과 모화 가족을 상-하의 종적 관계로 설정하려는 의식에서 비롯된 그들의 분리의식은 마을에 서양 종교인 기독교가 들어옴에 따라서, 더욱 심화된다. 언제나 모화의 굿을 통해 '위안'을 얻었던 그들은 기독교가

---

126) 김동리, 앞의 글, 34쪽.

마을에 전파됨에 따라서, 모화의 존재를 "썩어 빠진 고목나무"나, "듣도 보도 못하는 돌미력"[127)]에게 절을 하는 미신적 존재로 전락시킨다. 이러한 그들의 행위는 자신들과 모화 가족을 상-하의 종적 관계로 설정하려는 욕망의 연장선상에서 설명할 수 있다. 왜냐하면 자신들과 대립적 위치에 있는 모화가 미신적 존재라면, 자신들은 보다 이성적, 합리적인 존재라는 사실을 간접적으로 입증하는 것이기 때문이다. 이를 통해서 인간 주체의 단순한 신분적(계급적) 구분에 의해서 우위를 차지하고자 하는 욕망이, 전근대적인 인물과 근대적인 인물을 구분함에 의해서 우위를 차지하고자 하는 욕망으로 변질되었다는 것을 알 수 있다.

한편 모화 가족 내에서의 분리의식은 각각의 인물들이 내재하고 있는 이중적인 감정에 의해서 드러난다. 이들은 서로 애틋하게 사랑하면서도, 극복할 수 없는 분리의식으로 하나의 섬과 같이 고립되어 있다. 모화와 그녀의 딸('낭이')의 분리의식은 근본적으로 모화가 '신의 딸'이라는 사실에서 발생한다.

> "낭이는 어머니가 얼마나 그를 사랑하는가를 잘 알았다. 그리고 그도 어머니를 그만치 사랑하긴 하였다. 어머니가 나가고 없으면 더 쓸쓸하였고, 굿이나 나가버린날은 앉아 밤을 새우고도 싶고하였다.
>
> 그러나 그것은 낭이에게 조곰도 행복스럽지 않았다. 어머니가 아무리 그를 사랑한다 해도 그것은 그가 그의 신령님에게 모두 받히고 남은 껍데기뿐이었다.

---

127) 김동리, 앞의 글, 42쪽.

언제나 굳게 닫혀 있는 낭이의 입이 열리었던들 그는 꼭 누구에게 적고 싶은 말이 있었을 것이었다."[128]

"또, 꿈은 자주 이렇기도 했다.

어머니라고 가슴에 안은것이, 금시 어머니가 아니고, 차고, **꿋꿋한** 어머니의 송장이기도 하고, 어머니는 어머니면서 사람 아닌 어머니기도 하였다. 그럴적마다 그는 느껴 울다 소스라처 깨이면, 그의곁에는 언제나 얼굴이 시퍼런 모화 무당이 누어 있고 하였다."[129]

낭이는 "어머니가 얼마나 자신을 사랑하는가를 잘 알고" 있었고, 자신도 "어머니를 그만치 사랑"하였다. 그러나 그녀는 어머니가 아무리 자신을 사랑한다 해도, 어머니는 "신령님에게 모두 받히고 남은 껍데기"일 뿐이라고 생각한다. 낭이에게 모화의 존재는 "어머니의 송장"="어머니는 어머니이면서 사람 아닌 어머니"="얼굴이 시퍼런 모화 무당"에 불과하다. 그러므로 낭이는 모화가 자신을 낳아준 어머니임에도 불구하고, 그녀와의 사이에 극복할 수 없는 분리가 존재한다는 사실에 절망하게 된다. 낭이의 모화에 대한 분리의식은 그녀로 하여금 "펼 길 없는 속속 드리 피ㅅ줄에 서리인 슬픔"[130]을 느끼게 하는 근본적인 원인이다. 이처럼 낭이

---

128) 김동리, 앞의 글, 37쪽.

129) 김동리, 위의 글, 37쪽.

130) 김동리, 위의 글, 38쪽.

의 모화에 대한 분리의식의 원인은 낭이가 '순수한' 인간, 즉 근대적인 인물임에 반해서, 모화는 인간이라기보다는 '신의 딸'인 전근대적(신화적) 인물이라는 사실에 있다고 볼 수 있다. 그러므로 모화가 그녀와 '동일한', '순수한' 근대적인 인물로 변하지 않는 한 모화와 낭이 사이의 분리의식은 극복될 수 없다.

위와 같이 「무녀도」(1936)에 나타난 분리의식의 근본적인 요인은 ① 자신(근대)과 타자(전근대)를 구별하고자 하는 차별화의 욕망('마을 사람들'), ② 자신(근대=낭이)과 타자(반근대=모화)의 극복할 수 없는 차별성의 인식(모화가족)으로 요약할 수 있다. 이러한 모화(전근대성)와 마을 사람들(근대성)의 분리의식, 모화(전근대성)와 낭이(근대성)의 분리의식은 이들이 서로 소통할 수 없다는 점에서 극복 불가능한 것이다. 또한 소설 결말 부분에서, 모화가 그녀의 마지막 굿을 하는 과정에서 죽게 된다는 설정은 그녀와 타자들 간의 소통 가능성이 영원히 불가능해졌음을 의미한다.

그러나 신화적(무속적) 세계관의 관점에서 그녀의 죽음은 단순한 육체적 죽음을 넘어서서 자신과 마을 사람들, 딸(낭이)과의 분리의식을 초월하는 과정이다. 모화가 죽음을 통해서 분리의식을 극복할 수 있는 근본적인 이유는 그녀의 정체성 때문이다. 이 소설에서 모화는 무속인으로 설정되어 있다. 그녀의 세계관은 토테미즘(totemism)과 애미니즘(animism)[131]의 세계관으로 정의될 수 있는데, 이 미분화된 세계관에서는 인간과 사물의

---

131) 무속은 특히 애니미즘적인 물활론(物活論)의 세계관에 기초를 두고 있다. 애니미즘은 우주를 구성하고 있는 모든 생물을 활물, 즉 살아 있는 것으로 간주한다. 모든 사물은 최소한 활(活)의 가능 태이며, 그 물건을 활화(活化)시키는 힘을 총칭하여 신이라 부른다.(김은숙 · 최광석, 「巫란 무엇인가」, 『민속학술자료총서 347, 무속(무당1)』, 우리마당 터, 2003, 391~392쪽.)

근본적인 분리는 무화無化된다. 모든 만물은 하나의 신神이며, 물질적 형태가 변화할 수 있다는 점에서, 사물간의 분리는 존재하지 않는 것이다.[132] 이러한 모화의 정체성은 그녀를 신화화시키는 동시에, 그녀가 속한 공간을 신화화시키는 근원적인 요인이 된다.

모화는 그녀의 마지막 '굿'을 통해서, 인간의 유한성을 극복해 가는 하나의 과정을 보여주게 되는데, 이 과정은 또한 모화와 마을 사람들, 낭이(딸)와의 분리의식을 극복하는 과정이기도 하다. 이는 모화가 추락(죽음)함으로써, 상승(분리의식의 극복)하는 방식이다. 이 과정에서 분리의식이 극복되는 양상은 커다란 상승의 이미지로 형상화되는데, 이는 고도와 상승, 깊이와 하강, 추락에 대한 메타포에 의해서 구현된다. 여기서 매우 흥미로운 점은 무녀 모화가 신화적으로 상승하는 과정이 근본적으로 괴리된 타자(='죽은 자')와의 소통과정에서 이루어진다는 것이다. 즉 모화의 상승과정은 이미 물의 심연에 깊이 추락한(죽은) 자를 소통의 방식에 의해 일으켜 세우고, 수직적인 상승을 유도하는 과정 속에서 이루어진다.

"- 밤중이었다.

모화는 길다란 넋대를 잡고 떨며, 죽은 사람의 혼백을 건지려 물로 들어간다.

「이러나소, 이러나소

설흔 세 살 김씨 대주,

방성으로 태어날 때 칠성에 복을 빌어」

---

132) 신정숙, 「식민지 무속담론과 문학의 변증법 - 「무녀도」, 「허덜풀네」, 「달」을 중심으로 - 」, 『사이間SAI』 제4호, 2008. 5. 382쪽.

모화는 넋대로 물을 휘저으며 청승에 자지러진 목소리로 혼백을 부른다.

(註 대주 – 부인이라는 뜻)

「꽃같이 피난 몸이 옥같이 자란 몸이,

양친부모도 새존이요 어린 자식 누여두고……」

모화는 넋대를 따라 점점 깊은 소를 향해 들어간다. 옷이 물에 젖어, 한 자락 몸에 휘감기고, 한 자락 물에 흘러 나부끼고 한다.

검은 물은 그의 허리를 잠그고, 가슴을 잠그고 점점 부풀어 오른다.

「검은 물에 뛰어 들제,

얼마나 슬퍼슬라,

치마 폭이 물을 먹고, 붕긋이 떠 오를제,

삼ㅅ단 머리 흘러저, 두눈을 덮어슬라……」

할 지음, 모화의 몸이 그 목소리와 함께 물에 잠기어 버렸다…… 처음엔 쾌자ㅅ자락이 보이더니 그것 마저 내려가 버리고, 넋대만 물 우에 빙빙 돌더니, 둥둥 흘러 내렸다."[133]

모화는 서른세 살이란 젊은 나이에 사랑하는 부모, 어린 자식을 남겨두고, '검은' 물속으로 추락한(죽은) 한 여인의 가슴 저린 심정을 노래하며, 그녀 역시 천천히 물속으로 추락한다. 그녀의 초월과정(수직적 상승)은 ① '초혼(招魂)' : 죽은 자를 '일으켜 세우기'("이러나소, 이러나소 설흔 세살 김씨 대주") ⇒ ② '죽은 자와의 교감'("검은 물에 뛰어 들제, 얼마나 슬퍼슬

---

133) 김동리, 앞의 글, 46쪽.

라, 치마 폭이 물을 먹고, 붕긋이 떠 오를제, 삼ㅅ단 머리 흩으러저, 두 눈을 덮어슬라…") ⇒ ③ '동일한 과정의 시연'(물속으로의 추락과 융화/해체) ⇒ ④ '수직적 상승'(비상을 꿈꾸는, 추락한 것을 일으켜 세우는 공기적 상상력에 의한 신화적 초월)으로 구분할 수 있다. 한마디로 요약하면, 그녀가 행하는 '굿'의 전과정은 "이미 추락한 자"(죽은 자)와 "추락하고 있는 자"(모화)가 서로 완전한 초월의 상태로 서로를 "일으켜 세우는" 과정이다.

이와 같이 모화가 마지막 굿을 통해서 상승할 수 있는 전제 조건은 죽은 자와의 소통('공감')이다. 이러한 죽은 자와의 소통 과정에서 유도된 수직적 상승은 '율동(춤)'과 공기적 상상력이 결합되는 과정에서 구체적으로 현현된다.

> "이날밤, 모화의 정숙하고, 침착한 양은 어제 같이 미쳤던 여자로서는 너무도 의아 하였다. 그것은 달ㅅ밤으로 산에 기도를 다닐적 처럼 성스러워도 보이었다. 그의 음성은 언제 보다도 더 구슬펏고, 그의 몸세는 피도 살도 없는 율동(律動)으로 화하여졌었다. 이때에 모화는 사람이 아니요, 율동의 화신이었다.
>
> 밤도 리듬이었다. …… 취한양, 얼이 빠진양, 구경하는 여인들의 호흡은 모화의 쾌자ㅅ자락만 따라 오르나리었고, 모화는 그의 춤이었고, 그의 춤은 그의 사나위ㅅ가락이었고……시나위ㅅ가락이란, 사람과 밤이 한 개 호흡으로 융화 되려는 슬픈 사향(麝香)이었다. 그것은 곧 자연의 리듬이기도 하였다."[134]

---

134) 김동리, 앞의 글, 45쪽.

모화의 '율동(춤)'은 먼저 '검은 물'에 대한 상상력과 결합되어 모화의 죽음을 단순한 육체적 죽음이 아닌 신화적인 죽음으로 재탄생[135]시키는 중요한 기능을 담당한다. 굿이 진행됨에 따라서 그녀의 몸은 "피도 살도 없는 율동으로 화하여", "율동의 화신", 그리고 "자연의 리듬"[136]으로 전화되는 양상을 보여준다. 여기서 '율동'은 과격한 몸의 움직임이 아닌 한 동작 한 동작이 겹쳐지는 연속성을 지닌 움직임을 의미한다. 슬로우 비디오를 보는 듯한 동작의 연속성, 또는 동작의 겹쳐짐은 이미지를 연속적으로 결합시키거나 실체를 분해[137]시키는 물의 속성과 닮아 있다. 그러므로 모화가 넋대를 따라 깊은 물속에 들어가고, '검은 물' 속에 완전히 잠겨버리는 설정은 물의 유동성, 즉 물의 리듬 속에 인간이 융화됨을 상징한다. 여기서 이 '검은 물'은 "특수한 죽음에 의해 이끌려지는 특수한 삶의 상징"[138]이자, 융화와 해체의 상징이다. 이러한 측면에서 물의 물질적 상상력은 대상의 형태뿐만 아니라 물질 자체까지 해방시킴에 의해서, 물질이 상상력

---

135) 김동리는 표면적으로 볼 때 모화의 죽음이 서양 종교인 기독교에 전면적인 패배인 것처럼 보일지라도, 근본적인 의미에서는 승리를 의미한다고 주장한다. 그는 이에 대한 구체적인 근거로서 소설 속에 형상화된 모화의 춤동작인 '시나윗가락'이 「선」 이념의 율동적 표현'이라는 점을 지적한다. '모화가 「시나윗가락」의 춤을 추며 노래를 부른다는 것은 그녀의 전생명이 「시나윗가락」이란 율동으로 화함'을 의미하는 것이며, '율동화란 곧 자연의 율동으로 귀화합일한다는 뜻'이라는 것이다. 그러므로 모화의 육체적 죽음은 자연의 일부로 융화, 합일되는 과정이며, 이 과정에서 삶과 죽음의 간극, 자연과 모화의 물질적 간극(괴리)은 존재하지 않는다. 그런데 여기서 중요한 사실은 '율동화'가 내포하고 있는 힘과 방향성이다. 이는 인간의 몸을 지닌 그녀가 '시나윗가락'('율동')에 의해서 하나의 방향성, 즉 하나의 힘으로 전환된다는 것을 의미한다.(김동리, 「신세대의 정신」, 『문장』, 1940. 5. 92쪽.)

136) 김동리, 위의 글, 45쪽

137) 가스통 바슐라르, 『물과 꿈』, 이가림 옮김, 문예출판사, 1998, 29쪽.

138) 가스통 바슐라르, 위의 책, 95쪽.

에 의해서 완전한 힘으로 전화해 가는 상태까지를 상징한다.

이러한 힘의 전화는 수직 방향으로 진행되지만, 직선이 아닌 "말려 감긴 소용돌이"[139] 형태의 이미지를 갖는다. 하나의 리듬인 물의 유동성 속에서, "모화의 시나위ㅅ가락"(몸의 율동=춤), "밤의 리듬"은 모두 "한 개 호흡으로 율동화"되는 과정에서 방향성을 지닌 하나의 힘, 즉 방향성을 지닌 우아한 선으로 수렴되는 양상을 보여준다. 이 우아한 선은 직선적인 것이 아니라, 선회하며 비상하는 선이다. 이 선은 율동화의 방식인 소용돌이 형태로 상승하게 되며, 그 선(힘의 방향성)이 그려내는 역동적인 이미지는 초월의 과정이 완료되는 순간 무화된다. 이 무화된 상태는 "이미지를 가지지 않는 상상력"의 형태를 띤다. 그러나 이는 완전히 빈, 공허한 무의 상태를 의미하는 것이 아니다. 이는 새로운 생성의 가능성을 담지하고 있는, 김동리의 방식으로 말한다면 "생성(있음)을 위한 전제조건이 되는 없음의 상태"[140]를 의미한다. 이와 같이 「무녀도」(1936)는 율동(춤)과 공기적 상상력의 결합에 의해서, 모든 사물들 간에 존재하는 분리(괴리)의 긴장성과 적대성이 무화되는 과정 속에서 하나의 상승의 이미지가 형성된다. 이 이미지는 모화가 신화적(무속적) 세계관을 통해서 분리의식을 극복해 가는 과정을 상징한다고 볼 수 있다.

---

139) 바슐라르는 모든 공기적인 이미지는 본질적으로 비상의 벡터를 갖고 있으며, 이는 '말려 감긴 소용돌이'와 같은 우아한 선적 이미지를 갖는다고 주장한다.(가스통 바슐라르, 『공기와 꿈』, 정영란 옮김, 이학사, 54~79쪽.)

140) 김동리는 생명의 본질이 리듬이며, '있음(없음)'의 가능성이라고 주장한다. "리듬의 기능은 생성(生成)과 소멸(消滅)이며, 있음을 가능케 하기 위하여 부단히 생성을 계속한다"는 것이다. 그러므로 '없음(無)의 상태'는 생성의 예비단계이자, 전제조건이며, 생성의 가능성을 담지한 상태로 볼 수 있다.(김동리, 「리듬의 철학」, 『생각이 흐르는 강물』, 갑인, 1985, 330쪽.)

이 소설에서 모화의 신화적(무속적) 세계관은 근대성에 의해서 발생하는 분리의식을 극복할 수 있는 탈근대성의 대안으로 상정된 것이다. 그에 따라 근대적 공간에서의 모화의 분리의식은 상당 부분 미학적으로 극복된다. 그러나 모화의 신화적(무속적) 세계관은 다른 인물들의 세계관을 포용하지는 못한다. 이는 근본적으로 그녀의 신화적 상상력이 전근대성을 해체하지 못하고 주관적 상승에 그쳤다는 사실을 의미한다. 그러므로 이러한 방식을 통해서 근대적인 것을 극복하는 것은 불가능하다. 왜냐하면 근대인이 존재하는 공간은 초월적 주관성이 불가능한 곳이며, 또한 근대인이 초월적 시공간으로 회귀하는 것은 불가능하기 때문이다. 이러한 측면에서 모화가 무속적 세계관에 의해서 분리의식을 극복하는 방식은 자아와 타자를 연결시키는 방식이 아니라, 근대에서 실현되기 어려운 분리 극복의 시도, 즉 주관화된 신화적 상상력의 흔적으로 볼 수 있다. 이러한 점이 이 소설의 근본적인 한계이다. 그러나 그림 〈무녀도〉가 남았다는 것[141]은 현실에서 극복될 수 없었던 분리의식이 '미학적'으로 극복되었다는 것을 의미한다. 이러한 설정은 근대적 현실 속에서 분리의식을 극복할 수 있는 하나의 가능성을 제시한 것으로 볼 수 있다.

3. 이질적 타자의 분리/배제

근대인의 분리의식을 일으키는 주요한 요인 중 하나는 나와 타자 사이

---

141) 모화의 죽음과 그림(무녀도)의 연관성에 관해서는 유기룡의 「'그림'으로 승화된 '모화'의 죽음」(『김동리』, 살림, 1996.)을 참조할 것.

에 존재하는 '다름'이다. 이 '다름'은 특정한 인간의 성격이 일반적인 '평균성'[142]에서 벗어난 '비정상적' 성격을 지니고 있다는 것을 의미한다. '비정상성(anormal)'[143]의 영역은 육체에 한정된 것만이 아니며, 재능과 능력을 포괄한다. 어떤 특정 영역에서 자신과 매우 다른 타자를 대면할 경우, 이러한 다름의 크기는 그 대상에 대한 위압감과 성스러움을 불러일으킬 수 있다. 하지만 동시에 그 대상을 금기의 대상으로, 즉 분리와 배제의 대상으로 전환시키고자 하는 욕망이 발생하게 된다. 이러한 욕망은 불안과 공포를 불러일으키는 대상을 나의 영역으로 받아들이기보다는 나의 영역에서 완전히 추방시킴으로써, 나 자신의 안전과 평화를 지키고자 하는 욕망과 밀접한 연관성을 갖고 있다. 그러므로 분리와 배제는 일종의 자기보호 욕망의 표현[144]으로 볼 수 있다.

「황토기」(1939)[145]는 억쇠와 득보라는 두 장사가 마을 사람들(평균성)보다 유달리 힘이 세다는 '비정상성(anormal)'에 의해서 분리와 배제의 대상으로 전락하게 되는 과정을 선명하게 보여준다.[146] 이 두 장사의 분리과정

---

142) 하이데거는 사람들이 타인과의 사이에 존재하는 거리감에 마음을 졸이며, 끊임없이 '평균성'에 안주하는 삶을 '비본래적'인 삶이라고 정의한다.(이기상·구연상, 『「존재와 시간」 용어해설』, 까치, 1998, 41~42쪽.)

143) 르네 지라르, 『희생양』, 김진석 옮김, 민음사, 2007, 34쪽.

144) 리처드 커니, 『이방인·신·괴물』, 이지영 옮김, 개마고원, 2004, 15~17쪽.

145) 「황토기」(1939)에 대한 연구는 주로 근친상간과 성의 공유 모티프, 아기장수 설화 모티프에 관한 것이다. 이에 대해서는 정호웅, 「강한 주체, 근본의 문학-김동리의 문학세계」, 정호웅 외 10인 지음, 『김동리 문학의 원점과 그 변주』(계간문예, 2006.)를 참조할 것.

146) 억쇠와 득보는 '불우(不遇)에서 오는 고독'과 관련된 인물들이다. 이들은 일반 사람들 보다 '뛰어난' 육체적 힘을 소유한 인물들이기 때문에, 고독한 삶을 살게 된다.(김동리, 「고독에 대하여」, 『고독과 인생』, 백만사, 1977, 20쪽.)

은 비논리성, 무근거성을 의미하는 '잡담'[147]의 방식으로 진행된다.

"그가 열두살때 동네 장골들이 겨우 다루는 들ㅅ돌하나를 성큼 들어 배를 편

것으로 왼 마을에 말성을 일으켰다.

「장사 낫군!」

「황토ㅅ골 장사 났다!」

사람들은 숙덕거리기 시작 하야, 이튿날 늙은이들은 이관들을 하고 모여 앉어,

「예로부터 우리 황토ㅅ골에 장사가 나면, 부모한테 불효가 않으면 역적이 난

댓것다.」

「하긴, 인제야 대국 명장이 혈을 지른 뒤라니까 별수는 없으리다만······」

「그말은 당찬으이, 온 바로 내 증조ㅅ벌 되는이가 그때 장사 소릴 듯구 그만

사또 앞에 잡혀가 오른쪽 팔하나를 부질러 나왔거던.」

이따우 소리를 주고 받고 하다가 내중에는, 어깨의 힘줄을 끊으란둥 침을 맞

히자는둥 팔을 하나 부질르란둥별별 방책을 다 터러 내노았다.

그중에도 유독 심히 구는 사람이 그의「큰아부지」로

「황토ㅅ골 장사가 나면 나라에서 아는거다, 자식 하나 병신 말들 작정하면 고

만일걸 잘못하다 괘니 온집안 멸문 당할라」"[148]

---

147) 하이데거는 '잡담'이 "퍼뜨려 말하고, 뒤따라 말하는 방법"이며, 논리성이나 합리성을 내재한
것이 아닌 "이야기된 것 자체가 범위를 넓혀가며 권위의 성격을 떠맡는" 방법이라고 정의한다. 이
는 '잡담'이 지닌 '무지반성'을 지적한 것이다.(마르틴 하이데거, 『존재와 시간』, 이기상 옮김, 까치,
2007. 231~233쪽.)

148) 김동리, 「황토기」, 『문장』, 1939. 5. 90쪽.

마을 사람들은 자신들의 마을에 장사가 나면, "부모한테 불효"거나 "나라에 역적이 된다"라는 비논리적인 근거를 들어서 그를 분리의 대상으로 설정한다. 장사는 일반 사람들과는 차별화되는 힘을 소유한 자이다. 이러한 힘의 소유는 일반 사람들의 경외감을 불러일으키기도 하지만, 이로 인해서 불안과 공포를 불러일으키게 된다. 이러한 인간의 이중성은 '중국의 대국 명장'(=장사)과 억쇠에 대한 양가적 태도에서 극적으로 나타난다. 그들은 중국의 장사는 존경해야 할 '대국 명장'이지만, 억쇠는 마을에서 제거해야 할 대상으로 상정한다. 마을 사람들의 이러한 이중적인 잣대는 '중국의 대국 명장'이 자신과 너무나 멀리 존재하는 막연하고, 추상적인 대상임에 반해서, 장사 억쇠는 자신에게 실질적인 영향력을 행사할 수 있는 영역에 존재하고 있다는 사실과 밀접한 연관성을 갖고 있다. 즉 '중국의 대국 명장'과 장사 '억쇠'의 차이는 그들이 속해 있는 영역의 차이에서 발생한다.

그러므로 마을 사람들은 장사 억쇠에 대한 불안과 공포로부터 벗어나기 위해 그를 자신들과 동일한 정상성을 지닌 인물로 바꾸고자 한다. 그들이 취하고자 한 방식은 억쇠의 어깨의 힘줄을 끊거나 침을 맞히는 방법을 동원하여, 억쇠의 육체적 힘을 제거하는 것이다. 억쇠를 병신으로 만든다는 것은 그를 마을 사람들과 동일한 평균적인 인간으로 만드는 것을 의미하며, 장사라는 차별화되는 힘을 소유한 자를 자신들의 영역으로 포섭하는 것을 의미한다. 즉 '병신된 장사'='일반 마을 사람들'인 것이다. 이러한 방식에 의해서 마을 사람들은 억쇠와 자신들 사이에 존재하는 분리의 식을 극복하고자 한다.

그러나 억쇠를 병신으로 만들고자 하는 자신들의 목적이 실패하자, 억쇠의 큰아버지는 스스로 마을을 떠남으로써 억쇠가 속한 공간으로부터 도피한다. 큰아버지가 마을을 떠난 사건은 억쇠가 마을 사람들의 분리의식을 내면화하게 되는 결정적인 계기가 된다.

> "이튿날 그의 아버지는
>
> 「네 나이 열두살이다, 몸 하나라도 성히 가지랴든 그래 알아서 아무데나 함부로 나서지 마러라……네 일신 조지고 온 집안 문 닫게 할라, 모두가 네 맘 먹기다」
>
> 억쇠는 아버지의 이 말을 가슴에 색여 들었다. 그리하야 씨름판이고 줄목이고 들ㅅ돌을 다루는데고 혹은 무슨짐내기를 하는데고, 사람들이 많이 모인 곳이나 힘 겨름을 하는 곳에는 일체 나가지를 않었다. 그러나 그것은 쉬운 일이 않이었다. 제 기운을 세상에 자랑하구 싶어서가 안이라, 여러 사람이 보는데서 그것을 제 스스로 시험해보구싶은 충동 그것이었다."[149]

억쇠는 자신의 육체적 힘을 감추기 위해서 "사람들이 많이 모인 곳"이나, "힘 겨름을 하는 곳"에는 전혀 참가하지 않는다. 이는 마을 사람들로부터 자신을 스스로 분리시킨다는 것을 의미한다. 이를 통해서 마을 사람들의 그에 대한 분리의식과 그 자신의 마을 사람들에 대한 분리의식이 동시에 진행되는 양상으로 발전했다는 사실을 알 수 있다. 왜냐하면 그와 마을 사람들 간의 분리의식은 마을 사람들에 의해서 발생한 것이지만, 이

---

149) 김동리, 앞의 글, 92쪽.

미 발생된 분리의식은 필연적으로 그에게 내면화될 수밖에 없기 때문이다. 이러한 분리의식의 상호 작용에 의해서, 마을 사람들과 억쇠의 분리의식은 굳건하게 고착화되는 양상을 보여준다.

한편 억쇠의 분리의식은 '같은' 비정상성을 지닌 인물인 장사 득보가 등장함에 의해서 극복될 수 있는 가능성을 맞는다.

> "억쇠도 술이 얼근 한 터이라 이꼴을 보고만 앉아 있을수가 업다하야, 방에서 이러나 밖으로 나오며
>
> 「아니 웬 놈이 저렇게 부량한 놈이 있누?」
>
> 이렇게 한번 집이 쩌르렁 하도록 큰소리로 호령을 하였지만, 허나 아모리 술ㅅ기야 좀 있었다기로니 여쉰살안쪽같으면 이런 판에 이렇게 참견을 하고 나었을 그는 않이었다.
>
> 낯선 사내는 이쪽으로 고개를 돌려 억쇠를 한번 흘껴 보드니,
>
> 「흥, 너도 이놈……」
>
> 하는 말도 채 맺지 않고 별안간 뛰들어 복장을 갈기고 또 어느듯 머리로 미간을 받으매, 억쇠도 한순간 정신이다 아찔 하였으나 그 다음순간에 그도바른 손으로 놈의 멱살을 잡어 쥘 수 있었다.
>
> 보매, 골격도 범상히는 생긴놈이 안이되, 그래도 처음에 억쇠는, 그저 힘ㅅ개나 쓰는데다 싸흠에나 익은 놈이려니 하는것 쯤으로 밖에 더 생각하질 않었든것인데, 멱살을 잡고 체력을 한번 다루어 보니 결코 그저 이만저만 힘센 놈이나 부량한 놈이 안이란것을 깨달었다. 그러자 그는 문득 자기의 몸이 공중으로 스르르 떠오르는듯한 즐거움이 가슴에 솟아 오름을 깨닷고 저도 모르게

멱살 잡었든 손을 노아 버리고 멱살 대신 그의 손을 꾹 잡었다."[150]

억쇠는 술집에서 우연히 마주친 득보와 싸우는 과정에서, 그가 "이만저만 힘센 놈이 안이란 것"을 알게 되자, "문득 자기의 몸이 공중으로 스르르 떠오르는 듯한 즐거움"을 깨닫는다. 이 '즐거움'은 자신과 '같은' 특성, 즉 힘이 센 사람을 만났다는 아주 단순한 사실에서 기인한다. 그는 득보가 '같은' 특성을 지닌 사람이라는 사실을 깨닫자, 득보에게 느꼈던 적대감은 완전한 친밀감으로 전환된다.

이러한 그의 심리는 마을 사람들이 억쇠를 분리와 배제의 대상으로 전락시킨 심리와 근본적으로 동일한 것이다. 억쇠와 득보가 "서로 하루 종일 놀고, 먹으면서 벌이는 싸움"은 그들의 동질감을 확인하기 위한 행위이자, 그들과 마을 사람들의 차별성을 스스로 확인하는 행위이다. 그들이 싸움을 벌이는 '안내ㅅ벌'[151)]이 "황토ㅅ골에서 잔등 하나 넘어 있는 안옥한 산기슭이요, 또 내물ㅅ가"라는 설정은 그들과 마을 사람들의 심리적 거리를 상징한다. 이러한 상징을 통해 알 수 있는 것은 마을 사람들에 의해서 억쇠에게 내면화되었던 분리의식은 득보를 만남에 의해서 극복된 것이 아니라, 오히려 강화되었음을 알 수 있다. 왜냐하면 억쇠와 득보가 느끼는 동질감과 그들의 축제('싸움')는 역으로 마을 사람들에 대해 느끼는 그들의 이질감(=다름)을 반증하는 것이기 때문이다.

---

150) 김동리, 앞의 글, 94~95쪽.

151) 김동리, 위의 글, 84쪽.

이러한 두 장사의 분리의식은 승천하지 못한 '용'이 지닌 상징성과 '바위(흙)', '피', '물'에 대한 물질적 상상력을 통해서 하강(추락)의 이미지로 형상화된다.

"하긴, 그의 하라버지나 아버지들이 다 저산에서 새어나는 물을 먹고 살다 도로 그리로 도라가 묻이었고 그 역시 오늘날까지 그 물을 먹는 터이매, 그 산이 낳은 전설, 가령, 옛날 등천騰天하려든 황룡黃龍한쌍이 때마침 금오산에서 굴러 떠러지는 바위에 맞어 허리가 끊어지고 이 황룡 두마리의 피가 흘러황토ㅅ골이 생긴것이라는 상룡설傷龍說이나, 또 역시, 등천 하려든 황룡 한쌍이 바로 그 전야前夜에 있어 잠자리를 삼가지 않은지라 천왕天王이 노하야 벌을 내리사, 그들의 여의주如意珠를 하늘에 묻으시니, 여의주를 잃은 한쌍의 황룡이 크게 슬퍼하야 서로서로 저이들의 머리를 물어뜯고 피를 흘리니 이피에서 황토ㅅ골이 생긴것이라는 쌍룡설雙龍說이나, 혹은 상룡설, 쌍룡설들과는 좀 달리, 옛날 당唐나라에서 나온 어느 장수가 여기 이르러 가로되 앞으로 이 산맥에서 동국東國의 장사가난다면 능히 대국을 범할것이라 하야 이에 혈血 을 지르니, 이 산골에 석달 열흘 동안 붉은 피가 흘러 내리고, 이로 말미아마 이일대가 황토지대로 변한것이라는 절맥설絶脈說 이나, 이런것들이 다 본대 그의 운명에 아주 교섭이 없으리란 법만도 없는 터이었다."[152]

이 소설에서 '황토ㅅ골'의 유래와 관련된 '상룡설傷龍說', '쌍룡설雙龍說',

___

152) 김동리, 앞의 글, 79쪽.

'절맥설絶脈說'은 모두 억쇠가 근본적으로 하강(추락)의 운명을 타고 났다는 사실을 암시한다. '상룡설'은 자신의 의지와는 상관없는 우연한 사고("금오산에서 굴러 떨어지는 바위에 맞은 것")에 의해 등천하지 못한 용에 관한 전설이고, '쌍룡설'은 금기를 위반함에 의해서 등천이 좌절된 용에 관한 전설이다. '용'은 근본적으로 하강(추락)과 상승의 속성을 모두 갖고 있는 상상의 동물이다. 비록 용이 상승에 대한 지향성을 갖고 있을지라도, 그의 육체는 하강(추락)의 공간('물')에 존재하고 있다. 이 점이 용이 지닌 이중적 상황이다. 용의 등천이 좌절되었다는 것은 그가 하강(추락)의 공간에 영원히 속하게 되었다는 것, 그리고 그의 상승에 대한 지향성이 결코 실현될 수 없다는 것을 상징한다. '바위(흙)', '피', '물'은 하강(추락)의 속성을 지닌 물질들이다. 이러한 물질들은 '용'의 상징성과 결합하여, 억쇠의 비극적 운명을 하강(추락)의 이미지로 형상화한다.

반면 '절맥설'은 장사가 태어나지 못하도록 산맥의 혈을 끊었다는 설정을 통해서, 장사에 대한 일반 사람들의 불안과 공포가 반영된 전설임을 알 수 있다. 이 전설은 마을 사람들이 억쇠를 분리와 배제의 대상으로 설정하게 된 동기가 이질적 타자에 대한 불안과 공포에서 비롯된 것임을 암시한다.

위와 같이 「황토기」(1939)에 등장하는 비범한 힘을 지닌 인물들은 신화적 상상력의 표상처럼 보이지만, 신화적 영웅과는 달리 자신들의 힘으로 인해 분리의식을 경험하게 된다. 이러한 분리의식은 "장사가 나면 불행을 겪는다"는 비극적 전설과 상응하는 것일 수도 있고, 근대적 공간에서 비정상적으로 변질된 영웅들의 이질성을 암시하는 것일 수도 있다.

4. 이질적 타자의 완전한 패배

김동리 소설의 주요한 특징 중 하나는 1950년대 후반부터 전통적 세계관에 의해서 더 이상 근대사회에서 분리의식의 극복이 불가능하다는 사상이 나타나기 시작한다는 것이다. 김동리 최초의 무속소설 「무녀도」 (1936)에 나타나는 신화적(무속적) 세계관은 근대인의 분리의식을 극복하는 방식이자, 일제로 상정되는 근대를 극복하기 위한 방식으로서 상정된 것이다. 그리고 이 소설은 신화적 세계관을 통해서 근대인의 분리의식, 즉 죽음에 의한 분리의식과 자아-타자의 분리의식이 제한적으로 극복되는 양상을 보여준다.

하지만 그 이후의 무속소설 「당고개 무당」(1958), 「만자동경」(1979)에서 신화적(무속적) 세계관은 근대사회에서 소멸될 수밖에 없는 전근대적 세계관으로 표현된다. 이러한 설정은 신화적(무속적) 세계관이 근대적 세계관에 패배했음을 의미하는 것이다. 이는 주인공 무녀들의 자살(죽음)을 통해 드러난다. 여기서 그녀들의 자살(죽음)은 「무녀도」(1936)의 주인공 모화의 자살(죽음)과는 매우 상이한 성격을 지니고 있다. 모화의 자살(죽음)이 죽음에 의한 분리의식과 자아-타자의 분리의식을 극복하고, 신화적으로 초월하는 과정이라면, 이 두 소설의 주인공들의 자살은 근대에 동화될 수 없는 이질적 타자들의 패배이자, 영원한 소멸을 상징한다. 이들의 패배와 소멸은 더 이상 근대적 공간에서 전통적 세계관에 의해 인간의 분리의식이 극복될 수 없는 현실을 나타낸 것으로 볼 수 있다.

「당고개 무당」(1958)에서 근대적 세계관과 전통적(신화적) 세계관의 대립(갈등)양상은 주인공 당고개 무당과 그녀의 사랑하는 두 딸의 관계를 통해서 선명하게 나타난다. 당고개 무당의 가족들, 즉 당고개 무당과 보름(큰딸), 반달(작은딸)은 큰 마을 사람들로부터 철저히 분리된 사람들이다. 어머니 당고개 무당은 "온 동네의 하인보다도 더 천하게 여겨"지며, 그녀의 아름다운 두 딸은 일반 가정의 남자와 결혼하는 것을 포기하고, 결국 기생의 삶을 살게 된다. 이러한 당고개 무당의 가족들과 마을 사람들 간의 분리의식은 철저한 공간의 분리를 통해 드러난다.

"큰 마을에서 취운사翠雲寺로 올라가는 길 허리에 벌건 황토 고개가 있고 고개마루에 서낭당이 있다. 그리고 당고개 무당네 집은 그 서낭당 곁에 있었다. 고개마루에 서낭당이 있다고 하여 고개이름을 당고개라 부르 듯이, 당고개 곁에 사는 무당이라 하여 당고개무당이라 불렀다."[153]

"본디 당고개네가 살던 서낭당 곁의 무당집이란 아무도 돈 주고 살 사람이 없는 그만치 외지고 쓸쓸하고 허줄한 도깨비굴에 지나지 않았던 것이다. 그러한 도깨비굴 대신 「다리목 술집」을 샀다면 그 동안 벌써 단단히 한 밑천 잡았다는 것은 누구나 곧 짐작할 수 있는 일이었던 것이다. 다리목 술집은 본대 읍내에서도 돈푼이나 있는 사람이 나와서 영업을 하다가 서울로 이사를 가는 통에 팔려고 내어 놓았다는 꽤 큰 술집이었던 것이다. 더구나 큰 마을에서 취운사로 올라가려면 반드시 건너야 하는 큰 다리목에 있었기 때문에 경치도 여간 좋지 않았

---

153) 원발표지 미확인. 여기서는 김동리, 「당고개 무당」, 『등신불』, 정음사, 1963, 246쪽.

다. 본디 물은 많지 않으나 산협山峽 위에 놓인 다리가 되어서 여간 길고 높지 않았다. 다리 아래는 큰 바위가 이리저리 자빠져 있고, 양쪽 다리목에는 울창한 수풀이 있어서 여름 한철은 선경같이 보이는 다리목 술집 이었다."[154]

당고개 무당이 사는 곳은 마을 사람들이 사는 '큰 마을'(세속/근대적 세계관)과 '취운사(비세속/전통적 세계관)'의 중간에 위치하고 있다. '큰 마을'은 일반인들이 살고 있는 공간이며, '취운사'는 인간이지만 신(부처)이 되고자 하는 사람들의 공간이다. 그러므로 '큰 마을'은 인간들이 살고 있는 세속의 공간으로서 근대적 세계관을 상징하며, '취운사'는 세속과 대립되는 비세속의 공간이자, 근대적 세계관과 대립(갈등)하는 전통적 세계관을 상징한다고 볼 수 있다. 이러한 측면에서 당고개 무당은 근대적 세계관과 전통적 세계관의 경계에 위치하고 있다고 볼 수 있다. 이러한 설정은 당고개 무당이 근본적으로 인간과 신의 중간자라는 사실과 밀접한 연관성을 갖고 있다. 당고개 무당은 '순수한' 인간의 영역에 속한 인물도 아니며, '순수한' 신의 영역에 속한 인물도 아니다. 이러한 일반 사람들과 변별되는 이질성으로 인해서, 그녀는 분리와 배제의 대상이 될 수밖에 없는 것이다.

이러한 이질적 타자들인 당고개 무당의 가족은 기생이 된 두 딸(보름, 반달)의 성공으로 인해 "아무도 돈 주고 살 사람이 없는 그만치 외지고 쓸쓸하고 허줄한 도깨비굴" 같은 '무당집'에서 '다리목 술집'으로 이사한다.

---

154) 김동리, 앞의 글, 249~250쪽.

'다리목 술집'은 "본대 읍내에서도 돈푼이나 있는 사람이 나와서 영업을 하다가 서울로 이사를 가는 통에 팔려고 내놓은 꽤 큰 술집"으로, 이 술집 역시 '큰 마을'과 '취운사'의 중간에 위치하고 있다. 이러한 설정을 통해서 알 수 있는 것은 당고개 무당의 가족들이 기생이 된 두 딸로 인해 경제적 수준이 상승했을지라도, 여전히 '큰 마을'과 '취운사'의 중간에 위치할 수 밖에 없는 존재라는 사실이다. '큰 마을'이 인간의 주류 사회가 속한 영역 이라고 한다면, '다리목 술집'은 이 주류 사회에서 벗어난 영역에 위치하고 있다. 그러므로 당고개 무당의 가족들이 '무당집'에서 '다리목 술집'으로 이동한 것은 근본적으로 동일한 영역에서 이루어진 수평이동에 불과하다.

여기서 중요한 사실은 당고개 무당 가족과 '큰 마을' 사람들의 극복할 수 없는 분리의식에도 불구하고, 실질적으로 신화적(무속적) 세계관을 지닌 당고개 무당과 치열하게 대립(갈등)하는 인물들이 그녀의 사랑하는 딸들(근대적 세계관)이라는 점이다. 기생으로서 이름을 알리게 된 보름과 반달이 당고개 무당과 대립(갈등)하는 표면적인 이유는 어머니가 계속 무당 노릇을 하게 된다면, "자기들의 체면이 손상 된다"는 생각 때문이다. 이는 '큰 마을' 사람들의 당고개 무당의 가족들에 대한 분리의식이 그녀들에게 내면화되었다는 것을 의미한다.

그녀들의 당고개 무당에 대한 '놀라운 애정'은 그들 간의 대립(갈등)을 완화시키는 요인으로 작용하는 것이 아니라, 오히려 심화시키는 요인으로 작용한다. 이 점이 「무녀도」(1936)와 「당고개 무당」(1958)이 변별되는 중요한 요인 중의 하나이다. 「무녀도」(1936)의 낭이는 자신(근대적 세계관)

과 어머니 모화(신화적 세계관)와의 사이에 존재하는 분리의식으로 인해 고통스러워 하지만, 모화가 자신을 낳아주신 사랑하는 어머니이자, '신의 딸'이라는 사실을 냉정하게 인식하고 있었다. 그러므로 그녀는 자신과 어머니의 '다름'에서 발생하는 분리의식을 피할 수 없는 하나의 현실로 받아들인다. 이로 인해 모화(신화적 세계관)와 낭이(근대적 세계관) 사이에 실질적인 대립(갈등)은 나타나지 않는다.

그러나 「당고개 무당」(1958)에서 두 딸은 신화적(무속적) 세계관을 지닌 어머니를 자신들과 동일한 근대적 세계관의 인물로 변화시키고자 한다. 이 지점에서 두 딸들의 당고개 무당에 대한 '놀라운 애정'은 이질적 타자를 동일화시키는 과정에서 발생하는 폭력성을 합리화하는 요인으로 기능한다. 그러므로 그녀들은 당고개 무당을 사랑하는 만큼, 당고개 무당의 신화적 세계관을 더욱더 폭력적으로 파괴하고자 한다.

"그 무렵이 되면 딸들도 눈에 불을 켜서 당고개네를 지키기에 여념이 없었다.

당고개네가 밥을 잘 먹지않고, 그 대신 이상한 넋두리 같은 것을 시부렁거리기 시작하면 벌써 신이 내린 것을 눈치채고, 그녀들은 그 어미를 집안에 가두고 집밖에도 나가지 못하게 했다.

그것이 더 심해지면 방 한 간에 가두어버리고 방문 밖에 나오지도 못하게 했다.

그럴라치면 당고개네는 두 눈에 이상한 광채를 내며

『보름아 날 좀 살려다오. 이번에 한 번만 꼭 용서해 다오.』

하고 큰딸에게 먼저 사정을 하다가 큰딸이 제 손으로 제 옷을 찢으며

『그러지 말고 날 잡아먹어라.』

하고 마구 미친 것처럼 날뛰면 이번에는 반달이를 보고,

『반달아 날 좀 살려다오. 난 이러다 머리가 깨져 죽는다.』

하고 처량한 얼굴로 애걸을 하는 것이었다.

반달이는 큰 딸처럼 제 가슴을 치며 대어들지는 않지만 그 대신 당고개네가 마음을 돌이킬 때까지는 음식을 먹지 않고 에미 곁에 뻗치고 같이 누워 있는 것이다.

이렇게 되면 당고개네도 하는 수 없이 수건으로 머리를 질끈 동인 채 누웠다 앉았다 끙끙 앓았다, 온갖 미친짓을 다하는 것이었다.”[155]

그러므로 당고개 무당이 두 딸들 몰래 굿을 나갔다가 들키는 경우, 그때마다 집안에 큰 분쟁이 일어나게 된다. 큰딸 보름은 당고개 무당이 “무당 나갈 때 입는 옷과 부채와 그 밖의 여러 가지 기구를 전부 불에 태워 버리거나”, “다른 옷까지 나드리에 입을 만한 것은 손수 전부 갈갈이 찢어 버린다.” 작은 딸 반달은 “이틀이나 사흘씩 밥을 굶은 채 드러눕는” 행동으로 자신의 의견을 표현한다. 그리고 시간이 지나면서, 그녀들은 더욱 폭력적으로 변해서, 당고개 무당이 굿을 하지 못하도록 집 안에 가두기까지 한다. 이와 같은 당고개 무당과 두 딸의 치열한 대립(갈등)은 당고개 무당이 스스로 근대세계로부터 소멸하도록 만드는 근본적인 요인이다.

이 소설에서 큰딸 보름이 당고개 무당이 예전에 살았던 '무당집'을 허물어버린 것은 매우 중요한 의미를 지니고 있다. 여기서 '무당집'은 근대

---

155) 김동리, 앞의 글, 252쪽.

적 공간에서 당고개 무당의 신화적 세계관이 존재할 수 있는 유일한 공간이다. 이러한 측면에서 이 '무당집'은 당고개 무당의 신화적(무속적) 세계와 그녀가 살고 있는 근대세계가 교섭할 수 있는 가능성을 지닌 '틈새 공간'으로 볼 수 있다. 이 소설에서 '무당집'이 "본래 다 쓰러져 가던 집"이라는 설정은 근대사회에서 신화적(무속적) 인물이 설 자리가 그만큼 빈약하다는 사실을 의미한다. 즉 이러한 설정은 신화적 인물이 근대사회에서 비록 명맥을 유지하고 있을지라도, 근대 세계와의 작은 충돌에도 쉽게 소멸될 수밖에 없는 운명을 지녔다는 사실을 암시하는 것이다. 그러므로 끝내 '무당집'이 허물어졌다는 것은 근대 세계에서 당고개 무당이 소멸될 수밖에 없다는 사실을 상징한다고 볼 수 있다.

"밤중이었다. 큰딸이 한잠을 자고 깨어서 오줌을 누고 달이 하도 밝기에 들창을 열어보았다. 그랬더니 마침 저쪽 다리 위에 희꾸무레한 것이 보였다. 움직이고 있었다.

순간 웬 까닭인지 가슴이 철렁해졌다. 그와 동시 곧 어머니의 방으로 뛰어 와 보았다. 아니나 다를가 어머니가 누워 있던 자리는 비어 있었다.

『얘 반달아, 이리 나오너라. 엄마가 나갔다!』

이렇게 조용히 이르면서 곧 신발을 끌고 다리위로 뛰어나갔다.

『악! 엄마! 엄마! 엄마!』

하는 보름의 날카로운 절규를 뒤이어,

『아이고! 엄마! 엄마!』

하는 반달의 울음 섞인 목소리가 외쳐졌다.

당고개네가 그 높은 다리 위에서 떨어지고 있었다. 조금 뒤 두 딸과 이웃 사람들이 다리 아래로 달려갔을 때 당고개네는 머리가 깨어진 채 죽어 있었다."[156]

결국 당고개 무당은 사랑하는 두 딸들과의 대립(갈등)을 피해 자살하게 된다. 그녀는 밤중에 집을 몰래 빠져나가 '취운사翠雲寺'와 '다리목 술집' 사이에 놓인 다리 위에서 자신의 몸을 던지게 된다. 이러한 당고개 무당의 자살(죽음)은 「무녀도」(1936)의 모화의 자살과는 완전히 상반되는 성격을 지니고 있다. 모화의 자살(죽음)은 무생물체나 미분화 상태로 돌아가고자 하는 욕망, 즉 인간의 죽음에 대한 본능과 밀접한 연관성을 갖고 있다.[157] 인간의 죽음에 대한 본능은 거스를 수 없는 시간성을 극복하고, 추락함에 의해서 상승하고자 하는 욕망에서 발현되는 것이다. 이러한 측면에서 추락(죽음)은 절대에 도달하는 길이 될 수 있다. 이때 추락(죽음)은 상승(재생)으로 전환됨에 의해서 가치가 완전히 전도된다.[158]

그러나 당고개 무당의 추락(죽음)은 상승(재생)을 위한 전제조건이 아니라, 단순한 육체적(물질적) 추락(죽음)이며, 그녀와 두 딸들의 치열한 대립(갈등)에 의해 발생하는 추락의식의 구체적 표현이다.[159] 그녀가 추락한 다리 아래에 "가로 세로 누워 있는 쭈뼛쭈뼛 험한 바위들"은 휴식에 대한

---

156) 김동리, 앞의 글, 257쪽.

157) 질베르 뒤랑, 『상상계의 인류학적 구조』, 진형준 옮김, 문학동네, 2007, 288쪽.

158) 질베르 뒤랑, 위의 책, 301쪽.

159) 장현숙은 당고개 무당의 자살이 '궁극적인 종말'이 아니라, '자기 구원의 길'이라고 파악한다.(장현숙, 『현실인식과 인간의 길』, 한국문화사, 2004, 221~222쪽.)

몽상을 불러일으키는 물질들이 아니다. '바위'라는 명사는 부드러운 '흙'과 대비되는 '딱딱한(단단한)' 성질을, '가로 세로', '쭈뼛쭈뼛', '험한'이라는 형용사들은 날카롭고, 파괴적인 성질을 표현한다. 이러한 어휘들은 당고개 무당의 추락이 지닌 치명성과 충격을 암시한다. 그러므로 당고개 무당의 추락(죽음)은 단순한 추락(죽음)에 불과할 뿐, 죽음에 대한 어떠한 완곡화 양상이 나타나지 않는다. 이로 인해서 그녀의 추락(죽음)은 완전한 하강(추락)의 이미지로 형상화된다.

　한편 『만자동경』(1979)은 김동리의 무속소설 중 전통적 세계관을 지닌 인물들이 근대화 과정에서 도태되어 가는 과정을 가장 선명하게 보여주는 소설이다. 이러한 전통적 세계관의 완전한 패배 양상은 '불'에 대한 물질적 상상력과 '물'에 대한 물질적 상상력이 결합되어 나타난다. 이 소설은 액자식 소설로서, 외화(1960년대 중반)와 내화(1940년대 중반)의 시간적 배경이 대략 20년 정도의 차이가 난다. 외화의 주인공은 전통 지향적인 성향을 보이는 '나'란 인물이며, 내화의 주인공은 신화적(무속적) 세계관을 지닌 무녀 '연달래'이다. 이 소설의 서사구조는 '나'란 인물이 20년 만에 고향 경주로 돌아와서, 친구를 통해 어릴 적 그의 관심의 대상이었던 무녀 '연달래'와 '석가성 홀아비'에 대한 이야기를 듣는 방식을 취하고 있다. 이 소설은 외화의 주인공이 1960년대의 시공간에서 과거 1940년대의 시공간을 회상하는 방식을 취하고 있는데, 회상된 1940년대의 시공간은 잃어버린 과거의 전통이 여전히 존재하고 있었던 시공간으로 표현된다. 여기서 전통은 신화적(무속적) 세계관을 지닌 무녀 '연달래'와 근대에 적응할 수 없는 전통적 세계관을 지닌 '석가성 홀아비'를 통해 제시된다. 이 소설에서 제시된 전통은 합리성으로 대변되는 근대적 세계관과 대립(갈등)되는 이질적 세계관이다. 이러한 이질성으로 인해서, 그들은 근대사회에서 필연적으로 소멸하게 된다. 그리고 전통적 세계관을 지닌 인물들이 소멸하게 되는 궁극적인 이유는 합리성으로 대변되는 근대사회와의 대결과정에서 패배하였기 때문이다.

"내가 고향에 갔을 때 이미 그 성은 없어진 뒤였다. 옛날 성이 있었던 자리는 반반히 닦아진 채 꽤 깨끗한 상가로 바뀌어져 있었다.

나는 두 어깨가 아래로 축 처지는 듯했다. 어깨뿐 아니라 머리도 아래로 떨어뜨려진 채 나는 그 새로 난 상가를 덧없이 터덜터덜 걷고 있었다. 무어라 형언할 수도 없는 울분과 허망과 설움 같은 것이 뒤엉겨서 머릿속을 하나 가득 메우고 있는 듯했다.

내가 고개를 들었을 때 나는 옛날의 서문거리까지 와 있었다. 서문거리의 외딴 오두막, 옛날부터 전설처럼 내려오던 그 쓸쓸한 오두막도 물론 없어졌고, 그 자리엔 새로 지은 양기와집 한 채가 「경주양조장서부출장소」라는 함석 간판을 이마에 붙이고 서 있었다.

간판을 물끄러미 바라보고 섰던 나는 오던 거리를 향해 되돌아갔다. 서문거리의 오두막 생각은 다시 성가에 붙어 있었던 옛날의 다른 오두막을 내 머릿속에 떠올렸기 때문이었다.

물론 그 일대는 다 상가로 변했어, 허지만 그 위치가 어디 쯤인가나 살펴 보자, 하는 생각이었다."[160]

---

160) 김동리, 「만자동경」, 『문학사상』, 1979. 10. 138쪽.

이 소설에서 '옛날 성'과 무녀 '연달래'와 '석가성 홀아비'가 살던 오두막은 근대사회에서 여전히 존재하고 있는 과거 전통의 흔적을 상징한다. 그 '옛날 성'이 "반반히 닦여진 채 꽤 깨끗한 상가"로 변하고, 무녀 '연달래'와 '성가성 홀아비'의 오두막이 있는 자리가 '양기와 집'(경주양조장서부출장소)으로 변했다는 사실은 전통적 세계관을 지닌 이질적 타자들이 근대사회에서 완전히 소멸되었다는 사실을 상징한다. 그러므로 이러한 이질적 타자들은 근대인에게 '향수'의 대상으로 상정된다. '향수'란 기본적으로 현실 속에서 충족될 수 없는 과거의 미분화된 세계에 대한 열망에서 발생하는 것이다. 즉 '향수'는 근대의 소외와 분열에 대항하는 재통합에 대한 열망을 함축[161]하고 있다.

외화의 '나'란 인물이 이들이 사라진 현재의 고향 경주가 진정한 의미에서의 고향이 아니라고 생각한다는 설정을 통해서, 그가 근대적 공간에서 사라져 버린 전통에 대해 '향수'를 느낀다는 사실을 알 수 있다. 여기서 그가 지향하는 고향은 단순히 한 인간이 태어나서 자란 공간을 의미하는 것이 아니라, 분리된 개별자들 간의 통합에의 '향수'를 불러일으키는, 혹은 통합에의 상상을 불러일으키는 신화적 공간이다. 그러므로 고향은 근대화 과정에서 심화된 개인의 소외와 분열이 극복될 수 있는 이상적 공간으로 상정된 것으로 볼 수 있다. 그러나 이 이상적 공간은 근대에는 근본적으로 존재할 수 없는 과거의 공간이며, 현재의 공간이 아니다. 이와 같

---

161) 피터 버거는 근대인이 중세의 종교, 공동체의 속박에서 벗어나 자율성을 획득하게 되었지만, 이로 인해 소외와 분열을 겪을 수밖에 없게 되었다고 주장한다. 그는 근대인이 이러한 상황을 극복하기 위해 과거의 '통합적 상징'에 대해 향수를 느끼게 된다고 본다.(피터 버거 외 2인, 『고향을 잃은 사람들』, 이종수 옮김, 한벗, 1981.)

은 상황이 근대인이 내포하고 있는 딜레마이다. 이는 근대인이 근대의 시공간을 벗어날 수 없다는 측면에서 영원히 극복될 수 없는 것이다. 이러한 측면에서 외화의 주인공 '나'는 고향을 잃고 표류하는 근대인을 표상한다.

한편 내화의 주인공 무녀 '연달래'와 '석가성 홀아비'가 소멸되어 가는 과정은 근대화 과정과 궤를 같이 한다. 이들이 거주하는 오두막은 성 안쪽에 나란히 붙어 있는데, 이 오두막은 마을 사람들에겐 혐오와 분리의 대상이다. 마을 사람들은 특별한 이유 없이 아이들에게 이 오두막을 보지 않는 것이 좋다고 반복해서 교육한다. 이러한 마을 사람들의 분리의식은 이들의 지닌 이질성에서 비롯된 것으로 볼 수 있다. 무녀 '연달래'는 신과 인간의 중간자라는 점에서, '석가성 홀아비'는 과거 자신의 조상과 혈통에 대해 비합리적인 의미를 부여하는 인물이라는 점에서, 이들은 합리성을 지향하는 근대사회에 동화될 수 없는 인물들이다. 이러한 이들 간의 동질성은 '연달래'가 자신이 모시고 있는 몸주 대왕이 '석가성 홀아비'를 남편으로 점지해 주었다는 사실을 통해서 암시된다.

이들이 지닌 이질성을 더욱 부각시키는 요소는 마을 곳곳에 굳건하게 자리 잡고 있는 근대화를 상징하는 기관들이다. 특히 '학교', '경주우편국' '경주양조장서부출장소' 등은 이들이 살고 있는 공간이 이미 근대화의 과정 속에 완전히 포섭되었다는 사실을 보여주는 상징들이다. 이러한 점에서 무녀 '연달래'의 딸 '영희'가 초등학교를 졸업하고, '경주우편국'에 취직해서 몇 년 동안 근무했었다는 설정은 의미하다는 바가 크다. 「무녀도」(1936)에서 모화의 딸 '낭이'는 벙어리로서, 항상 닫혀진 방 안에 앉아서 그림 그리기로 소일한 인물이고, 「당고개 무당」(1958)에서 당고개 무당의 딸 '보름'과 '반달'은 일반적인 여자로서의 삶을 포기하고, '기생학교'에 입학한 인물들이다. '낭이'와 '보름', '반달'은 모두 신화적(무속적) 세계관을 지닌 어머니와 대립(갈등)하는 근대적 세계관을 지니고 있지만, 근대 사회의 제도권으로부터 소외된 인물들로 볼 수 있다. 그러나 『만자동경』(1979)에 등장하는 영희는 근대 교육기관인 '학교'에서 공교육을 받고, '교환원'이라는 직업을 가졌던 인물이다.

학교는 학문 교육을 토대로 하여 근대인의 합리화, 진보화 과정을 담당하는 기관[162]이자, 교육의 일반화 과정을 통해서 근대에 걸맞는 평균적 인간을 양산하는 기관이기도 하다. 이러한 측면에서 학교는 근대인의 탈주술화, 탈신화화 과정을 담당하는 핵심적인 기관으로 볼 수 있다. 그러므로 '영희'는 「무녀도」(1936)의 '낭이', 「당고개 무당」(1958)의 '보름', '반달'과는 달리, 근대화 과정에 적극적으로 편입된 인물로 볼 수 있다. 이러한 소설적 설정은 당시 한국 사회가 이미 급격한 근대화 과정 속에 놓여 있었다는 사실을 반영한 것으로 볼 수 있다.

이러한 측면에서 경주시의 개발계획에 따라, 무녀 '연달래'와 '석가성 홀아비'가 살던 오두막이 헐리게 된 것은 근대화 과정의 자연스런 귀결로 볼 수 있다.

---

162) 막스 베버, 『'탈주술화' 과정과 근대 : 학문, 종교, 정치』, 전성우 옮김, 나남, 2002, 44~46쪽.

"성을 치우기로 한 사흘 전에 다시 직원이 나와서 오늘 밤까지 오두막을 치우지 않으면 부득이 시에서 강제로 철거를 시킬 수밖에 없다고 최후통첩을 전했다.

「어르신네요, 어짤랑 기요?」

연달래가 사내에게 물었다.

「임자 갈 데나 정하라꼬」

「싫심더 내사 어르신네하고 안 떠날랍니더」

연달래는 조금 전에 큰절꾸네 서문거리 주막에서 막걸리를 한잔 걸치고 들어왔기 때문에 한결 정겨운 목소리였다.

「내사 벌써 몇 해 전부터 부산 아들네가 같이 살자꼬 그렇게 성화를 대싸았지만 몬 떠난 거 양인가베. 나는 죽어도 이 성밑을 안 떠난다고. 여길 떠나사 아무 데도 가 살고 싶은 데가 없는 걸 어짜노?」

「그렇지만 어짬니꺼? 어디고 지하고 떠납시더. 지가 끝꺼지 모실 낌더」"[163]

'연달래'와 '석가성 홀아비'는 성밑 오두막에서 이주하라는 경주시의 통고를 계속 무시하다가, 끝내 강제 철거하겠다는 최후통첩을 받게 된다. 그러나 '석가성 홀아비'는 자신이 태어나서 지금까지 살아왔던 '성밑'을 죽어도 떠나지 않겠다고 주장한다. 그가 이 '성밑'을 떠날 수 없는 근본적인 이유는 자신과 자신의 조상들이 대대로 살아 왔던 성터를 떠나는 것이 "조상을 배반하는 것"이라고 생각하기 때문이다. 이러한 측면에서 그는

---

163) 김동리, 앞의 글, 151쪽.

여전히 과거 부족 사회의 공동체 의식 속에 머물러 있는 인물이라고 볼 수 있다. 이러한 공동체 의식은 그가 분열된 근대사회에서 자신의 정체성을 확인할 수 있는 유일한 매개체이다. 이러한 측면에서 그가 죽음을 무릅쓰고, 지키고자 하는 성터는 근대사회 속에서 자신의 정체성인 전통적 세계관을 유지할 수 있는 유일한 공간이자, 자기 생활의 중심이 될 수 있는 고향 세계(home world)를 구축하기 위한 공간으로 볼 수 있다.[164]

그러므로 '석가성 홀아비'는 성터를 떠나는 대신, 죽음을 선택한다. 그는 자신의 정체성을 버린 채 근대사회에 동화된 삶을 살기보다는, 차라리 근대사회로부터 완전한 소멸을 선택한 것이다. 이에 '연달래'는 '석가성 홀아비'가 자신이 모시고 있는 몸주 대왕이 점지해 준 남편이라는 이유로 그의 죽음에 동참하게 된다. 그들은 경주시가 강제로 오두막을 철거하기 전날 밤에 오두막에 불을 지르고 자살한다.

"이튿날 아침 큰절꾸가 달려왔을 때, 큰오두막이 있었던 자리에는 시커멓게 타다 남은 나무토막들과 부숴진 숱한 기와조각들과 그을린 흙더미와 재와 흩어진 그릇 조각들이 범벅으로 뒤섞인 속에 타다 만 남녀의 시체가 반쯤 묻힌 채 드러나 있었다.

허물어지다 남은 벽 귀퉁이와 흙과 재가 뒤범벅이 된 사이사이로 여기저기서 아직도 연기가 퍼렇게 오르고 있었다.

그 앞에 털썩 주저앉아버린 큰 절꾸는 두 손으로 땅을 두드리며

---

164) 피터 버거 외 2인, 앞의 책, 63~72쪽.

「동숭아, 동숭아, 내 동숭아,

　불쌍하고 불쌍한 내 동숭아」

　어느 때까지나 목을 놓고 울었다."[165]

　이튿날 아침 '연달래'의 절친한 친구 '큰절꾸(서문거리의 주모)'가 큰 오
두막에 도착했을 때, 큰 오두막은 "시커멓게 타다 남은 나무토막들", "부
쉬진 숱한 기와 조각들", "그을린 흙더미", "재", "흩어진 그릇 조각"으로
변해 있었다. 그리고 "허물어지다 남은 벽 귀퉁이와 흙과 재가 뒤범벅이
된 사이사이로, 아직도 연기가 퍼렇게 오르고 있었다." 여기서 "시커멓게
타다 남은", "부쉬진", "조각들", "허물어지다 남은"이라는 표현들은 분해,
소멸의 이미지를 나타낸다. '흙더미', '재', '연기' 역시 완전한 소멸에 대한
상상력을 작동시키는 물질적 이미지이다. 이러한 물질적 이미지들은 '불'
에 대한 물질적 상상력과 밀접하게 결합되어 있다. '불'은 "빨리 변화하는
모든 것"을 설명하는 물질이며, 이러한 '변화'에 대한 욕망은 삶의 본능과
죽음의 본능을 동시에 내포하고 있다. 즉 불에 의한 파괴는 변화 이상의
갱신, 혹은 재생의 의미를 지니고 있다.[166]
　그러나 이 소설의 주인공 '연달래'와 '석가성 홀아비'의 불에 의한 소멸
(죽음)은 단순한 소멸(죽음)에 그치는 양상을 보여준다. 이들의 자살은 합
리주의, 발전주의를 표방하는 근대적 세계관에 대한 대항의 의미를 지니

---

165) 김동리, 앞의 글, 152쪽.

166) 가스통 바슐라르, 『불의 정신분석』, 김병욱 옮김, 이학사, 2007, 25~42쪽.

고 있다. 그러나 그들의 전통적 세계관에 의해서 근대적 세계관이 극복되는 양상이 전혀 드러나지 않는다는 측면에서, 이들의 자살은 근대적 세계관에 대한 패배를 상징한다고 볼 수 있다. 이는 '큰절꾸'의 행동을 통해서 보다 구체적으로 암시된다.

"사람들이 모여들어 시체를 치우기 시작하는 것을 보고 큰절꾸는 작은 오두막으로 가서 연달래가 쓰던 무당 옷과 기물들과 거울을 보자기에 싸서 서문거리 주막으로 가져갔다.

그러나 무당 물건을 집안에 두면 반드시 귀신을 보게 된다는 술꾼들의 말이요, 그녀 자신도 그렇게 여겼으므로, 하는 수 없이 주막 곁의 돌다리 위에다 내어놓고 불을 질렀다.

재 속에 그냥 남은 꺼멓고 둥그런 쇠붙이는 수렁진 개천물 위에 집어던져 버렸다.

이야기를 마친 수권은 개천을 가리키며,

「이쪽은 모두 수렁이 져서」

하고 중얼거렸다.

나는 그가 가리킨 수렁이 진 개천물을 어느 때까지나 멍하니 바라보고 있었다."[167]

'큰절꾸'는 사람들이 모여 들어서 시체를 정리하기 시작하자, 연달래의 작은 오두막으로 가서 무당 옷, 기물들, 거울 등을 챙겨 자신의 서문거

---

167) 김동리, 앞의 글, 152쪽.

리 주막으로 가져간다. 그러나 '큰절꾸'는 "무당 물건을 집안에 두면 반드시 귀신을 보게 된다"는 생각에, 연달래의 물건들을 모두 불태워 버린다. 그리고 타지 않고 남은 "꺼멓고, 둥그런 쇠붙이"(거울)는 "수렁진 개천물 위에 집어 던진다." 이러한 그녀의 행동은 두 가지 측면에서 중요한 의미를 지니고 있다. 첫째, 그녀는 무녀 '연달래'의 물건들을 자신의 집에 보관하지 않고, 모두 불태워 버렸다는 것이다. '무당 옷', '기물들', '거울' 등은 '연달래'가 무녀로서의 정체성을 드러내주는 물건들이다. 이 물건들을 불태운 것은 신화적(무속적) 인물인 '연달래'가 근대사회에서 소멸된 것과 마찬가지로, 신화적(무속적) 인물의 흔적들(=연달래의 물건들) 역시 소멸되기를 바라는 근대인의 심리에서 비롯된 것이다. 이는 근대인의 내면에 과거의 신화적 세계관에 대한 동경과 공포가 동시에 자리 잡고 있다는 사실을 의미한다. 둘째, 타다 남은 '연달래'의 '거울'을 끝내 '수렁진 개천물' 위에 버렸다는 것이다. 이 '거울'은 '연달래'의 몸주 대왕인 선덕여왕이 직접 사용하던 물건이며, 무당 '연달래'에게 주었다는 점에서, 신화적(무속적) 세계 자체를 상징한다. 이 '거울'을 '수렁진 개천물'에 버렸다는 것은 근대사회에서 신화적(무속적) 세계관이 소멸되었다는 것을 의미한다. 그러나 엄밀한 의미에서 '거울'은 근대사회에서 소멸된 것이 아니라, '수렁진 개천물' 속에 잠겨 있을 뿐이다. 그러므로 근대사회에서 신화적(무속적) 세계관이 소멸되었다기보다는 언젠가 이루어질 부활을 꿈꾸면서 어둠 속에 존재하고 있다고 보는 편이 정확할 것이다. 여기서 신화적(무속적) 세계관의 부활을 가능하게 하는 핵심적인 열쇠는 과거의 분열되지 않은 세계에 대한 근대인의 '향수'이다.

한편 '거울'을 버린 장소가 '수렁진 개천물'이라는 사실은 이 소설에서 중요한 의미를 지니고 있다. '수렁진 개천물'은 '물'에 대한 물질적 상상력과 '대지(흙)'에 대한 물질적 상상력이 결합되어 있다. '물'은 기본적으로 흘러가 버리는 것이며, 그의 원천으로 거슬러 올라갈 수 없다. 이러한 특성으로 인해서, '물'은 시간성을 상징한다. 또한 '물'은 그 자체가 완벽한 분해의 물질이다. 흐르는 '물'은 거역할 수 없는 변화, 죽음을 환기시킨다.[168] 그리고 '대지(흙)'는 기본적으로 하강의 성질을 지닌 물질로서, 인간의 영원한 휴식에 대한 상상을 불러일으키는 물질이다. 이러한 휴식에 대한 상상은 곧 죽음에 대한 상상을 의미한다. 왜냐하면 죽음은 영원한 휴식을 의미하기 때문이다. 그러므로 '수렁진 개천물'은 '물'에 대한 물질적 상상력과 '대지(흙)'에 대한 물질적 상상력이 결합되어 하강(추락)의 이미지를 형상화한다. 이러한 하강(추락)의 이미지는 근대사회에서 소멸될 수밖에 없는 전통적 인물들인 '연달래'와 '석가성 홀아비'의 운명을 상징한다.

위와 같이 「당고개 무당」(1958), 「만자동경」(1979)은 근대에 동화될 수 없는 이질적 타자들의 소멸 양상을 다루고 있다. 이들과 근대인 간에 존재하는 분리의식은 극복될 수 있는 가능성이 완전히 삭제된 채, 이질적 타자들은 근대인의 향수를 불러일으키는 대상으로 전락한다. 이들은 근대인에게 향수의 대상일 뿐, 궁극적으로 잊혀질 수밖에 없는 존재들이다. 여기서 중요한 사실은 근대에 동화될 수 없는 이질적 타자들에게 향수를

---

168) 가스통 바슐라르, 『물과 꿈』, 이가림 옮김, 문예출판사, 1998, 172쪽.

느끼는 사람들조차도 철저한 근대인이라는 것이다. 오히려 근대인은 철저한 근대적 세계관으로 인해서 전통적 세계관을 지닌 이질적 타자에 대한 향수를 느끼게 된다. 왜냐하면 근대인이 겪어야만 하는 소외와 분열은 근본적으로 과거 전통적 세계관의 붕괴에서 비롯된 것이기 때문이다. 이 점이 근대인이 처한 이중적 상황이다.

2장

근대적 현실의
분열과 소외 속에서

김동리 소설에 나타난 근대적 현실 내에서의 분리의식은 크게 식민지 정치 현실에 의한 분리의식과 식민지 자본주의에 의한 분리의식, 해방 이후 한국 사회의 역사적 특수성에 의한 분리의식으로 구분할 수 있다. 이러한 분리의식들은 근대의 이성 중심적 세계관이 발생시킨 모순의 결과라는 점에서 공통점을 갖고 있다. 즉 이러한 분리의식들은 근본적으로 근대의 주체와 객체의 상호 연관성의 단절에서 발생한 것이다.

일제의 제국주의는 근대의 이성 중심적 주체가 자신의 영토를 확장하는 방식의 연장선상에서 설명할 수 있다. 이 방식은 타자에 대한 권력의 확장과 지배에 근거하고 있다. 특정한 주체의 동일성을 보장하는 주체 내부의 원리는 타자를 수단화하는 도구적 이성이 되는데, 도구적 이성의 원리가 비합리적 폭력으로 귀결된 것이 파시즘이다. 파시즘은 주체 중심적 이성의 타자에 대한 체계 부여의 시도가 가장 폭력적으로 나타난 경우에

속한다.[169]

일제의 조선에 대한 식민통치는 근대의 파시즘과 자국에서 발생하는 자본주의와 관련된 모순을 자신들의 국경 밖으로 이전하기 위한 제국주의와 결합되어 있다. 일본은 자국의 계급투쟁과 계급투쟁의 전복 효과를 해소하거나 실질적으로 대체하기 위해서 제국주의를 필요로 했던 것이다.[170] 이러한 측면에서 일제의 제국주의 역시 강력한 공동체(국가)의 다른 공동체(국가)에 대한 권력의 확장과 지배라는 측면에서, 근대 주체들 간의 상호 연관성의 단절이 국가적인 단위로 확대된 것으로 볼 수 있다.

김동리의 소설에 나타난 식민지 자본주의에 의한 주체의 소외, 사물화 현상 역시 주체와 객체의 상호 연관성의 단절이라는 측면에서 설명할 수 있다. 물질적 세계에 대한 이성의 작용에는 권력과 권위주의가 기능하고 있다. 물질적 세계를 효율적으로 통제하기 위한 도구적 이성은 물질적 세계를 체계화의 원리에 따라 분할함으로써 주객 상호 연관성을 단절시킨다. 이에 따라 다양한 주체들은 권력을 지닌 강력한 주체에 의하여 단순한 객체로 전환되는데, 이와 같이 체계화 원리의 대상으로 전환되는 것이 사물화 현상이다. 이때 권력의 주체 역시 다른 주체와 상호 연관성이 단절된 채 사물화에 얽매이게 된다. 이 과정에서 권력의 주체나 타자가 자신의 주체성을 상실하게 되는 것이 소외이다.[171] 이와 같이 주체와 객체의

---

169) 나병철, 앞의 책, 22~28쪽.

170) 안토니오 네그리·마이클 하트, 『제국』, 윤수종 옮김, 이학사, 2001, 312쪽.

171) 나병철, 위의 책, 26쪽.

상호 연관성의 단절은 일제의 제국주의에 의한 분리의식과 식민지 자본주의에 의한 주체의 소외, 사물화 현상의 근본적인 요인이다.

김동리 단편소설 「술」(1936)은 1930년대 후반 일제의 억압적인 식민통치로 인해 발생하는 지식인의 분리의식을 다루고 있다. 이 소설에서 일제의 제국주의적 폭력성은 전혀 언급되지 않는다. 일제의 폭력성은 주인공과 그의 친구들이 타락하거나, 전향할 수밖에 없었다는 사실과 이로 인해 그들 간에 극복할 수 없는 분리의식이 발생하게 되었다는 사실에 의해서 간접적으로 제시된다. 주인공의 식민지 현실에 대한 절망과 무력감은 그의 외모에 대한 상징적 묘사, 공간의 분리와 대조, 그리고 하강의 속성을 지닌 '대지(흙)'에 대한 물질적 상상력이 결합하여 하강(추락)의 이미지를 형상화한다. 한 가지 중요한 사실은 이 소설에서 인간의 분리의식이 극복될 수 있는 가능성이 제시된다는 것이다. 김동리가 제시한 극복 방식은 인간에 대한 조건 없는 관심과 이해이다. 이는 김동리가 수필과 글에서 반복해서 강조하는 '윤리(사랑)'의 실천 문제와 긴밀하게 연결되어 있다.

「산화」(1936), 「어머니」(1937), 「찔레꽃」(1939), 「혼구」(1940)는 모두 식민지 자본주의의 모순에서 발생하는 분리의식을 형상화한 소설들이다. 「산화」(1936)는 급격한 식민지 자본주의화에 의해서 발생한 빈부 격차의 심화과정이 지주-소작인의 대립(갈등)과정으로 그려진 소설이다. 이 소설에서 지주의 소작인에 대한 폭력은 객관적인 타자의 시선으로 그려진다. 이러한 설정은 당시 소작인들이 자본주의적 모순에 적극적으로 대항할 수 있는 주체가 될 수 없었다는 사실과 일제의 억압적인 통치로 인해 사회 전반적으로 무력감이 팽배해 있었다는 사실을 반영한 것이다. 이러한 상황에서 현실의 모순을 극복하고자 하는 소망은 '불', '공기'에 대한 물질적 상상력과 결합하여 상승의 이미지로 형상화된다. 이 소설의 말미에 묘사된 '벌건 산불'의 이미지는 부조리한 현실로부터 벗어나 상승하고자 하는 농민들의 열망을 나타낸 것이다.

「어머니」(1937), 「찔레꽃」(1939)은 자본주의적 도시화로 인해 발생한 가족의 분리(해체)과정이 나타난다는 측면에서 공통점을 갖고 있다. 「어머니」(1937)에서 주인공의 분리의식은 남편이 집을 떠나 있는 상태에서 다른 남자의 아이를 낳았다는 사실에서 비롯된 것이다. 그녀의 윤리적 실추에서 발생한 분리의식과 이로 인한 자살은 하강(추락)의 이미지를 형상화한다. 「찔레꽃」(1939)은 1930년대 후반 조선 농촌사회가 직면한 가난과 해외 이주의 문제를 다룬 소설이다. 이 소설 역시 농촌의 젊은 부부가 자신들의 고향에서 살지 못하고, 중국 만주로 이주할 수밖에 없는 구체적인 이유가 드러나지 않는다. 그 이유는 만주로 떠나는 딸과 조선에 남은 늙은 어머니의 비극적 이별 과정을 통해서 간접적으로 제시된다. 이 소설에 표현된 조화롭고, 아름다운 자연의 모습은 한 가족의 비극적 이별 과정과 극명하게 대조됨으로써, 오히려 인간이 처한 비극적 현실을 강조한다.

「혼구」(1940)는 자본주의 사회에서의 돈과 윤리의 문제를 다루고 있다. 이 소설의 주인공은 전통적 세계관을 지닌 인물로서, 배금주의에 지배되는 근대사회와 대립하는 인물이다. 그의 대립 방식은 적극적으로 근대사회를 개혁하는 것이 아니라, 자신과 근대사회 사이에 일정한 경계를 설정하고, 자신의 위치에서 근대사회를 관조하는 것이다. 이러한 관조적인 자세는 자신이 가르치던 학생이 기생으로 팔려가야 하는 상황으로 인해 근대사회와 적극적으로 대립하는 자세로 전환된다. 이러한 전환은 '윤리(사랑)'의 문제와 밀접한 연관성을 갖고 있다. 이 소설에서 제시된 '윤리(사랑)'의 실천은 근대사회의 부조리를 극복하는 방식이자, 주인공 자신의 분리의식을 극복하는 방식이다.

1950년대 중반 이후 김동리 소설에 나타나는 주요한 특징은 공동체에 소속됨에 의해서 인간의 분리의식을 극복하고자 하는 열망이 드러난다는 것이다. 이러한 소설적 특징은 인간이 전쟁과 같은 극복할 수 없는 폭력적 현실과 대면하게 되었을 때, 인간 주체의 자율성보다는 공동체에 통합되는 방식을 통해 분리의식으로 인한 불안과 공포를 극복하고자 한다는 사실을 반영한 것이다. 이러한 극복 방식은 1930년대 중반 ~ 1950년대 이전까지 발표된 그의 소설에서 신화적(종교적) 세계관과 에로티즘을 통해서 분리의식을 극복하는 방식과는 변별되는 특징을 갖고 있다.

이러한 소설적 경향의 변모는 1950년대 한국 사회의 역사적 특수성과 밀접한 연관성을 갖고 있다. 해방 이후 38선의 분단, 좌·우익의 대립과 정치적 혼란, 이념적 대립에 의한 폭력의 경험으로 인해, 그는 평생 동안 지향했었던 민족(혼)에 대해 회의를 갖게 된다. 특히 6·25 전쟁 당시 같은 민족 간에 벌어졌던 대량 학살사건은 한국인의 민족성에 대한 회의를 심화시킨 핵심적인 요인이다.[172] 그러나 그의 민족성에 대한

---

172) 김동리, 「죄와 악, 그리고 백로」, 『밥과 사랑과 그리고 영원』, 사사연, 1985, 88쪽.

회의는 오히려 한국인의 순수한 민족성을 찾고자 하는 욕망으로 전환된다.[173] 이상적인 민족성을 찾기 어려운 당대 현실은 김동리로 하여금 현대가 아닌 고대국가에서 이상적 모델을 찾게 한다. 그가 1970년대에 역사소설을 쓰는 데 주력한 것은 이상적인 민족의 정체성을 찾고자 한 노력에서 비롯된 것으로 볼 수 있다. 그러므로 그의 한국인의 정체성 찾기는 한 민족 간의 이념적 대립(갈등)으로 인해 발생하는 분리의식을 극복하기 위한 방식인 것이다.

「밀다원 시대」(1955)는 6·25 전쟁으로 인한 분리의식과 인간의 공동체에 대한 열망이 유기적으로 연결되는 방식이 나타난다는 점에서 주목을 요하는 작품이다. 개인이 개별성의 영역에서 벗어나 균질화(동일화)된 공동체의 영역으로 도피하는 것은 극복할 수 없는 불안과 공포에서 비롯된 것이다. 이 소설에서 전쟁의 폭력성으로 발생하는 분리의식은 하강의 속성을 지닌 '물', '대지(흙)'에 대한 물질적 상상력과 결합하여, 하강(추락)의 이미지로 형상화되는데, 이는 지속적으로 확장되는 양상을 보여준다.

「수로부인」(1956)은 『김동리 역사소설 〈신라편〉』(1977)에 수록된 단편소설이다. 이 책에 수록된 16편의 단편소설들은 모두 '신라혼'을 그리고 있다는 점에서 공통점을 갖고 있다. 이 16편의 단편 소설 중에서 「수로부인」(1956)을 주목해야 하는 이유는 개인과 민족/국가가 이상적

---

173) 김동리는 "한국 사람은 다른 민족 보다 조금은 나을 것"이며, "태고적부터 입어온 흰 옷의 순수와 인자와 평화와 겸허가 의식 밑바닥 깊이, 또는 핏줄 속 어딘가에 숨어 있을 것"이라고 말한다. 이러한 그의 말을 통해서, 그가 한국인의 민족성에 대해 실망했음에도 불구하고, 여전히 순수한 한국인의 민족성이 존재할 것이라는 희망을 버리지 않았다는 사실을 알 수 있다.(김동리, 앞의 글, 88쪽.)

으로 결합되는 방식이 나타난 소설이기 때문이다. 이 소설에서 개인 간의 완전한 소통은 민족/국가라는 공동체에 기여할 수 있을 때만이 진정한 의미가 있는 것으로 표현된다. 이러한 소설적 설정은 개인이 민족/국가를 형성하는 일개 분자라는 인식과 밀접한 연관성을 갖고 있다. 개인 간의 완전한 소통은 '피리소리', '춤'을 통해 이루어지며, 이 과정은 공기적 상상력과 결합하여 상승의 이미지로 형상화된다.

한편 단편 연작소설 「두꺼비」(상편, 1939), 「윤회설」(하편, 1946)과 「사반의 십자가」(1955~1957), 장편 역사소설 「삼국기」(상편, 1972~1973), 「대왕암」(하편, 1974~1975)은 시기별로 김동리의 민족/국가에 대한 사상이 발전해 가는 과정을 선명하게 보여주는 소설들이다.

단편 연작소설 「두꺼비」(상편, 1939), 「윤회설」(하편, 1946)은 민족/국가에 대한 김동리의 사상이 처음으로 소설 속에서 나타난다는 점에서 주목을 요하는 작품들이다. 「두꺼비」(상편, 1939)는 1930년대 후반 일제 치하의 룸펜 지식인이 겪는 소외와 분열을 다룬 소설이다. 이 소설에 등장하는 두꺼비 설화는 민족/국가를 형성하고자 하는 열망을 반영한 것으로 볼 수 있다. 「윤회설」(하편, 1946)은 해방 이후 혼란스런 한국 사회를 배경으로 한 소설이다. 이 소설에서 인간의 분리의식의 극복 가능성은 '결혼'과 '민족혼'에 대한 상상을 통해 제시된다.

한편 「사반의 십자가」(1955~1957)는 민족/국가를 형성하기 위한 인간의 노력과 이의 실패 양상을 다룬 소설이다. 김동리가 이 소설을 구상한 것은 1930년대 후반이다. 그러나 그가 실제로 이 작품을 발표한 것은 일제로부터 조선이 해방되고, 6 · 25 전쟁을 경험한 이후이다. 이러한 점에서 이 소설은 민족/국가의 형성에 대한 열망과 한국의 분단 현실에 대한 비극적 인식이 반영되어 있다고 볼 수 있다.

장편 역사소설 「삼국기」(상편, 1972~1973)와 「대왕암」(하편, 1974~1975)은 균열 없는 공동체(민족/국가)에 대한 열망과 이의 실현 과정을 형상화한 소설이다. 이 소설의 기본적인 서사는 고대국가 신라가 삼국통일을 이룩하는 과정이다. 그러나 이 과정은 아이러니하게도 민족/국가를 위한 개인의 희생에 의해서 진행된다. 이를 뒷받침하는 윤리는 국가에 대한 '충성'과 부모에 대한 '효도'이다. 이 두 가지 윤리는 모두 상, 하의 종적 관계에 기초한 것으로서, 그 공동체에 속한 구성원이 거부할 수 없는 초월적 윤리로 제시된다. 이러한 측면에서 '충성'과 '효도'는 종교와 비견될 수 있다. 이 소설에 형상화된 민족/국가는 오히려 개인의 자유를 억압하는 절대 폭력의 주체로 기능한다.

1. 식민지 정치현실과 소외

김동리 단편소설 「술」(1936)은 1930년대 식민지의 정치현실에서 발생하는 지식인의 분리의식을 형상화하고 있다. 주인공의 분리의식은 그가 처한 식민지 정치현실(외부세계)과의 대립(갈등)에서 비롯된 것이다. 이 소설은 주인공의 분리의식을 '인간의 유한성'과 '자연의 무한성(영원성)'의 대조, '낮'과 '밤'의 대조, '안'과 '밖'을 대조시키는 방식을 통해서 구체적으로 드러낸다. 이러한 대조법을 통해서, 이 소설의 주인공이 외부세계와 끊임없이 대립하고 있다는 사실이 나타난다. 즉 주인공과 외부세계의 대조법[174]은 주인공의 분리의식을 드러내기 위한 기본적인 소설적 장치이다.

주인공의 분리의식은 기본적으로 식민지 정치현실에서 발생한 것이다. 그러나 이 소설에서 이를 극복하고자 하는 적극적인 노력은 나타나지 않는다. 그의 무력감, 절망감, 그리고 그의 외모에 대한 구체적인 묘사는 그가 인식하는 외부세계의 억압과 부조리를 반증한다. 그러므로 그의 무력감과 절망감은 역으로 식민지 현실을 극복하고자 하는 열망을 상징한다고 볼 수 있다.[175]

"……정군이 달포전부터 곳장 문둥이 될 예감이 드느라고 하드니 절로 드러가 칼모친을 먹고 뻐드러저 버렸는데 한군은 이걸들었는지 모르겠다. 한군이 감옥에 드러간 두해동안에 박군은 술다라치가 되어 버렸고 리군은 아편쟁이가 되어버렸고 윤군은산양개가 되어버렸고 그리고 이번은……' 나' 나의 차례…… 나는 또 눈언저리와 입 아귀와 어깨죽지에 경련이 이러 났다."[176]

---

174) 질베르 뒤랑은 대조법을 '나'와 '세계'를 끊임없이 분리하려는 자폐증적 행동과 관련하여 설명한다. 즉 대조법은 나와 세계의 대립과 갈등을 드러내주는 대표적인 수사학이다.(질베르 뒤랑, 앞의 책, 264~279쪽.)

175) 정호웅은 「술」(1936)의 주인공이 지배질서에서 소외된 인물로 파악한다. 이 소설의 주인공은 강력한 지배질서에서 벗어난 자유로운 존재이며, 자신의 규범에 따라 행동하는 인물이라는 것이다. 이러한 측면에서 그는 주인공이 과격한 부정의식의 담지자이며, 강한 주체라고 주장한다.(정호웅, 「강한 주체, 근본의 문학-김동리의 문학세계」, 정호웅 외 10인 지음, 『김동리 문학의 원점과 그 변주』, 계간문예, 2006, 178~184쪽.)

176) 김동리, 「술」, 『조광』, 1936. 8. 241쪽.

일제에 대항했던 주인공과 그의 친구들은 모두 다양한 방식으로 타락하게 된다. 이들은 "절로 드러가 칼모친을 먹거나", "술다라치가 되거나", "아편쟁이", "산양개" 등등으로 모두 전락하게 된다. 그러나 주인공을 절망하게 만드는 근원적인 요인은 그의 옛 친구들을 포함하여 그 어느 누구와도 소통할 수 없다는 점이다. 이러한 그의 치열한 분리의식은 영원처럼 존재하는 '청산', '녹수'[177], 그리고 '푸른 신록'[178]에 의해서 심화된다. 왜냐하면 이 자연물들이 보여주는 '무한성'(영원성)은 정치현실에 의해서 일시에 '변할 수밖에' 없는, '유한한' 인간의 숙명을 부각시키기 때문이다. 이로 인해 그는 밝은 태양(빛)의 공간에서 도피하여, 밤으로 끝없이 도피하는 양상을 보여준다. 여기서 밤은 현실 속에 엄연히 존재하고 있는 분리와 균열을 감추어 주고, 그의 지친 영혼을 어루만져 주는 역할을 담당한다.[179]

그러나 낮 동안 주인공은 자신이 놓여 있는 현실을 인식하게 되고, 이로 인해 "나른한 긴장감", "현기증"을 느낀다. 그러므로 그는 자신을 보호하기 위해 자신과 외부세계를 철저히 분리시킨다. 그는 외부세계(정치현실)와의 대립으로 인해 발생한 분리의식을 극복하기 위해서 자신과 외부세계를 철저하게 차단시키는 방식을 선택한 것이다. 이러한 방식으로 인해서 주인공의 분리의식은 더욱 강화된다.

---

177) 김동리, 앞의 글, 288쪽.

178) 김동리, 위의 글, 286쪽.

179) 질베르 뒤랑, 앞의 책, 283~284쪽.

"— 낮이면 갈곳이 없다. 벽과, 벽과, 벽과, 천장뿐이다. 왼종일 벽을 바래고 누어 공상에 잠기다가 바래보든 벽에 지치면 공상이 어수선한 꿈으로 이으고꿈에서 다시 눈이 뜨이면 이러나 몇번이나 입이 째지도록 하품을 치고, 그리고는 또 쓰러저 다시 잠이 들고…… 이것이 매일 거듭하는 나의 일과다. 이리하야 밤이 온다."[180]

그는 자신이 속한 공간을 '안'으로 상정하고, 자신을 둘러싼 세계를 '밖'으로 상정하는 '안'과 '밖'의 분리구조를 내면화하는 양상을 보여준다. '벽', '천장'은 주인공('안')과 외부세계('밖')를 분리시키는 기능을 한다는 점에서, 주인공의 분리의식을 상징한다. 또한 이 분리구조는 주인공과 외부세계 사이에 존재하는 피할 수 없는 긴장성, 적대성을 상징한다.[181]

이러한 주인공의 분리의식은 그의 육체에 대한 구체적인 묘사를 통해서 형상화된다.

"나는 몇번이나 내 몸이 진열장 유리창과 거울에 빛일적 마다 숙으리고 가든 머리를 들고 한참동안 발을 멈추어 서고 한다.

「해골같이 되드라도 여위는것쯤은 그만이다. 그런데 허리가 왜 저리 굽어졌을까?」

---

180) 김동리, 앞의 글, 287~288쪽.

181) 바슐라르는 안과 밖의 구조라는 형태상의 대립이 표현하는 것은 둘 사이의 적의이며, 이 적의가 자리하고 있는 곳에 신화가 작용하게 된다는 점을 지적한다.(가스통 바슐라르, 『공간의 시학』, 곽광수 옮김, 동문선, 2003, 356쪽.)

나는 혼자 속으로 이렇게 중얼거린다.……

나는 속히 그것을 떠나려 했으나 발이 땅에 붙은 것처럼 떨어지지 않았다. 더 거러갈 힘이없다. 그만 주저앉으려다 간신히 곁에있는 전신주를 붙잡었다."[182]

어느 날 그는 밀린 하숙비를 구하기 위해 출판사를 하고 있는 고향 친구를 찾아가게 되는데, 우연히 거리 상점의 진열장 유리창과 거울에 비친 자신의 "해골"같은 외모와 "구부러진 허리"를 보게 된다. 그는 가던 걸음을 멈추고 서서 유리창과 거울에 비친 자신의 몸을 한참 동안이나 들여다본다. 이러한 그의 행동은 현재의 외모가 너무나 '낯설게' 느껴졌다는 사실에서 기인된 것이다.[183] 자신의 '낯선' 외모에 대한 인식은 외부세계와 분리된 주인공으로 하여금 다시 억압적인 식민지 현실과 접촉하게 되는 계기가 된다. 왜냐하면 그의 "해골" 같은 외모와 "구부러진 허리"는 식민지 현실과 그가 대립하는 과정에서 발생하게 된 분리의식의 결과이며, 이의 표현이기 때문이다. 한편 주인공이 자신의 몸을 유리창과 거울을 통해 바라본다는 것은 자신이 처한 식민지 현실과 자기 자신을 객관화시켜 본다는 것을 의미한다. 이 방식은 일종의 객관적인 '바라보기' 방식이다. 즉 이 방식은 식민지 현실과 자신을 대상화하는 방식으로서, 자신과 식민지

---

182) 김동리, 앞의 글, 240~242쪽.

183) 근대 모더니즘 문학 속에서 '낯설게 하기' 방식은 "자동화된 삶에 반항하는 동시에 〈자루 속에 은폐된〉 삶의 총체성을 드러내는 방식"이다. 즉 '낯설게 하기' 방식은 소외된 주체가 은폐된 소외의 현실을 부정적으로 인식함에 의해서 삶의 총체성을 회복하는 방식이다.(나병철, 앞의 책, 198~202쪽, 또는 슈클로프스키, 「기법으로서의 예술」, 『러시아 형식주의 문학이론』, 한기찬 옮김, 월인제, 35~41쪽을 참조할 것.)

현실의 유기적 연결성을 차단함에 의해서 그 자신이 적극적으로 현실에 개입할 가능성을 삭제시킨다. 이러한 측면에서 이 객관화 방식은 식민지 현실로부터 자신이 소외되어 있다는 사실을 상징한다고 볼 수 있다. 그러므로 이 방식은 그가 식민지 현실을 적극적으로 변화시킬 수 없다는 사실에서 발생하는 소외의 표현이자, 분리의식의 표현으로 볼 수 있다.

이러한 그의 분리의식은 하강(추락)을 상징하는 어휘들의 반복에 의해서 하강(추락)의 이미지로 형상화된다. 주인공의 외모에 대한 표현들, "머리를 수그리는 행동", "굽은 허리"와 "발이 땅에 떨어지지 않는 것", "주저앉는 행동" 등은 그의 하강의식을 상징한다. 또한 그의 하강의식을 가장 선명하게 보여주는 것은 '잠(꿈)'이다. 그는 현실에서 발생하는 분리의식을 극복하지 못하고 끊임없이 '잠(꿈)'으로 도피한다. 여기서 '잠(꿈)'은 현실로부터의 도피이자, 휴식에 대한 욕망[184]에서 기인된 하강(추락)이다. 이러한 하강(추락)은 자기 자신의 존재의 내면으로의 추락을 의미하며, 필연적으로 휴식에 대한 상상을 불러일으키는 대지에 대한 상상력과 관계되는 하강(추락)[185]으로 볼 수 있다.

"무릇 열이 많은자는 하강을 하는 법이니 저태양같이 딱딱한 자는 그대로 두고, 옛날에 예수 그리스도는 매우 열이 많은 사람이었는데 나종 알고보니 그는 지극히 놓은 자리에 게신다는 하느님의 오른편무릎박 우에서 땅으로 떠러진것

---

184) 가스통 바슐라르, 『대지 그리고 휴식의 몽상』, 정영란 옮김, 문학동네, 2002, 12쪽.

185) 가스통 바슐라르, 『공기와 꿈』, 정영란 옮김, 이학사, 2000, 46쪽

이었고 구라파에서는 이즘까지 공중에서 땅우로 떨어진것을 여간 범내질 않는데 그가운데도 니체란 사람은 지중해ㅅ가에 떨어진 운석을갖다두고 「이게 별이다」 「이게 별이다」자꾸 웨치다가 그만 미처버리었고 지금 예수 그리스도 만치나 열을 갖인 나도 이 남산공원에서 시가로 내려가기실상 여간 바쁜것이 않이다."[186]

이러한 주인공의 하강(추락)의식은 그의 삶에 대한 열정, 즉 상승에 대한 열망에 의해서 심화된다. 이는 인간의 상승에 대한 열망이 강렬하면 할수록 하강(추락)의식은 지속적으로 발생하며, 이로 인한 심리적 충격은 무한정 확장될 수 있다는 것을 의미한다.

'별(빛)'[187], '영웅'[188], '위대한 인물'[189]은 그의 상승에 대한 열망을 상징한다. 그는 어린 시절 동경했던 '별'에 대해 반복적으로 언급하고, 자신을 "이즘까지도 일기를 써오는 영웅"이라고 말한다. 여기서 그가 언급한 "하늘의 별"은 단순히 하늘에 존재하는 천체가 아니다. 이는 그의 상승에 대한 열망을 상징한다.[190] 그리고 그 자신을 '영웅', '위대한 인물'이라고 지칭한 것 역시 그의 삶에 대한 지향성이 상승에 있음을 상징한다. 이러한 상승에 대한 강렬한 욕망은 오히려 급격한 하강(추락)을 추동하는 근원적인 요인이다. '별', '영웅'이라는 어휘들은 각각 상승에 대한 열망을 상징할 뿐

---

186) 김동리, 앞의 글, 246쪽.

187) 김동리, 위의 글, 246쪽.

188) 김동리, 위의 글, 245쪽.

189) 김동리, 위의 글, 238쪽.

190) 가스통 바슐라르, 앞의 책, 49쪽.

만 아니라, 반복적인 사용에 의해서 일련의 이미지를 형성하게 되는데, 이는 궁극적으로 하나의 총체적인 상승의 이미지로 구현된다. 이러한 상승의 이미지는 주인공의 하강의식에 의해서 형상화되는 하강의 이미지와 대조됨으로써, 오히려 하강(추락)의 이미지를 더욱 선명하게 부각시키는 역할을 담당한다.

한편 이 소설에서 주목해야 할 사실은 주인공뿐만 아니라, 그와 분리된 다른 사람들도 분리의식으로 인한 불안과 공포 속에 살고 있다는 설정이다.

"나는 머리를 드리우고 어느때까지 걸어갔다. 곳 비가 올것 같으면서도 하늘은 좀처럼 흐려지지도 않는데 내 몸은 전신 몬지 투성이가 되었다.

어디어디로 둘러 왔는지도 모른다. 문득 발에 채이는것이 있어 머리를 드니 수통 곁에 놓인 검으레한 더러운 궤ㅅ짝이다.

「아 어느놈에 색기가 이러는 거야, 이거 응?」

그 씨고륵통 같은 더러운 궤 속에서 이렇게 소리를 지른다. 그가운대는 온 얼굴에 주름살이 잡힌, 눈이 찌프려지고 입이 버드러진 조그마한 영감하나이들어 있지 않은가? 그는 상기 궤 속에서 가므레한 유리문에다 고 짜브라진 두 눈을 대고 고 버트라진 입으로 발악을 쓰지 않는가?"[191]

주인공이 길을 가다가 "문득 발에 채인 그 씨고륵통 같은 더러운

---

191) 김동리, 앞의 글, 242쪽.

궤ㅅ짝"은 그 안에 들어 있는 "조그마한 영감"의 구체적인 삶의 양상을 상
징한다. 즉 "궤ㅅ짝"은 그 "조그마한 영감"과 외부세계와의 완벽한 단절
을 상징하다. "온 얼굴에 주름살이 잡고", "눈이 찌프려지고", "입이 버드
러진" 것은 그 "조그마한 영감"이 짊어진 삶의 고통에서 비롯된 것으로 볼
수 있다. 그러므로 그의 추한 외모는 그가 느끼는 고통이 육체적으로 드
러난 것이다. 이러한 설정을 통해서, 김동리는 분리의식이 특정한 개인만
의 문제가 아니라 인간 공통의 숙명이며, 인간이 속한 공간에는 분리의식
을 일으키는 다양한 요인들이 존재한다는 사실을 암시한다. 그러나 인간
의 숙명적인 분리의식을 극복하기 위한 방법은 너무나 평범한 일상 속에
존재한다.

"─ 한 오분간이나 지났을가 게집애는 나의 어깨를 잡고 흔들었다.

「이러나세요 네!」

그는 속삭이듯이 이렇게 말했다. 그 소리는 내 피부에 숨여드는것 같았다.

「시장하신게군요?」

한참뒤에 게집애는 야깐 슬픔을 띈목소리로 물었다 나는 고개를 들었다. 그
러나 조곰뒤에 그는 나의 앞에 더운 국그릇을 들여 밀었다. 나는 무의식적으로
게집애의 손에서 국그릇을 받어 입으로 갖어 갔다.

한 이분간 뒤에 나는 게집애의 손을 잡지않고도천연스럽게 이러났다. 그리하
야 마치 기게인간처럼 어뚤어뚤 몇거름 나아가 젊은 주모에게 손을 내밀었다.
사람이란 가슴 어디서 이렇게 힘이 나는것일까?

나는 또 약주 두잔을 드리키고나서 말문이열리었다."[192]

　어느 날 주인공은 도피와 안식의 공간인 어둡고, 음울한 자신의 방으로 부터 빠져나와 외부세계로 발을 내딛지만, 낮의 '하늘 밑에' 서 있다는 자체가 그의 가슴을 '어둡게' 만든다. 이러한 낮의 '어두운' 공간에서 탈출하듯, 그는 '구데기 항아리'와 같은 컴컴한 술집으로 들어간다. 여기서 '구데기 항아리'는 그가 살고 있는 식민지 현실을 압축적으로 상징한다.

　그는 그 술집에서 술을 마시는 중에도 "무슨 말을 해보려 했으나 혀가 얼어붙은 듯"이 제대로 말문이 열리지 않는다. 그리고 결국 "다시 땅위에 쓰러진다." 아무리 일어서려고 노력하지만, 그의 몸은 뻣뻣하게 굳은 채 땅위에서 결코 일어나지 못한다. 이때 그 술집 여종원은 그가 "시장하다" 라는 사실을 알아채고, 그에게 "더운 국그릇"을 건내 주게 되는데, 그는 이 국그릇을 받아먹은 후 자신조차 알 수 없는 힘에 의해서 땅에서 일어나게 된다. 또한 연이어 그의 "말문이 열리게 된다." 여기서 "말문이 열린다는 것"은 그와 다른 사람들 간의 소통의 가능성을 의미하는 것이다.

　여기서 중요한 점은 술집 여종업원이 아무도 주의를 기울이지 않는 주인공에게 내민 "더운 국그릇"이 무엇을 의미하는가이다. 그 술집 종업원은 주인공이 현재 매우 시장하다는 사실을 알아채고, 그에게 '더운 국그릇'을 건내 준다. '더운 국그릇'은 그에 대한 인간적인 배려, 즉 '동정同情'을 상징한다. '동정'은 단순히 다른 사람을 불쌍히 여기는 것을 의미하지 않는다.

---

192) 김동리, 앞의 글, 247~248쪽.

김동리에 의하면, '동정'은 단순한 '센티멘탈리즘'과는 구분된다.[193] '동정'의 기본적 조건은 자신과 다른 사람이 같은 상황에 처해 있다는 공감에서 출발하는 것이다. 그러므로 술집 여종원이 주인공에게 '더운 국그릇'을 내민 것은 그에게 무엇보다 필요한 것은 공감에 기반한 '따뜻한 동정'이라는 사실을 내면 깊이 인식하고 있었다는 사실에서 비롯된 것이다. 이러한 측면에서 '더운 국그릇'은 '휴머니즘'의 작은 실천을 상징한다고 볼 수 있다.

김동리의 관점에서 인간의 분리의식의 극복은 다른 인간에 대한 '관심'과 '이해'를 기반으로 하는 '동정'에서 출발한다. 인간의 분리의식은 실질적으로 인간과 인간의 대립(갈등)에서 발생하는 것이다. 그러므로 이러한 설정은 인간 간의 상호 연관성의 회복에 의해서만이 분리의식이 극복될 수 있다는 작가의 사상을 반영한 것으로 볼 수 있다.

---

193) 김동리는 「〈센치〉와 〈냉정〉과 〈동정〉」(『박문』, 1940. 12.)이란 글에서, '센티멘탈리즘'과 '동정'을 구분한다. '센티멘탈리즘'은 "작중인물의 성격, 심리, 언어, 행동에 대하여, 작자의 냉정하고 공평정확한 관찰이 결하게 되는 것"이며, '동정'은 "작중인물의 성격, 심리, 언어행동의 묘사와 비판에 있어서, 냉정하고 침착하고 공평하고 정확하여 인물을 객관적 존재로 완성" 시킨다고 주장한다. 이러한 주장으로부터 알 수 있는 것은 인간의 분리의식을 극복하기 위해서는 무엇보다 인간에 대한 냉정하면서도, 객관적인 이해가 필요하다는 것이다. 이러한 개관적 인식을 기반으로 해서 인간의 실존문제를 해결할 수 있는 통로가 개방된다. 그러므로 '동정'은 인간의 분리의식을 극복하기 위한 하나의 전제가 된다고 볼 수 있다.

2. 식민지 자본주의와 소외의 심화

1) 지주-소작 관계의 단절

「산화」(1936)는 식민지 자본주의에 의한 사회적 분열 양상이 지주-소작 관계를 통해 드러난 소설이다. 이 소설의 배경이 되는 "사방 산으로 둘러 쌓인 귓골" 역시 근대 자본주의가 지배되는 공간이다. 이 마을에서 생산되는 '숯'을 읍내까지 실어 나르는 '화물 자동차'와 마을에 새로 생긴 가게에서 판매하는 '고뿌술'은 근대문물을 상징한다.

이 근대적 공간에서 자본주의에 의해 발생하는 계급 간의 대립 양상은 윤참봉과 마을 사람들의 관계를 통해서 드러난다. 윤참봉은 "본래 읍내에서 사령 노릇"을 하던 인물로서, 그는 뒷골에서 대부업을 통해서 부를 축적해 나간다. 그는 '장리벼', '현금대부'라는 방식을 통해서, 근 10년만에 뒷골의 대부분의 토지를 소유하게 된다. 이와 더불어 그에 대한 호칭은 '윤새령'⇒ '윤주사' ⇒ '윤참봉'으로 상승한다. 이러한 신분의 상승과정은 근대사회에서 신분은 돈에 의해서 결정된다는 사실을 암시한다.

여기서 돈은 그가 마을 사람들을 지배하는 도구(수단)이자, 그 자신이 지배되는 도구(수단)이기도 하다. 그는 뒷골에 막대한 부를 축적하고 있음에도 불구하고, 더 많은 부를 축적하고자 하는 열망은 오히려 더욱 강화되는 양상을 보여준다. 이러한 양상을 가장 극명하게 보여주는 사건이 "썩은 소고기"를 마을 사람들에게 판매한 것이다.

"얼마 전부터 병이 들어 있던 소가 지난 밤에 죽었다. 윤참봉은 머슴과 의논하고 이것을 아주 고기로 팔 계획을 세웠다. 백정들 같이 중간 이익을 보지 말고 현 시가대로 소 값만 계산해서 실비로 부근의 모든 소작인들과 이웃사람들에게 노나 보낼 작정을 했던 것이다. 그것이 마침 이 낌새를 알고, 군청 축산계에서 출장 나온 사람이 있어, 윤참봉이 평소로 이러한 출장원들을 홀대해 왔느니만큼 이 출장원이 윤참봉네 소청을 준엄히 거절을 해서, 할수 없이 아까운 황소를 땅 속에 묻지 아닣지 못했던 것이다. 출장원은 현장까지 따라가서 완전히 다 묻은 것을 보고, 그제야 읍내로 들어 갔다. 이렇게 되고보니 아무리 아까운 황소지만 도리가 없고, 그렇다고 그대로 손해만을 볼 수도 없고 하여,머슴에게 일임한 것 같이 해서 다시 그 소를 땅에서 파 오게 한 것이다. 병이 들어 죽은 소요, 이미 땅 속까지 묻히었던 것이라 파 내 오긴 왔지만 빛갈이며 냄새며 도저히 속이고 팔 수는 없어, 그저 그만큼 짐작할 사람은 짐작하고, 모르는 사람에게는 설명까지는 하지 않고 대강 이리저리 처분해 넘기게 되었던 것이다."[194]

윤참봉은 자신의 소가 병들어 죽자, 그 죽은 소를 자신의 모든 소작인들과 이웃사람들에게 판매하고자 한다. 하지만 군청 축산계 직원이 그의 소청을 냉정하게 거절하자, 일단 죽은 소를 땅에 묻었다가 다시 파내어 마을 사람들에게 판매한다. 그리고 이 썩은 소고기를 사 먹은 대부분의 사람들이 병에 걸리거나, 일부 사람들은 육독으로 죽게 된다.

그런데 중요한 사실은 이러한 윤참봉의 악랄한 횡포에도 불구하고, 윤

---

194) 원발표지는 김동리, 「산화」, 『동아일보』, 1936. 1. 4.~18. 여기서는 김동리, 「산화」, 『무녀도』, 을유문화사, 1947, 103~104쪽.

참봉에 대한 마을 사람들의 적대적 감정, 또는 행동이 거의 나타나지 않는다는 점이다. 그들은 썩은 쇠고기를 사 먹을 때에도 썩은 쇠고기라는 사실을 어느 정도 짐작하면서도, 애써 모르는 척하거나, 무시하는 모습을 보여준다. '한쇠'의 할머니가 대표적인 경우이다. 그녀는 자신이 사온 윤참봉네 쇠고기가 지독하게 썩은 냄새가 난다는 손자 한쇠의 말에 불같이 화를 내는데, 이러한 그녀의 행동은 한쇠의 말에 의해 그 쇠고기가 썩은 쇠고기라는 사실을 다시금 자각하게 되었다는 사실에서 비롯된 것이다. 그러므로 그녀가 한쇠에게 보인 분노는 실질적으로 한쇠에 대한 분노가 아니라, 자신이 썩은 쇠고기를 사 먹을 수밖에 없는 현실, 아니 썩은 쇠고기라도 감사하게 먹을 수밖에 없는 비참한 현실에 대한 분노로 볼 수 있다.

이와 같이 이 소설 속에 등장하는 인물들은 윤참봉의 악랄한 착취 행위에 대해서 거의 침묵하거나, 혹은 그 행위 자체를 객관화하는 방식에 의해서 자신들과의 직접적인 연관성을 차단하고자 하는 모습을 보여준다.

"사람들은 골목마다 우글거렸다. 어느덧 그들은 불과 바람과 같이 소리를 지르며 한 곳으로 모여 들었다. 그들은 입 입이 불과 바람, 그리고 육독肉毒으로 죽어가는 사람들의 이야기를 하였다. 그들은 윤참봉이 병들어 죽은 소를 그대로 속이고 마을 사람들에게 팔았다는둥, 한번 소공동묘지에 갖다 묻었던 것을 도로 파내다가 팔았다는둥, 이말 저말 갈피 없이 떠들어 대었으나, 어쨌든 육독이 든 것은 윤참봉네 쇠고기 탓이라는 생각은 모두 마찬가지들이었다. 게다가 작은쇠가 「윤세령」이라 했다가 그의 대꼭지에 맞아서 머리가 뚫어졌다는 것과, 그의 둘째 아들이 송아지의 처를 화물차에 싣고 어디론지 달아나 버렸다는 이야기들도 쑥설거리기 시작하였다. 그리자 아까, 「이동네 사람 다 죽는다」고 웨치고 골목을 돌아다니던 사람이 바로 그 송아지더라고 하는 사람도 있었다."[195]

'귓골' 사람들은 썩은 쇠고기를 사 먹은 뒤 마을 사람들이 병이 나거나 죽게 되자, 골목마다 모이게 된다. 그들은 서로 "육독肉毒으로 죽어가는 사람들의 이야기", "작은쇠가 윤세령이라고 했다가 그의 대꼭지에 맞아서 머리가 뚫어진" 이야기, 윤참봉의 "둘째 아들이 송아지의 처를 화물차에 싣고 달아난 이야기"를 아무런 감정을 싣지 않고, 객관적으로 이야기한다. 그들이 서로 대화하는 방식은 객관적인 사건들을 전달할 뿐, 이 사건들에 대한 그들만의 주관적인 평가가 삭제되어 있다. 그들의 주관적인 평가는 그 사건들에 실질적으로 관여하기 위한 전제조건이다. 왜냐하면 객관적 사건들에 부여하는 그들의 주관적인 평가에 따라서, 그들이 향후 어떠한 행동을 취할 것인가가 결정되기 때문이다. 그런데 그들의 객관적인 평가가 삭제되어 있다는 것은 그들이 구체적인 행동을 취할 수 있는 통로가 원칙적으로 차단되어 있다는 것을 의미한다. 그러므로 그들의 공동체('뒷골')에서 발생한 반인륜적 사건들은 그들과는 직접적인 연관성이 없는 사건으로 남게 된다. 이러한 설정은 식민지 자본주의화에 의해서 발생하는 현실의 모순을 무력한 뒷골 사람들('소작인'+'영세 농민')의 힘으로는 극복할 수 없다는 현실인식을 형상화한 것으로 볼 수 있다.

다만 김동리는 '한쇠'라는 인물을 통해서 현실 개혁의 작은 가능성만을 제

---

195) 김동리, 앞의 글, 126~127쪽.

시한다.

"……. 작은쇠가 놀라 고개를 들자, 윤참봉의 높게 쳐들었던 긴 담뱃대의 커다란 쇠꼭지가 작은쇠의 머리 위에 날카롭게 내리었다. 담뱃대는 한 가운데가 「자작근」 분질러져 한동강은 숯굴 위로 푸르르 날랐다. 작은쇠의 이마 위로 벌건 피가 흘러 내린다. 작은쇠는 강아지를 놓아 버리고 두 손으로 머리를 얼싸안으며 땅에 주저앉아 버린다. 이와 거의 동시에 한쇠는 불에 걸쳐 두었던 쇠갈키를 잡아 들었다. 쇠갈키를 잡은 그의 손은 부들부들 떨리었다. 그리하여 그 벌겋게 달은 쇠갈키가 막 윤참봉의 누렁 사마귀를 찌르려는 순간 송아지는 한쇠의 손을 잡았다."[196]

한쇠는 자신의 동생 작은쇠가 '윤참봉'을 '윤새령'이라고 불렀다가, 그의 담뱃대에 맞아서 작은쇠의 이마에서 "벌건 피"가 흐르는 모습을 보자, 불에 걸쳐 두었던 '쇠갈키'를 잡아들고, 윤참봉을 찌르고자 한다. 이러한 한쇠의 행동은 미약하나마, 현실의 부조리에 대항하려는 의식을 상징한다. 그러나 이러한 저항의식은 현실의 모순에 대한 깊이 있는 사색에 의한 것이 아니라는 점에서, 현실을 개혁할 수 있는 힘으로 발전하지 못한다.[197]

이 소설에서 현실의 모순과 이를 극복하고자 하는 민중들의 열망은 '불'의 상징성과 관련하여 설명할 수 있다.

---

196) 김동리, 앞의 글, 121쪽.

197) 권영민은 「산화」(1936)에서 근대의 계급문제의 모순을 극복할 수 있는 구체적인 대안이 나타나지 않고, 마을 사람들이 이 모든 문제의 원인을 산신님의 노여움 때문이라고 생각한다는 점을 들어서, 이 소설이 반근대성을 형상화하고 있다고 주장한다. (권영민, 「김동리 문학의 원점과 그 변주」, 권영민 외 10인 지음, 『김동리 문학의 원점과 그 변주』, 계간문예, 2006.)

"「아무리나, 어끄제부터 홍하산에 산화가 났더라니.」

한 노인이 이렇게 말하자, 또 한 사람이,

「홍하산에 산화가 나면 난리가 난다지요?」

하고 물었다.

「난리가 안 나면 큰 병이 온다지.」

그리자, 또 한 사람이,

「그보다 이 몇 해 동안 통이 산제를 안 지냈거던요.」

이렇게 말하자 또 다른 사람이 이에 덩달아,

「옛날 당산제를 꼭꼭 지낼 땐 이런 변이 없었거던.」

하는 사람도 있었다.

바람은 점점 그 미친 날개를 떨치고 불은 산에서 산으로 뻗어 나갔다.

「우 —」

「우 —」

불 소리, 바람 소리와 함께 마을 사람들의 아우성 소리는 한곳으로, 한곳으로 모여 들었다. 그리하여 그들은 모두 바라보았다. 바로, 뒷산의 불 소리, 바람 소리, 그리고 골목의 비명 소리도 잠간 잊은듯 그들은 멍멍히 서서 먼 산의 큰 불을 바라보고 있었다. 하늘 한쪽을 아주 녹여내리는 듯한 벌건 먼 산 불이었다."[198]

마을 사람들은 마을을 둘러싼 산에 바람을 타고 산불이 번져감에도 불구하고, 그저 모두들 "멍멍히 서서 하늘 한쪽을 아주 녹여내리는 듯한 벌

---

198) 김동리, 앞의 글, 127~128쪽.

건 먼 산 불"을 바라본다. '불'[199]이 소멸의 상징이라는 측면에서, 산불은 마을 사람들을 둘러싸고 있는 현실적인 모순에서 발생하는 분리의식이 소멸된 세계를 상징한다고 볼 수 있다. 즉 '불'은 "잃어버린 어떤 것", 또는 분열된 현실과 "다른 어떤 것"을 상징한다. 물론 '불'의 세계란 궁극적으로 근대인이 살고 있는 현실의 세계가 아니며, 도달할 수 없는 세계이다. 그럼에도 불구하고, 불이 지닌 상승의 이미지는 소외와 분열을 극복하고자 하는 마을 사람들의 소망을 상징한다. 이는 '바람'의 물질적 상상력과 밀접하게 결합되어 있다. '바람'은 상승의 이미지를 형상화하는 주요 물질이다. '바람'은 공기의 유동성에 의해 발생하는 것이다. 공기의 유동성은 변화의 가능성 혹은 절대적 승화까지도 상상할 수 있도록 만드는 요인이다.[200] 이러한 '불'에 대한 물질적 상상력과 '공기'적 상상력의 결합에 의해서 현실의 모순을 극복하고자 하는 열망은 상승의 이미지로 나타난다.

그러나 서사적 맥락에서 보면, 불은 신화적 상상력을 외면하는 현실에 대한 응징이기도 하다. '불'이 나면, '난리'가 나거나 '큰 병'이 난다는 말을 통해서, '불'이 변고, 파멸을 상징한다는 사실을 알 수 있다. 여기서 흥미로운 점은 마을 사람들이 '불'이 나게 된 원인을 제사를 지내지 않았기 때문이라고 생각한다는 것이다. 제사란 특정 사회의 구성원들이 모두 참여하는 행사라는 측면에서 공동체 의식과 신화적 세계관을 상징한다. 마을

---

199) 장현숙은 이 소설에 형상화된 '산불'이 "지주의 아들에게 아내를 빼앗긴 송아지의 소극적 항거", "윤참봉네 병든 소를 먹고 죽은 한쇠 어머니의 한의 표백", 또는 "한쇠의 울분과 지주에 대한 소극적 항거"를 의미하는 것으로 본다.(장현숙, 『현실인식과 인간의 길』, 한국문화사, 2004, 240쪽.)

200) 가스통 바슐라르, 『공기와 꿈』, 정영란 옮김, 이학사, 2000, 10쪽.

사람들은 공동체 의식과 신화적 세계관의 회복을 통해서만이 '불'에 의한 변고로부터 마을을 구할 수 있다고 본 것이다. 이런 신화적 상상력에 대한 소망은 역설적으로 불의 상승의 이미지와도 연결된다. 불이 변고의 의미를 지니고 있지만, 불의 세계를 소망하는 것은 근대의 분열된 현실로부터 벗어나 상승하고자 하는 소망과 밀접한 연관성을 갖고 있다.

이러한 설정은 식민지 자본주의에 의해서 발생하는 분리의식이 신화적 세계관의 회복을 통해서 극복될 수 있으리라는 소망을 암시한다. 그러나 신화적 세계관이나 전통적 공동체는 다시 돌아갈 수 없는 과거의 시공간에 남아 있는 것이다. 따라서 이러한 설정은 일제의 억압정책의 폭력성과 이로 인한 식민지인들의 무력감을 형상화한 것으로 볼 수 있다. 왜냐하면 과거의 신화적 세계관으로 회귀하고자 하는 열망은 현실에 대한 무력감에서 기인된 것이기 때문이다.

2) 식민지 자본주의와 가족의 분리(해체)

1930년대 후반은 일제 주도의 조선의 공업화 정책으로 인해서 소비수단, 자본, 노동력이 도시공간으로 집중되고, 도시와 농촌의 경제적 불균형이 심화되던 시기였다. 이러한 도시와 농촌의 경제적 불균형은 농촌의 노동력을 도시로 집중되게 함으로써 농촌 경제의 붕괴를 초래하게 된다. 이로부터 발생하는 빈부격차의 심화, 계급모순 등과 사회적 불평등에 대한 의식이 노동운동으로 성장했지만, 일제의 탄압이 강화되자 노동운동은 점차 위축되게 되었다. 즉 이 시기는 사회, 경제적 모순이 심화되고 있음

에도 불구하고, 이를 적극적으로 해결할 수 있는 대안이 없었다고 볼 수 있다.[201]

김동리 단편소설 「어머니」(1937), 「찔레꽃」(1939)은 이러한 1930년대 후반 조선의 사회적, 역사적 상황을 반영한 소설이다. 이 소설들에서 주요 등장인물들이 느끼는 분리의식은 근본적으로 자본주의 사회의 모순에서 발생한 것이다.

「어머니」(1937)는 조선의 자본주의적 도시화 과정에서 발생한 한 가족의 비극을 형상화한 소설이다. 이 가족의 비극은 근본적으로 주인공의 남편이 고향을 떠났다는 사실에서 발생한 것이다. 그러나 이 소설에서 주인공의 남편이 고향에 늙은 홀아버지와 어린 처자를 두고, 왜 일본의 대판으로 떠날 수밖에 없었는가에 대한 구체적인 이유가 제시되지 않는다. 즉 이 소설에서 1930년대 후반 식민지 조선의 사회적, 역사적 현실은 거의 드러나지 않는다. 다만 한 가정의 가장이 돈을 벌기 위해 가족의 곁을 떠남으로써 발생하게 된 비극을 통해서, 식민지 조선의 자본주의적 도시화에 따른 모순과 부조리가 우회적으로 드러난다.

"……. 어머니는 옛날 친정에서 「심청전」「장화홍련전」을 읽었으므로 쉬운 국문 편지 같은 것은 혼자서 떠듬떠듬 읽어 내리었다.

실근이 보아라.

---

201) 나병철, 『전환기의 근대문학』, 두레시대, 1995, 18~19쪽.

할아버지 추절 기후 만안하옵시며, 그러하고 실근이 너희도 잘 자라느냐. 그러하고 나는 늘 무고하니 이런 말씀 할아버님께 사뢰바쳐라. 그러하고 오랫동안 편지 없은 것은 불효 자식이라고 할아버님께 이런 말씀 사뢰바쳐라. 그러하고 나도 인제 한 달포 가량 해서 고국으로 환양할 터인즉 이런 말씀 할아버님께 사뢰바쳐라, 그러하고 내가 이제 만사를 성공하였슨즉 이런 말씀 할아버님께 사뢰바치고 실근이 너도 천만 안심하여라."

구월 오일 실근 부친 서[202]

"남편의 편지. 두해 동안이나 소식이 없던 그 남편의 편지. 여기엔 남편의 안부와 글씨와 숨결이 들어 있지 않은가. 오년 동안 얼굴도 안 뵌 그 남편. 실근이가 아직 어머니 뱃속에 들어 있는 것을 보고 일본으로 돈을 벌러 들어간 그 남편. 처음 삼 년 동안 그래도 종종 안부나 전해 들었더니만. 이즈막 두 해 동안엔 죽은 줄 만 알고 있었던 그가 이제 돌아온단 말. 그새 살아 있다는 안부 한마디만 전해 주었던들 오늘날 같은 변이 반드시 났다고만 할 것이냐. 아아 그렇지만 이제야 어쩐들 말이 되느냐."[203]

이 소설의 주인공은 일본에 간 후 연락이 끊어진 남편을 대신하여 홀시아버지와 어린 아들을 부양하기 위해 그 마을의 지주인 '임동지네'의 부엌일을 도와주게 된다. 그리고 이 일을 계기로 '임동지네'의 아이를 낳게

---

202) 단편소설 「어머니」의 원래 발표지는 『풍림』(1937. 1.)이다. 여기서는 김동리, 「어머니」, 『무녀도/황토기』 김동리 전집1, 민음사, 1995, 171쪽.

203) 김동리, 위의 글, 171~172.

된다. 그녀의 사생아 출산은 마을 사람들로부터 분리와 배제의 대상으로 전락하게 된 근본적인 원인이다. 이 소설에서 그녀에 대한 분리와 배제의 주체는 마을 사람들이기보다는 오히려 바로 그녀 자신이다. 사생아 출산이라는 윤리적 실추로 인해서 발생하게 된 수치감은 그녀로 하여금 스스로 마을 사람들과 자신을 분리시키게 하는 요인으로 기능한다.

"남이 어머니가 웃으며 이렇게 인사하는 소리를 듣고 어머니는 고개를 들어 웃어 보이는 체하긴 하였으나 온 세상 사람이 모두 자기를 보고 〈임종지네 임종지네〉 하고 비웃는 성싶어 그들을 바로 바라볼 수 없어 다시 고개를 떨어뜨릴 수밖에 없었다. 지금까지 온 마을 사람들이 어머니를 참된 여편네라고 믿어주던 것이 더 분했으니 이제 그들은 모두 어머니처럼 묵직한 여자는 아무 일이 있든 실수할 줄 몰랐더니 무거운 것도 소용 없고 참되단 것도 아랑곳없고 사람의 속은 모르는 게라고들 이렇게 숙설거려대니 어이 낯을 들고 거리로 나올 것이냐."[204]

"혹 마을 사람들이나 아는 사람들이 지나칠 적마다 고개를 수그려가며 이리 하여 저녁때엔 굵은 놈 잔 놈 모조리 섞어 열 개씩 모데기를 지어 어둑어둑 땅끔이 질 때에는 찌그렁이 열여덟 개밖에 남지 않아서 그건 그냥 부려 넣어서 이고 집으로 돌아왔다. 〈그전 할아버지가 살아계실 때 같으면 멸치라도 댓 돈 어치 사가련만〉 하고 집으로 돌아오는 길에 이렇게 생각하였다."[205]

---

204) 김동리, 앞의 글, 170쪽.

205) 김동리, 위의 글, 170쪽.

주인공은 웃으며 반기는 마을 사람들을 만날 때에도, 그들이 자신을 비웃을 것이라는 생각에 마음을 열고 그들을 대하지 못한다. 또한 그녀는 마을 사람들이나 아는 사람들과 대면하는 것을 가능한 한 피하고자 한다. 이는 마을 사람들과 그녀가 심리적, 육체적으로 분리되어 있음을 나타내는 것이다. 이러한 마을 사람들과 그녀 사이의 분리의식은 그녀가 하강(추락)하게 되는 근본적인 요인이다.

"……. 그리고 그 날 낮에 임동지네 할머니가 저이 임동지네 집으로 돌아간 뒤 실근이가 거름터에 앉아 똥을 누면서 어머니는 할아버지 방에 가서 할아버지 앞에 엎드려서 치마로 콧물과 눈물을 자꾸자꾸 닦으며 왜 그렇게 울고 울고 하던가 어머니의 두 눈에서 곧장 눈물이 쏟아지는 것을 보자 실근이 눈에서도 어느덧 곧장 눈물이 흘러나와 똥을 누다 말고 할아버지 방문 앞으로 가서 저도 어머니와 같이 오른편 소매와 손등으로 눈물을 닦으며 울지 않았느냐."[206]

"편지를 읽고 난 어머니의 낯빛은 파랗게 질리었다. 입술이 떨리었다. 한순간 두 눈에서 불같이 타던 분노와 원망이 어느덧 눈물로 변하였다. 호롱불 빛이 흐려 춤을 추고 네 벽이 통형으로 비틀거렸다. 눈물을 비오듯이 두 눈에서 주르르 쏟아졌다."[207]

---

206) 김동리, 앞의 글, 168쪽.

207) 김동리, 위의 글, 172쪽.

그녀의 하강의식을 직접적으로 드러내 주는 물질은 '눈물'(=콧물)이다. 남편이 아닌 다른 남자의 아이를 낳았다는 사실로 인한 그녀의 절망감은 "비오듯이 두 눈에서 쏟아지는 눈물"에 의해서 반복적으로 상징된다. 여기서 '눈물'은 '물'과 마찬가지로 기본적으로 아래로 흐르는 것이며, 원천으로 다시 거슬러 흐를 수 없다. 이 '흐르는 물'은 불가역성[208]의 상징이다. '눈물'은 '절망의 물질'이며, 절망에 대한 생리학적 증표이다. 그녀의 하강의식은 '눈물'이란 어휘의 반복을 통해 제시되며, 이는 궁극적으로 하강의 이미지를 형상화한다.

그런데 그녀의 하강의식을 보다 생생한 추락으로 전환시키는 근본적인 원인은 그녀가 본래 도덕적이고, 윤리적인 여인이었다는 사실에서 기인한다. 즉 그녀의 완만한 하강을 추락으로 전환시키며, 추락을 가속화시키는 추동력은 자기 자신의 '도덕적, 윤리적 실추'에 대한 반성적 인식이다.[209]

"남이 어머니가 웃으며 이렇게 인사하는 소리를 듣고 어머니는 고개를 들어 웃어 보이는 체하긴 하였으나 온 세상 사람이 모두 자기를 보고 〈임동지네 임동지네〉 하고 비웃는 성싶어 그들을 바로 바라볼 수 없어 다시 고개를 떨어뜨릴 수밖에 없었다. 지금까지 온 마을 사람들이 어머니를 참된 여편네라고 믿어주

---

208) 질베르 뒤랑, 앞의 책, 136쪽.

209) 가스통 바슐라르는 "정신 도덕적으로 조성된 추락을 생생한 추락"이라고 정의한다. 이 '생생한 추락'은 그 추락의 이유와 책임을 추락하는 당사자에게서 찾는 추락이다.(가스통 바슐라르, 『공기와 꿈』, 정영란 옮김, 이학사, 2000, 175쪽.)

던 것이 더 분했으니 이제 그들은 모두 어머니처럼 묵직한 여자는 아무 일이 있든 실수할 줄 몰랐더니 무거운 것도 소용 없고 참되단 것도 아랑곳없고 사람의 속은 모르는 게라고들 이렇게 숙설거려대니 어이 낯을 들고 거리로 나올 것이냐."[210]

그녀는 남편이 5년이란 세월 동안 집을 비웠음에도 불구하고, 홀시아버지를 모시고, 병신인 어린 아들을 키우며 살아가던 "묵직한 여자"이자, "참된 여편네"였다. 그런 그녀가 사생아를 낳게 되고, 이로 인해 홀시아버지가 스스로 굶어 죽게 되자, 그녀의 하강의식은 점차 가속화된다. 더욱이 오랫동안 소식이 없던 남편이 집으로 돌아온다는 편지를 받게 되자, 그녀의 하강의식은 추락의식으로 급격하게 변화하는 양상을 보여주게 된다. 그녀의 자살은 이러한 급격한 추락의식의 상징이다.

이처럼 그녀의 추락과정은 "묵직한 여자"/"참된 여편네"에서 "사생아를 출산한 여자"로 추락하고, 마침내 그녀가 '자살'함으로써 종결된다. 이러한 추락의 가속화는 그녀의 도덕적 과실, 즉 "사생아를 낳은 일"의 이유와 책임을 스스로에게 찾았다는 사실에서 기인된 것이다. 그러나 그녀가 '사생아'를 낳게 된 가장 큰 원인은 남편이 그녀 곁에 없었다는 사실과 그가 일본에서 완전히 연락을 끊었다는 사실에서 비롯된 것이다. 남편이 일본으로 가지 않았다면, 그리고 그가 일본에서 자신이 살아있다는 사실을 편지로나마 전해주었다면, 그녀는 '임동지네'의 아이를 갖지 않았을 것이

---

210) 김동리, 앞의 글, 170쪽.

고, 시아버지는 굶어 돌아가시지 않았을 것이다. 이러한 명백한 사실에도 불구하고, 그녀는 자신의 추락의 책임을 도덕적, 윤리적 과실에서 찾게 되었고, 이로 인해 자살할 수밖에 없었던 것이다. 그러므로 그녀가 추락의 이유와 책임을 자신에게 연결시킨 것은 추락의 강도와 속도를 확장시키는 근원적인 동인으로 볼 수 있다. 이러한 추락의 가속화에 의해서 그녀의 추락은 더욱 치명적이고, 비극적인 성격을 띠게 된 것이다.

한편 「찔레꽃」(1939)은 죽을 날이 얼마 남지 않은 늙은 홀어머니와 그녀가 가장 사랑하는 막내딸이 가난으로 인해서 이별하는 과정을 그린 소설이다. 이 소설 역시 이들을 이별하도록 만든 가난의 구체적인 원인이 나타나지 않는다. 이 소설은 이들 모녀의 비극적인 이별 과정을 서정적으로 묘사함으로써, 그들이 처한 외부세계의 모순과 폭력성을 간접적으로 제시한다.

"「더러운년의 팔자야, 더러운년의 팔자야……쯧쯧쯧」

순녀의 어머니는 보리 베든 낫을 던지고 밭두덕에 주저 앉으며 혀를 찼다.

「이 너르고 너른 들판에 제땅 손바닥 만치만 갖이면 제 배 하나 채우고 살걸 만 주니 어디니 안가고 못산단말가……더러운년의 팔자도 있다 더러운년의,쯧쯧쯧」

굶으나 벗으나 스물 다섯해 동안 서로 떠러져본적이없든 어머니와 딸 사이다. 열여덟에 시집이라고 간 것이 또한 이웃이라 출가외인出嫁外人 이란 문자도 그새를 갈러놓지 못했다. 사남일녀 오남매중 어머니의 막내둥이로 제 아이를 둘이나 갖인 오늘날 까지 순녀는 상기 남편의 안해이거 보다 어머니의 딸이었다."[211]

---

211) 김동리, 「찔레꽃」, 『문장』, 1939. 7. 78~79쪽.

늙은 홀어머니의 막내딸인 '순녀'는 돈을 벌기 위해 만주로 간 남편을 따라서 고향을 떠나게 된다. 그녀가 25년 동안 살던 고향을 떠나는 이유는 외면적으로 만주에 있는 남편을 따라가는 것이지만, 실질적인 이유는 식민지 농촌의 가혹한 가난 때문이다. 그녀 어머니의 말처럼 그녀가 고향에 '손바닥' 정도의 땅이라도 있었다면, 그녀의 남편은 고향을 떠나지 않았을 것이며, 그녀 자신도 남편을 따라 고향을 떠나는 일은 없었을 것이다. 그러므로 그녀가 가족과 이별하게 된 근본적인 원인은 식민지 농촌의 가난이며, 보다 구체적으로 말한다면 일제의 식민지 자본주의화에 의한 빈부격차의 심화라고 볼 수 있다.

김동리는 이러한 식민지 자본주의의 모순에도 불구하고 급격한 조선의 도시화, 공업화는 피할 수 없는 하나의 대세라는 사실을 '기차'라는 근대문물에 대한 묘사를 통해 암시한다. "그 번개 같이 닷는" 기차는 식민지 조선 사람으로 하여금 "산천도 낯설고 사람도 낯선" 만주로 갈 수 있게 만든 근대문물이다. 기차 안의 사람은 기차와 동일한 속도로 달릴 수밖에 없다. 이러한 측면에서 기차는 식민지 조선이 이미 근대화의 속도를 내기 시작했으며, 식민지 근대를 살고 있는 사람이라면 이 속도에 부합되는 삶을 살 수밖에 없다는 사실을 암시한다. 그러므로 '기차'는 근대화의 상징이자, 식민지 자본주의가 내포하고 있는 폭력성의 상징으로 볼 수 있다.

식민지 자본주의의 폭력성은 한 가족의 비극적 이별 장면과 '자연', '고향'의 서정적 이미지와의 대조를 통해서 선명하게 제시된다. 이 소설에서 '자연'에 대한 묘사는 소설 속의 인물들이 살고 있는 '고향'에 대한 묘사라는 점에서, '자연'은 곧 '고향'을 의미한다. 이 소설에 형상화된 '자연'은 인간이 극복해야 할 대상이 아니라, 인간이 회귀해야 할 '고향'으로서의 '자연'이다. 그러므로 이 소설 속의 '자연'은 "조화로운 세계", "분열되지 않은 이상적 세계"에 대한 인간의 열망을 상징한다.

"올해사 말고 보리 풍년은 유달리 들었다.

푸른 하늘에는 솜뭉치 같은 힌 구름이 부드러운 바람에 얹히어 남으로 남으로 퍼져 나가고, 그 구름이 퍼져 나가는 하늘가 까지 훨씬 버려진 들판에는 이제 바야흐로 익어가는 기름진 보리가 가득이 실려 있다. 보리가 장히 됐다∼ 해도 칠십 평생에 처음 보는보리다. 보리 밭둑 구석구석이 찔레꽃도 유달리 허옇다. 보리 되는 해 의례 찔레도 되것다.

「매 – 매 –」

찔레꽃을 앞에 두고 갓난 송아지가 운다.

「무 – 무 –」

보리 밭둑 저넘어 어미소가 운다.

「더러운년의 팔자야, 더러운년의 팔자야……쯧쯧쯧」

순녀의 어머니는 보리 베든 낫을 던지고 밭두덕에 주저 앉으며 혀를 찼다.

「이 너르고 너른 들판에 제땅 손바닥 만치만 갖이면 제 배 하나 채우고 살걸 만주니 어디니 안가고 못산단말가……더러운년의 팔자도 있다 더러운년의,쯧쯧쯧」

굶으나 벗으나 스물 다섯해 동안 서로 떠러져본적이없든 어머니와 딸 사이다. 열여덟에 시집이라고 간 것이 또한 이웃이라 출가외인(出嫁外人) 이란 문자도 그새를 갈러놓지 못했다. 사남일녀 오남매중 어머니의 막내둥이로 제 아이

를 둘이나 갖인 오늘날 까지 순녀는 상기 남편의 안해이거 보다 어머니의 딸이
었다.”212)

이 소설이 더욱 비극적인 이유는 식민지 자본주의의 폭력성에 의해서
고향과 가족으로부터 분리될 수밖에 없는 인간과는 달리, 자연은 여전히
그 '풍요롭고' '조화로운' 세계로 존재하고 있다는 사실이다. '분리된' 인간
과 '푸른 하늘', '솜뭉치 같은 흰 구름'의 대조, '궁핍'한 인간과 '익어가는
기름진 보리', '허연 찔레꽃'의 대조, '늙은 홀어머니'와 '막내딸'의 비극적
인 이별 장면과 '어미소'와 '송아지'가 정답게 공존하는 모습의 대조는 조
선의 농촌사회가 대면하고 있는 자본주의의 폭력성을 더욱 선명하게 부
각시킨다. 즉 인간이 처한 비극적 현실과 이상적인 자연의 대조를 통해서,
조선 농촌사회의 폭력적인 삶의 현실이 선명하게 부각된다.

한편 이러한 '풍요롭고', '아름다운' 자연의 모습은 식민지의 궁핍하고
폭력적인 현실 속에서도 농민들이 여전히 조화롭고, 이상적인 세계에 대
한 소망을 버리지 않았다는 사실을 상징한다. '구름', '찔레꽃', '보리'의 시
적인 이미지들은 고향을 떠나는 농민들의 슬픔을 더욱 심화시키고, 그들
의 운명을 비극적으로 만드는 핵심적인 요소이다. 그러나 이러한 시적 이
미지들은 절망적인 현실을 극복하고자 하는 농민들의 소망을 표현한 것
이다.

---

212) 김동리, 앞의 글, 78~79쪽.

3) 돈과 윤리의 문제

김동리 소설 「혼구昏衢 - 제1장의 윤리-」(1940)는 식민지 자본주의 사회 내에서 배금주의와 황금만능주의에 의해 발생하는 사물화 현상과 이를 해결하기 위한 윤리(사랑)의 실천 문제를 다루고 있다.

이 소설의 주인공 정우의 직업은 '교원'이다. '교원'은 현 사회의 윤리를 전수하는 직업으로 볼 수 있다. 정우는 그의 의미 없는 교원 생활을 "기계적으로 반복"하는데, 이러한 일상은 그가 존재하는 공간이 기존의 전통적인 윤리가 적용되기 어려운 근대 자본주의 사회라는 사실과 밀접한 연관성을 갖고 있다. 그러므로 그는 "칠년간의 교원 생활"을 "영원과도 같이 길고 지루한 세월"처럼 느낀다.[213] 이는 그가 대면하고 있는 자본주의 사회에 대한 무력감을 상징한다. 이러한 무력감은 그를 둘러싼 식민지 자본주의의 윤리가 그의 전통적 윤리와 대립관계에 놓여 있으며, 이로부터 발생하는 그의 분리의식은 극복될 수 없는 것이라는 사실에서 발생한 것이다.

"생각하면 할수록 그것은 다만 논리의 문제만도 아닌듯 하였다. 자기는 이즈음도 가끔 밤이 깊도록 빠이불(주로 신약전서) 이나 논어를 읽는 일이 있지만 예수나 공자 같은이가 이것을 부인 한바와 같은 이유로 해서 오늘날의 자기가 그것을 그대로 좇기엔 사실 겸연쩍은 일이었다. 그것은 그네들이 포착한 자연自然-세계-의 질서와 조화를 위한 윤리였으나, 그 자연의 모든 원측이 혹은 기계

---

213) 김동리, 「혼구(昏衢) - 제1장의 윤리-」, 『인문평론』, 1940. 2. 173쪽.

機械 혹은 황금 이란 괴물에게 여지없이 유린된 오늘날 오히려 그것의 질서와 조화를 위한 윤리만을 이들에게 요구해야할 이유가 어디 있겠느냐고 해도 그는 이것이 반듯이 파괴주의자의 구변에 끊질것만은 아닐상 싶었다.”[214]

"가끔 밤이 깊도록 빠이블(주로 신약전서)이나 논어를 읽는다"는 말을 통해서, 그가 근대를 살고 있지만, 여전히 전근대적인 세계관을 지닌 인물이라는 사실을 알 수 있다. 그는 자신의 윤리가 "모든 원측이 혹은 기계機械 혹은 황금이란 괴물에게 여지없이 유린된 오늘날"에 적용될 수 없다는 사실을 내면 깊이 인식하고 있었다. 그러나 그는 자신의 전통적인 윤리가 지닌 가치를 포기할 수도 없는 인물이다. 이러한 이중적 상황은 그로 하여금 현실과 객관적인 거리를 두고, 관조하는 자세를 취하도록 만든다. 그는 자신의 윤리적 기준으로 특정한 사안에 대해 판단하지만, 이러한 판단을 관철시키기 위해 구체적인 행동을 하지 않는다. '노인', '담배쟁이'라는 그의 별명은 이러한 그의 관조적인 삶의 방식으로 생긴 것이다.

이러한 삶의 방식에 의해서, 그는 표면적으로 볼 때 외부세계와 평화적인 관계를 유지하게 된다. 그러나 실질적으로 그가 외부세계와 철저히 단절된 존재라는 점에서, 그와 외부세계는 긴장된 대립관계에 있다고 볼 수 있다. 왜냐하면 그가 자신이 살고 있는 세계에 일정한 거리를 두고, 관조하고 있다는 사실은 자신과 외부세계의 상호작용이 차단되었다는 사실을 의미하기 때문이다.

---

214) 김동리, 앞의 글, 186쪽.

그의 관조적인 삶의 방식은 자신이 가르치던 학생(5학년) 학숙이 학교를 그만두고, 기생 수업을 받게 되는 사건을 통해서 전환의 계기가 마련된다.

"「 …〈중략〉… 전 이와같이 날마다 술이나 먹고, 그럭저럭 상업일도 보고 그러고 놀지 않습니까? 그리고, 저 학숙이란년과 그 다음놈은 다 학교엘 다니고, 제일 끝의년은 또 내년에 학교에 입학 할겝니다. 어디서 돈이 납니까? 네, 선생님 이점을 좀 깊이 깊이 생각해 보십시요. 그돈이 다 어디서 납니까? 간단히 말씀 들이면 순전히 모다 딸에서 나옵니다, 딸에서! 단단히 아시겠습니까? 시방도 저쪽 방에서 바로 내딸이 듣고 있지만 순전히 그딸에서 납니다. 사위되는 사람도 바로 저방에서 시방 듣고 있겠지만 순전히 저딸이 우리 식구를 모다 먹여 살려주는겝니다. 시방 저방에 있는 내 사위되는 사람은 전북 도위원의 한사람이 올시다. 그리고 부자올시다. 에–또 간단히 말하면 부자올시다. 양반이 올시다. 즉 특등 인물이 올시다. 선생님, 자 생각해 보십시요, 내딸은 본래 기술자의 딸이 올시다. 상놈의 딸이 올시다, 즉 하등 인물이 올시다. 단단히 생각해 보십시오, 내딸이 무슨 재주로 어찌어찌해서 오늘날과 같은 인물이 됐겠습니까? 내딸은 지금 부자올시다, 그리고 양반이 올시다, 이점을 단단히 생각해 주십시요, 본래 그와 같은 하등 인물이 무슨 재주로 어떻금 해서 오늘날과 같은 특등 인물이 됐겠습니까? 다른게 아니 올시다, 단지 이 목하나 올시다, 이 목에서 나오는 노래뿐이 올시다, 단지 노래 한가지로써 이와같은 상지상등 인물이 된 것이 올시다."[215]

---

215) 김동리, 앞의 글, 178~179쪽.

학숙의 아버지 송가는 근대 자본주의 사회가 돈의 논리에 의해 지배되는 사회라는 사실을 내면 깊이 인식하고 있는 인물이다. 이러한 그의 인식은 그의 첫째 딸이 기생이라는 신분을 통해서 '부자'로 거듭나게 되고, 자본주의 사회의 윤리에 걸맞는 '양반'='특등인물'='상지상등'의 인물이 되는 과정을 통해서 형성된 것이다. 그러므로 그는 작은딸 학숙마저 기생으로 만들고자 한다. 그의 아내 역시 "큰딸이 만냥짜리면 작은딸은 이만냥짜리"라고 말할 만큼 돈의 힘에 의해 완전히 지배되는 인물이다. 하지만 학숙은 전통적인 윤리를 지닌 인물로서, 기존의 전통적 윤리를 굳건하게 유지하고 있다. 그러므로 그녀는 자신을 돈벌이 수단으로 이용하는 비윤리적인 부모의 권위에 대항하기 위하여 자신의 담임선생님인 정우에게 구원을 요청한다. 이러한 상황에 의해서 정우는 단순히 외부세계를 관조하던 태도에서 벗어나 일종의 윤리적 결단을 취해야 하는 상황에 직면하게 된다.

"그것은 일찌기 사랑해 본적도 없든 안해였으매 아직 중학 삼학년이란 어린 나이에 「쓰마기도꾸」란 전문을 받고도 그어두운 하숙 방에서 그냥 대수 문제를 풀고 앉아 있었든것이 그뒤 그의 일생을 두고 저야할 무거운 부채負債로서 스스로 인정하지 않을수 있었든들 밤마다 책상 앞에서 담배를 피워서 허비하는 시간으로 혹은 보다 빛난 다른 인생을 꾀해 볼수도 있었을것이며 이제와 이렇게 하필 학숙의 운명에 기어이 연대連帶를 서지 않고서도 어떻게든지 백여날길은 절로 있었을것이 아니냐고도 그는 생각 하는것이었다."[216]

그의 윤리적 결단은 자신과 같은 공동체에 속해 있는 타자에 대한 책임과 연대라는 측면에서 중요한 의미를 지니고 있다. 그는 자신과 자신을 둘러싼 비윤리적 세계의 대립으로 인해 외부세계로부터 소외되었던 인물이다. 이러한 측면에서 그는 자율적인 존재라고 볼 수 없다. 그러므로 학숙의 문제를 해결하기 위하여 자신의 윤리적 명령에 따라 구체적인 행동을 취하는 것은 학숙을 구원하는 행위일 뿐만 아니라, 그의 자율성을 구체적으로 실현하는 행위라고 볼 수 있다. 즉 학숙의 인생에 대한 윤리적 책임과 연대는 자신의 자율성을 회복하는 방법인 것이다.[217]

"그러나 그는 그때부터 술을 정말로 자꾸 자꾸 먹어야 할것 같이만 생각되어, 나중엔 노파가 술 놓기를 거절 했으리만치 그저 자꾸 들어부었든 것이다.

정우가 술집을 나온것은 열시가 넘짓해서였다.

─가야된다, 송가를 맞나야 된다.

다만 이 한가지 의식 밑에 그의 몸은 움직이는것이었고 그러나 그의 두발은 그의 의식에 그다지 알뜰한 역군은 아니든 모양으로 몇번이나 진흙 속에다 그의 몸을 내던지군 하였다.

---

216) 김동리, 앞의 글, 187쪽.

217) 레비나스는 '주체성을 타인을 받아들임(l'hospitalité) 또는 타인을 대신한 삶(la substitution)' 이라고 주장한다. 이는 주체성이 타인의 고통에 대한 연대와 책임을 통해서 형성된다는 것을 강조한 것으로 볼 수 있다.(엠마누엘 레비나스, 『시간과 타자』, 강영안 옮김, 문예출판사, 2011, 7쪽.)

그러나 다시,

-가야된다, 가야된다!

이 한가지 의식은 잠시도 잊을수 없어 진흙에도 구을고 시궁창에도 빠지고 하면서 그먼 거리의 불빛 한점도 보이지 않는 후미끼리밑 주막을 찾아 골목을 지나고 집보통이를 돌아 캄캄한 어둠에서 어둠 속으로 사실 그의 몸은 가고 있는것이었다."[218]

이러한 측면에서 그가 학숙의 문제를 해결 짓기 위해 송가를 만나러 가는 장면은 매우 중요한 의미를 지니고 있다. 그가 송가를 만나러 가는 과정은 일종의 고난과 시련의 연속이다. 그는 "진흙에도 구을고 시궁창에도 빠지"기도 하지만, 끊임없이 일어나서 "그 먼거리의 불빛 한 점도 없는 후미끼리 밑 주막"으로 달려간다. 그의 노정은 "불빛 한 점 없는 캄캄한 어둠에서 어둠 속으로" 들어가는 것으로 압축할 수 있다. 이러한 설정은 근대인이 자신의 자율성(자유)을 실현하는 과정에서 치러야 하는 많은 대가를 비유적으로 표현한 것으로 볼 수 있다. 이는 그만큼 근대의 물질문명 속에서 주체의 진정한 자율성을 유지하는 것이 어렵고 험난한 길이라는 사실을 의미한다.

이러한 설정으로부터 알 수 있는 것은 중세적 공동체 의식이 상실된 근대사회에서 소외된 주체들 간의 상호 연관성을 회복하는 길은 타자의 운명에 대한 책임과 연대, 즉 윤리의 회복에 있다는 것이다. 이러한 타자에

---

218) 김동리, 앞의 글, 191~192쪽.

대한 연대와 책임은 타자의 주체성뿐만 아니라, 자신의 주체성을 회복하는 방식이기도 한다. 그러므로 주인공이 윤리의 실천을 통해서 분리의식을 극복하는 방식은 전근대(전통)적인 윤리(신약성서, 논어)와는 또 다른 방식으로 볼 수 있다. 이 방식은 근대의 부조리한 현실에 의해서 발생하는 문제들을 근본적으로 해결할 수 있는 가능성을 내포하고 있다는 점에서 중요한 의미가 있다.

3. 소외 극복의 열망과 환상의 공동체

1) 개인과 공동체의 사이(間)

김동리는 인간이 타자와의 분리를 극복하고자 하는 욕망을 지닌 동시에, 스스로 타자로부터 분리되고자 하는 욕망을 지닌 이중적 존재라는 사실을 항상 자각하고 있었다. 그가 수많은 수필과 글에서 자신이 혼자라는 사실에 "죽고 싶도록 외롭고 쓸쓸"[219]함에도 불구하고, "실은 고독을 사랑하고 있으며 나아가서는 고독함으로써 도리어 행복하다"[220]라고 말한 것은 인간의 이러한 이중성에서 기인된 것이다. 그가 고독을 사랑할 수밖에 없는 근본적인 이유는 고독의 경험을 통해서 인간이 자유로운 존재임을

---

219) 김동리, 「작은 꽃」, 『자연과 인생』, 국제문화사, 1965, 36쪽.

220) 김동리, 「고독에 대하여」, 『고독과 인생』, 백만사, 1977, 19쪽.

자각할 수 있고, 또한 이러한 고독을 향유할 수 있을 때 자유로운 삶을 살 수 있다고 생각하기 때문이다. 인간은 철저히 혼자일 때, 타자와의 관계를 통해서 자신의 고유성과 개별성을 인식할 수 있고, 이를 유지할 수 있다는 것이다.

그러나 인간의 분리(고독)에의 열망은 그가 처한 외부환경의 폭력성에 의해서 위축되거나 다른 방향으로 변질될 수 있다. 분리에의 열망은 기본적으로 자신이 혼자이기 때문에 발생하는 고독과 이로 인한 불안과 공포를 감수해야 한다는 사실을 전제한 상태에서만 유지될 수 있다. 그런데 외부세계가 너무나 폭력적이기 때문에 분리에서 발생하는 불안과 공포를 견딜 수 없을 때, 분리에의 열망은 소통에의 열망으로 급격히 전환된다.

김동리에게 있어서 분리에의 열망이 소통에의 열망으로 급격하게 전환하게 되는 근본적인 계기는 전쟁의 경험이다. 그의 150여 편의 전체 소설 중 6·25 전쟁을 직접적으로 다루거나, 배경으로 다룬 소설들은 다른 경향의 소설과 비교해 상대적으로 많다. 대표적인 작품으로는 「상면」(1951)[221], 「귀환장정」(1951), 「살벌한 황혼」(1954), 「실존무」(1955), 「흥남철수」(1955), 「밀다원 시대」(1955), 「어떤 남」(1963), 「까치소리」(1966), 「일분간」(1967) 등이 있다. 이들 작품 중 「상면」(1951), 「실존무」(1955), 「흥남철수」(1955), 「밀다원 시대」(1955)는 6·25 전쟁으로 가족의 해체, 또는 가족의 비극을 다룬 소설이다. 반면 「살벌한 황혼」(1954), 「어떤 남」

---

221) 「어떤 상봉」으로 개제.

(1963), 「일분간」(1967)은 전쟁으로 인한 연인의 이별과 이로 인한 비극을 다룬 소설이다. 그리고 「귀환장정」(1951)은 전후 귀환 군인의 문제를, 「까치소리」(1966)는 전쟁으로 인간성의 상실문제를 다룬 소설이다.

위의 작품들 중 「밀다원 시대」(1955)를 제외한 모든 작품들은 전쟁의 폭력적 양상을 다양한 주제로 다루고 있지만, 전쟁으로 인한 인간의 불안과 공포만을 형상화할 뿐, 이를 극복하기 위한 구체적인 대안이 제시되지 않는다. 「밀다원 시대」(1955)[222]가 김동리의 문학 속에서 중요한 이유는 외부 폭력에 의해서 발생하는 불안과 공포를 공동체의 형성을 통해 극복하는 양상이 나타나는 최초의 소설이기 때문이다. 이 소설에서 공동체는 민족/국가와 같은 거시적인 대상이 아니라, 동일성을 지닌 집단이다. 그러나 민족/국가에 대한 열망이 동일성을 추구하는 인간의 열망과 밀접한 연관성을 갖고 있다는 점에서, 동일성을 지닌 집단에 대한 열망은 민족/국가에 대한 열망으로 확장될 수 있는 가능성을 내포하고 있다고 볼 수 있다. 이러한 측면에서 이 소설은 김동리의 후기 소설에 나타나는 민족/국가에 대한 신화화 경향을 설명할 수 있는 중요한 단초를 제공한다고 볼 수 있다.

전쟁은 인간이 가장 극단적인 방식으로 불안과 공포를 체험하게 되는 일대 사건이다. 전쟁은 자신을 포함한 소중한 가족과 사람들의 죽음(영원한 분리), 이별(분리), 기아의 체험과 소멸(파괴)의 경험을 통해서 극복할 수 없는 불안과 공포를 발생시키는 가장 폭력적인 사건이다. 이러한 전쟁

---

222) 이 소설은 김동리가 6·25 전쟁 당시 부산으로 피난 가서 생활했던 실제 경험을 담은 소설이다.(김동리, 「전쟁이 남긴 나의 작품」, 『문학사상』, 1974. 6. 49~50쪽.)

의 폭력성은 인간의 한계를 뛰어넘는다.

「밀다원 시대」(1955)의 주인공 이중구는 전쟁의 폭력성을 경험한 후 공동체가 부여하는 위안 속으로 부단히 도피하는 양상을 보여주는 인물이다.

"『호옴』에 내렸을 때까지는 아직도 약 이천명에 가까운 동지였다. 적어도 그들은 오십 일년 일월삼일이라는 최후의 시간까지 자유의 수도를 지킨, 같은 겨레의 같은 시간에 같은 차로 같은 목적지에 내린 같은 『운명체』가 아닌가. 그들의 살벌한 얼굴에도, 위엄 있는 얼굴에도, 아부적인 웃음을 띠운 얼굴에도, 그들이 아직 『호옴』에서 발을 옮기고 있는 동안에는 다 같이 『동지』는 살아 있었다.

그러나 한번 출찰구를 빠져 나와 그 늑마전 같은 역마당에 발을 디려 놓는 순간부터 약속이나 한 것처럼 그들의 얼굴에서 『동지』는 어느듯 다 죽어져 버렸다. 출찰구를 통과 하므로써 『동지』는 절로 해산이었다. 그리고, 해산은 동시에 새로운 자유를 의미하는 것이기도 했다.

중구는 이 『새로운 자유』를 안은채 출찰구 밖에 혼자 서서 한 순간 전의 『동지』들이 이제는 모다 남이 되어 돌아가는 광경을 물끄러미 바라보고 있었다."[223]

그는 서울에서부터 마지막 기차를 함께 타고 온 사람들을 자신과 '함께' 탑승했다는 사실만으로 갑자기 자신의 '동지', '같은 겨레', '같은 운명체'로 상정한다. 이러한 논리적 비약은 이중구와 이들이 '같은' 시간에, '같은' 기차(공간)를 타고, '같은 목적지'(부산)를 향하고 있었다는 사실과 관

---

223) 김동리 , 「밀다원 시대」, 『현대문학』, 1955. 4. 95쪽.

련되어 있다. 그러나 보다 근본적인 요인은 이 전쟁 속에서 그가 완전히 혼자라는 사실과 밀접한 연관성을 갖고 있다. 그의 가족들은 전쟁의 와중에 완전히 분리된다. 병든 어머니는 서울에 남아 있고, 아내는 어린 딸을 데리고, 그녀의 오빠 집으로 피난을 간 상황이다. 그들의 생사조차 알 수 없는 상태에서, 완전히 '혼자'라는 인식은 자신과 다른 사람들의 공통점을 찾고자 하는 열망으로 전환된다. 그들 간의 공통점은 개인 간의 분리를 연결시켜 주는 매개체로서, 인간의 동일화의 욕망에 의해서 인위적으로 만들어진 것이다. 이러한 측면에서, 동일화에 대한 열망은 분리의식을 극복하기 위한 하나의 삶의 본능에서 비롯된 것으로 볼 수 있다.

부산에 도착한 후 이중구의 동일화에 대한 열망은 더욱 강화된다. 그는 서울에서 활동하던 문단 사람들과 밀다원이라는 다방에서 조우하게 된다. 그는 문단 사람들 중 오정수란 인물의 호의로 그의 집에서 하루 동안 지내게 되는데, 그는 오정수의 집에서 보낸 하루를 '시베리아'에서 하루를 보낸 것처럼 느낀다.

"『밀다원』을 올라가는 층계 중간 쯤에서, 닝닝거리는 꿀벌떼의 소리를 들었을 때 중구는 요 며칠 전과 같은, 가슴의 두근 거림을 깨달았다. 왜 이렇게 급하며, 왜 이렇게 가슴까지 두근거리는지는 자기 자신도 통 알 수가 없었다.

구석 자리에서 원고를 쓰고 있던 조현식은 고개를 들어 중구를 쳐다보며『오형댁 편하지요?』했다.『편하기는 그만이더군』중구도 편하더란 말에 힘을 주었다. 그러나 그 이상은 무어라고 말할 수가 없었다. 그는 지금 그『편하기엔 그만인』오정수의 집에서 감옥을 탈출하듯 다라나온 것이 아닌가. 그것을, 오정수의 참되고 올바르고 따뜻한 인격과, 조용하고 안옥하고 또한 풍류적이기까지 한 서재와, 깨끗한 침구와 그리고 그 구미 당기는 생전복과 생미역과 냉이 묻힘과 여러 가지 젓갈과 이런 것을 모다 무어라고 칭찬하며 감사해야 좋을지 모르겠다는 말과 어떻게 함께 할 수있단 말인가."[224]

위의 인용문을 통해서 알 수 있듯이, 이중구가 오정수의 집에서 보낸 시간이 "무섭고 불안했던" 이유는 그가 처한 상황이 자신의 상황과는 너무나 달랐기 때문이다. 오정수의 집은 "조용하고 안옥하고, 또한 풍류적이기까지 한 서재"와 "깨끗한 침구"가 있었으며, 저녁상에는 "그 구미 당기는 생전복과 생미역과 냉이 묻힘과 여러 가지 젓갈"이 올라 있었다. 반면 이중구의 집은 병으로 인해 같이 피난오지 못한 홀어머니가 "서울 원서동 막바지 조그만 고가古家 속의 냉돌방"에 "천만喘滿으로 지금도 기침을 쿨룩거리고 있을"[225] 것이었고, 그의 아내는 "충청남도 논산인가 하는 곳을 그 친정붙이를 의탁하여, 어린 것까지 이끌고 찾아 내려갔으며"[226], 자신은 살아남기 위해서 염치불고하고 지인들의 집을 전전해야만 하는 처지에 놓여 있었던 것이다. 이러한 오정수와 이중구가 처한 극단적인 차이로 인해서, 이중구는 "무서운 고독과 불안"을 느끼게 되었고, 오정수의 집으로부터 '탈출'하여, 낮에는 동료문인들이 있는 '밀다원'에서, 밤에는

---

224) 김동리, 앞의 글, 112쪽.

225) 김동리, 위의 글, 98쪽.

226) 김동리, 위의 글, 98쪽.

'편안한' 조현식의 집에서 지내게 되었던 것이다.

"……. 이렇게 조현식과 길여사가 문답을 계속하고 있는 동안, 중구는 중ㅜ ('구'의 오기인 듯-인용자)대로, 전날밤, 오정수의 집에서 맛 본 고독의 무서움을 맘 속으로 생각하고 있었다. 그는 어떠한 조건에서든지 『밀다원』에 남아 있는 다른 모든 친구들과 행동을 같이 하리라 생각했다. 그것이 설사 바다로 뛰어드는 길이라고 하드라도, 그는 혼자 별개 행동을 취할 용기는 나지 않았다. 꿀벌은 꿀벌떼 속에, 갈매기는 갈매기 떼 속에, 하고, 그는 입에 내어 중얼거릴번 했다.
『이중구씨 소설가께서도 의견을 말씀 해 주십시오』길여사는 이런 경우에도 유우머어를 잊지는 않았다. 『저는 무서워 안 되겠읍니다, 『밀다원』에서 떠나는 것이 무섭습니다』중구의 명확한 거절을 받은 길여사는 또 한번 합장을 올리고 나서,『기회는 한번 뿐이란 사실을 알아 두세야 합니다』하고 응수했다."[227]

이중구는 이후에도 오정수의 집에서 맛보았던 '고독의 무서움'으로 인해서, 자신과 같은 처지에 있는 '밀다원'의 친구들과 같이 행동하고자 한다. 즉 그는 "꿀벌은 꿀벌떼 속에, 갈매기는 갈매기 떼 속에" 있어야 한다고 생각한다. 그러나 이중구에게 무한한 위안을 주는 '문단동료들'(공동체) 안에서도 여전히 분리의식은 존재한다. 이는 시인 박운삼이란 인물의 분리의식과 그의 자살을 통해서 선명하게 나타난다. 시인 박운삼은 전쟁 때문에 애인과 헤어지게 된 후, 외부세계와 철저히 단절한 채 자신만의

---

227) 김동리, 앞의 글, 115~116쪽.

내면세계로 침잠하는 인물이다.

"점심 때가 되었다. 길여사가 『우동』을 사겠다고 했다. 일행은, 중구를 주빈
으로 하고, 조현식, 허윤, 송화백, 박운삼朴雲드 그리고 길여사, 모다 여섯 사람
이었다. 안정호가 다른 약속이 있어 빠지게 되고, 그 대신 박운삼이 끼인 것이
다. 박운삼은 시인이었다. 그는 처음 잘 보이지도 않는 구석 자리에 혼자 『벽화』
같이 앉아 있었으나 그들과는 본디 가까운 사이요, 또, 그의 너무도 서글픈 표정
으로 앉아 있는 꼴이 마음에 걸려서, 중구가 특별히 그를 일행 속에 끌어 드렸던
것이다.

　박운삼은 우동 집에서나, 우동을 마치고 나서나, 처음부터 끝까지 말이 없었
다. 본디 좀 침울한 성격이기는 했으나, 『육, 이오』 이전에는 그렇게 벙어리처럼
말이 없는 위인도 아니었던 것이 갑자기 저렇게 실의한 사람 같이 말 없이 앉아
있는 것을 보면 무슨 곡절이 있는 듯도 했다. 그러나 아무도 그의 『곡절』에 대한
특별히 관심을 가지거나 해명을 해 보려는 사람도 없었다."[228]

그는 동료 문인들이 모여 있는 '밀다원'에 와서도, "잘 보이지도 않는 구
석 자리에 혼자 『벽화』 같이 앉아 있을" 뿐 어느 누구와도 대화를 나누지
않는다. 그리고 그가 이와 같이 '벙어리'와 같은 존재가 된 이유에 대해서
특별히 관심을 가진 사람도 없었다. 이러한 박운삼과 동료 문인들 간의
분리의식으로 인해서, 박운삼은 자신만의 세계에 더욱 침잠하게 되고, 결

---

228) 김동리, 앞의 글, 101~102쪽.

국 자살함으로써 자신과 외부세계를 완전히 분리시킨다.

이러한 설정을 통해서 알 수 있는 것은 개인과 공동체의 관계가 지닌 이중적 속성이다. 분리된 인간은 공동체에 소속됨으로써 위안과 마음의 평화를 얻고자 하며, 이러한 목표는 분리된 인간 간의 동일성을 확인하는 과정에서 일시적으로 충족된다. 그러나 그 공동체를 구성하는 인간과 인간은 여전히 분리된 존재일 수밖에 없으며, 이로 인해 분리의식은 지속적으로 발생하게 된다.

이 소설에서 주인공 이중구의 분리의식은 하강(추락)의 속성을 지니는 '대지(흙)'에 대한 상상력과 '물'에 대한 상상력이 결합되어 하강(추락)의 이미지로 나타난다.[229]

"부산진에 들어 서면서 부터 기차는 바다에 떨어지지 않기 위하여 속력을 늦추(판독불가, 인용자는 '추'로 표기)었다. 초량역에서 본역(本驛)까지는 거의 한 걸음 한 걸음을 유예하듯 쉬엄쉬엄 능장을 부렸다.

이중구李重九는 팔목시계를 보았다. 여섯시 이십분, 어저께 세시 십오분 전에 탔으니까 꼭 스물 일곱시간 하고 삽십십분이 걸린 셈이다. 스물 일곱시간 하고 삼십오분, 그렇다, 그동안 중구의 머리 속은 줄곧 어떤『땅끝』이라는 상념으로만 차 있는 듯했다. 『끝의 끝』, 『막다른 끝』, 거기서는 한걸음도 더나갈수 없는, 한 걸음만 더 내디디면 바다에 빠지거나『허무의 공간』으로 떨어지고 마는 그러

---

229) 가스통 바슐라르는 "깊은 추락, 시커먼 구렁텅이 속으로의 추락, 심연 속으로의 추락은 필연적으로 물에 관한 상상력과 암묵에 감싸인 대지의 상상력과 관계된 상상적 추락"이라고 규정한다.(가스통 바슐라르, 『공기와 꿈』, 정영란 옮김, 이학사, 2000, 46쪽.)

한 『최후의 점(點)』같은 것에 중구의 의식은 완전히 사로잡혀 있은 듯했다. 그것은 승객의 거의 전부가 종착역終着驛인 부산을 목적하고 간다는 사실 때문만은 아니었다. 부산이 이 선로의 종점인 동시, 바다와 맞닿은 육지의 끝이라는 지리적인 이유 때문만도 아니었다. 또 그 열차가 자유의 수도, 서울을 출발지로 하고, 항도 부산을 도착점으로 하는 마지막 열차라는 이유 때문만도 아니었다. 이러한 이유를 다 합친 그 위에 또 다른 이유가, 무언지 더 근본적이며 더 절실한 이유가 있는 듯 했다."[230]

이중구가 기차를 타고 서울에서 부산으로 오는 "스물일곱 시간 하고 삼십오 분" 동안 그의 머릿속을 채우고 있는 '땅 끝', '끝의 끝', '막다른 끝', '허무의 공간', '최후의 점'에 대한 상념은 그의 하강(추락)의식을 상징한다. 이러한 유사한 상징적 어휘들의 반복을 통해서, 그의 추락의식은 한없이 확장되는 양상이 나타난다.[231] 이 어휘들은 모두 '대지(흙)'와 관련된 것이거나, 혹은 '대지(흙)'에 대한 상상력을 불러일으키는 것으로서, 이들 어휘들에 의해서 불러일으키는 하강(추락)에 대한 상상력이 점차 확장되는 양상('땅 끝'〈'끝의 끝'〈'막다른 끝'〈'허무의 공간'〈'최후의 점')을 보여준다. 또한 이 상징적 어휘들은 그가 탄 기차가 "종착역이 부산"이라는 점, "부산이 바다와 맞닿은 육지의 끝"이라는 점, "그 기차가 마지막 기차"라는 점과 결합하여 추락의 깊이를 확장시키는 기능을 담당한다.

---

230) 김동리, 앞의 글, 94~95쪽.

231) 반복과 상징체계의 관계에 대해서는 질베르 뒤랑의 『상상계의 인류학적 구조들』(문학동네, 2007, 378쪽.)을 참조할 것.

한편 그의 추락의식이 확장되는 양상은 기차와 관련된 상징적 어휘들을 통해 나타난다. 기차의 속도에 대한 강조는 추락의 가속화와 추락의 필연성을 암시한다. "내리막을 달리는 기차"는 자신의 의지와는 상관없이 무서운 관성에 의해서 바다(추락의 심연)에 들어갈 수밖에 없는 존재이다. '기차'와 '내리막'의 결합에 의해서 발생하는 기차의 무서운 속도는 추락의 치명성, 즉 추락의 끔찍한 양상을 요약하고 응축시켜 보여준다.[232] 이러한 추락의 치명성에 대한 불안과 공포는 추락을 지연시키는 것이 아니라, 오히려 그의 추락을 가속시키고, 확장시키는 기능을 하게 된다. 기차는 곧 '추락'이며, '천길 벼랑'이며, '쉰 길 청수'[233]가 되는 것이다. 즉 기차는 추락 자체의 상징으로 전화된다.

이러한 추락의 치명성으로부터 도피하고자 하는 그의 욕망은 기차의 속도를 완화시키고, 추락의 깊이를 축소시키고자 하는 욕망으로 표현된다. "부산진에 들어서면서부터 기차는 바다에 떨어지지 않기 위하여 속력을 늦추었고"[234], "초량역에서 본역本驛까지는 거의 한 걸음 한 걸음을 유예하듯 쉬엄쉬엄 늑장을 부렸다"라는 표현은 기차의 속도가 완화됨으로써 추락의 충격이 축소되기를 바라는 이중구의 간절한 열망을 형상화한 것이다.

---

232) 질베르 뒤랑, 앞의 책, 163쪽.

233) 김동리, 앞의 글, 97쪽.

234) 「밀다원 시대」(1955)에 나타난 '물'과 서사구조의 연관성에 대해서는 김동민, 「물의 원형적原型的 상징을 통한 김동리 소설의 서사구조 고찰」(김동민 외 10인 지음, 『김동리 문학의 원점과 그 변주』, 계간문예, 2006.)을 참조할 것.

한 가지 흥미로운 사실은 추락의 충격을 축소하고자 하는 그의 열망이 의식과 무의식의 대결 양상으로 드러난다는 사실이다.

"중구는 꿈인지 아닌지 분간할 수도 없는 상태에서 몇 번이고 자기가 벼랑에 붙어 있는 거라고 느껴졌다. 천길 벼랑에서 떨어지면 그 밑은 쉰길 청수라는 것이었다. 그것이 아무런 연결도 비약도 없이, 그대로 기차이기도 했다. 기차는 상당히 경사가 심한 내림막을 달리고 있었다. 기차는 이미 어떠한 방법으로도 정지를 시킬 수 없다는 것이었다. 『부리끼』를 듣지 않는 자전거가 내림막으로 쏠리는 거 보다도 더 무서운 관성과 속력으로 바다를 향해 달리고 있다는 것이었다. 그러나 그때마다, 기차가 미처 바다에 빠지기 전에, 중구의 의식과 잠재의식은 혼선이 되며, 자기의 몸은 지금 벼랑인지도 모르고 테에불 끝인지도 모르는 데서 떨어지려 하고 있다고 느껴지는 것이었다. 이러한 의식과 잠재의식의 혼선상태는 밤 새도록 무수히 되풀이 되곤 하였다."[235]

주인공 이중구는 부산으로 피난 온 첫날 K통신사에 근무하는 윤이라는 인물의 주선으로 K통신사의 어느 지국 사무실 테이블 위에서 새우잠을 자게 된다. 그는 "꿈인지 아닌지 분간할 수 없는 상태"에서, 자신이 벼랑에 붙어 있으며, 천길 벼랑에서 떨어지면, 그 밑이 쉰 길 청수라는 사실을 인식하고 있다. 즉 무의식(=꿈)에서는 현재 자신이 처한 상황이 천길 벼랑에 서 있으며, 그대로 무서운 관성과 속력으로 바다로 향하고 있는 급박

---

235) 김동리, 앞의 글, 97쪽.

한 상황이라는 사실을 인식하고 있는 것이다. 그러나 그의 의식은 이러한 상황에서 벗어나기 위해서 자신은 지금 '천길 벼랑 끝'이 아니라, '테에불 끝'에서 떨어지려 하고 있다는 사실을 부단히 인식시키고자 한다. 이러한 무의식과 의식의 대결 양상은 그날 밤이 새도록 무수히 반복된다. 이러한 지속적인 대결 양상은 추락의 높이를 '천길 벼랑 끝'에서 '테에불 끝'으로 전환시킴에 의해서 추락의 깊이를 축소하고자 하는 욕망에서 비롯된 것이다.

위와 같이 「밀다원 시대」(1955)는 전쟁의 폭력성에 의해서 발생하는 분리의식을 공동체의 형성을 통해서 극복하고자 하는 열망을 형상화한 소설이다. 그러나 공동체를 통한 분리의식의 극복은 지극히 일시적인 것이다. 이러한 극복 방식은 분리의식을 완전히 극복하는 방식이 아니라 일시적으로 봉합하는 방식으로 볼 수 있다. 그러므로 이 소설에 나타난 공동체에 부여하는 여러 가지 긍정적인 가치들은 결국 분리의식으로 인한 불안과 공포의 반영이자, 또한 이를 극복하고자 하는 열망의 반영에 불과하다.

2) 개인과 민족/국가의 이상적 결합

「수로부인」(1956)은 『김동리 역사소설 〈신라편〉』(1977)에 수록된 소설이다. 『김동리 역사소설 〈신라편〉』(1977)은 「회소곡」, 「기파랑」, 「최치원」, 「수로부인」, 「김양」, 「왕거인」, 「강수선생」, 「눌지왕자」, 「원화」, 「우륵」, 「미륵랑」, 「장보고」, 「양화」, 「석탈해」, 「호원사기」, 「원왕생가」 등 총 16편으로 구성되어 있다. 이 16편의 단편소설은 각기 "신라 사람들의 생활, 감정, 의지,

지혜, 이상, 그리고 사랑, 죽음"을 형상화하고 있지만, '신라혼'을 형상화하고 있다는 점에서 공통점을 갖고 있다.[236)]

　김동리에게 있어서 고대 국가 신라는 그의 많은 글 속에서 반복적으로 이상화, 신화화되는 경향이 있다.[237)] 이러한 경향은 그의 고향이 경주라는 사실에서 비롯된 것이지만, 그보다 중요한 이유는 신라가 한민족 '최초의' 통일국가(단일국가)였다는 사실과 밀접한 연관성을 갖고 있다. 그의 통일국가(단일국가)에 대한 신화적 상상력은 개인과 공동체(민족/국가)의 이상적 합일을 통해서 개인 간의 분리의식을 극복할 수 있다는 인식과 결합되어 있다. 그러므로『김동리 역사소설〈신라편〉』(1977)에서 추구(재현)하는 '신라혼'의 형상화는 단일국가 내에 존재하는 구성원들의 특성(개성)을 하나로 통일시키고자 하는 욕망에서 비롯된 것으로 볼 수 있다. 이러한 통일의 방식은 그 공동체의 구성원들 간에 존재하는 분리와 균열을 삭제하는 방식이다. 그러므로 이 방식은 김동리가 초기 소설에서 반복적으로 보여주었던 신화적(종교적) 세계관에 의한 '융화', '귀화', '합일'의 방식과 동일선상에 있다고 볼 수 있다.

　이처럼 이 소설들은 근대사회의 소외와 분열을 직접적으로 다룬 것은 아니다. 그러나 이 소설들에 나타난 민족과 국가에 대한 신화화와 개인과 민족/국가의 합일은 근대적 현실의 분열을 치유하는 방식으로써 제시된

---

236) 김동리, 「자서(自序)」,『김동리 역사소설〈신라편〉』, 지소림, 1977. 참조할 것.

237) 김동리 역사소설에 나타난 신라정신에 대해서는 곽근, 「김동리 역사소설의 신라정신 고찰」(『신라문화』 제24집, 2004. 8.)을 참조할 것.

것이다.[238] 이러한 측면에서 이 역사소설들에 형상화된 개인과 민족/국가의 합일을 통해 분리의식을 극복하는 방식이 지닌 의미와 한계에 대해 면밀하게 고찰해 볼 필요가 있다고 판단된다.

『김동리 역사소설 〈신라편〉』(1977)에 수록된 단편소설 중에서 「수로부인」(1956)은 개인과 개인, 그리고 개인과 민족/국가와의 이상적인 관계를 형상화하고 있다는 점에서 주목해야 할 작품이다. 이 소설에서 개인 간 분리의식의 극복은 국가의 안위와 안녕이라는 대의大義와 결합될 때에만 진정한 의미(가치)가 있다. 이러한 설정은 개인은 민족/국가를 구성하는 일부분이며, 이 일부분으로서 개인은 민족/국가를 위해 기여(봉사)해야 한다는 논리를 표현한 것으로 볼 수 있다. 이러한 논리는 주인공 수로水路와 응신랑應信郎=月明居師과의 만남과 소통, 이별(분리), 그리고 민족/국가를 위한 재회과정을 통해서 선명하게 나타난다.

수로는 뛰어난 미모와 가무 실력으로 열세 살에 '나을신궁'의 검님을 모시는 신관이 된 인물이다. 그녀는 어느 날 밤 우연히 응신랑의 피리소리를 듣게 되는데, 그 피리소리가 곧 '나'='나의 목소리'='검님의 목소리'='검님이 부르시는 소리'라는 사실을 깨닫게 된다. 이러한 설정은 피리를 부는 주체(응신랑)와 수로, 그리고 수로가 모시는 검님이 하나라는 사실을 의미한다. 여기서 이들이 하나라는 것은 이 세 개의 분리된 주체가 완벽하게 소통할 수 있다는 사실을 의미한다.

이러한 완벽한 소통의 가능성은 그녀가 깨어 있는 상태에서 피리소리

---

238) 피터 버거는 민족/국가가 근대인의 재통합에 대한 열망을 반영한 형식으로 본다.(피터 버거 외 2인, 『고향을 잃은 사람들』, 이종수 옮김, 한벗, 1981, 150~165쪽.)

를 들은 것이 아니라, 잠결에 들었으며, 잠결이기 때문에 더 '똑똑하게' 들렸다는 설정을 통해서 제시된다. 잠결에 피리소리가 더욱 '똑똑하게' 들렸던 이유는 피리소리가 단순히 악기에 의해서 만들어진 것이 아니라, 응신랑의 마음을 전달하는 매개체이자, 응신랑의 마음 그 자체이기 때문이다. 이는 인간이 오감에 의한 물질적 지각 방식으로부터 벗어나 있을 때, 마음의 소리를 더욱 선명하게 인식할 수 있다는 사실을 의미하는 것이다.

"그러나 수로랑은 응신랑이 왜 그렇게 여러 날, 여러 밤에 걸쳐 자기를 찾았는지 그에 대해서는 묻지 않았습니다. 그리고 또 물을 겨를도 없었습니다. 그것은 응신랑이 그때 이미 피리를 불기 시작했기 때문입니다. 그와 동시에 그네들은 피리 소리를 타고 하늘 위로 둥둥 떠오르기 시작하였습니다. 그리하여 끝없이 높이 떠올랐습니다. 아마 삼십삼천三十三天의 끝까지 올라갔던 모양입니다. 그 하늘 위의 하늘을 날아다닐 때의 황홀스러움이야 당자들 외에는 상상할 수도 없는 노릇이겠지요. 어쨌든 가락이 멎고 그들은 도로 반석 위로 내려오게 되었습니다. 그와 동시에 그들은 피차 아무 것도 더 물을 것이 없어지고 말았습니다. 왜 그러냐 하면, 그렇게 함께 피리 소리를 타고 하늘로 날아 오르기 위해서 그가 그녀를 불렀고, 그녀가 그를 찾아왔다는 것을 그들은 만족하게 생각했기 때문입니다. 따라서 그들은 아무런 약속도 나눌 것이 없었습니다. 아쉬울 때마다 피리 소리로써 부를 수 있었기 때문입니다. 만약 피리 소리가 들리지 않는다면 그때에는 이미 만날 필요도 없어진 것이라고 그들은 믿을 수 있었던 것입니다."[239]

---

239) 원발표지 미확인. 여기서는 김동리, 「수로부인」, 『김동리 역사소설〈신라편〉』, 지소림, 1977, 87~88쪽

흥미로운 사실은 수로와 웅신랑의 소통은 웅신랑이 피리를 부는 과정에서 진행된다는 것이다. 피리소리는 공기의 파동으로 전달되는 선율이자, 리듬이다. 파동, 선율, 리듬은 단절이 아닌 연결이며, 정지(고착)가 아닌 변화를 상징한다. 이러한 상징들에 의해서, 두 인물은 육체적 분리라는 고착상태에서 벗어나 변화의 가능성, 즉 서로 간의 소통을 가능하게 하는 상상의 토대가 마련된다. 이러한 과정을 통해서, 두 사람은 "피리소리를 타고 하늘 위로 둥둥 떠오르게" 된다. 그들의 상승은 피리소리의 리듬에 의해서 진행되는데, 여기서 리듬은 성적 리듬과 연결시켜서 설명할 수 있다.

　수로와 웅신랑이 "피리소리를 타고 하늘 위로 둥둥 떠오르기 시작했다"는 설정은 두 사람의 몸이 피리소리의 리듬을 타고, 한 몸이 되어가고 있다는 것, 즉 완전한 소통의 단계로 진입하기 시작했다는 사실을 상징한다. 그들이 하늘 높이 상승하고 있다는 사실은 그들 간에 열기를 공유하고 있다는 사실을 전제한 것이다. 왜냐하면 열은 하강(추락)이 아닌 상승의 성질을 갖고 있기 때문이다. 이러한 측면에서 리듬은 곧 성적 리듬을 암시한다[240]고 볼 수 있다. 수로와 웅신랑이 "끝없이 높이 떠올라서", "삼십삼천三十三千의 끝까지 올라갔다"는 설정은 수로와 웅신랑의 성적 결합에 의해 절정에 도달했다는 것을 암시한다. 그들이 "그 하늘 위의 하늘을 날아다닐 때의 황홀스러움"을 "당사자들 외에는 상상할 수 없는" 것이라는 표현은 이를 뒷받침한다.

---

240) 질베르 뒤랑, 앞의 책, 533~538쪽.

"예 알겠읍니다. 그건 그렇다 하고, 하여간 수로랑의 이야기를 다시 계속하겠읍니다. 물론입지요. 그 뒤에도 여러 번 만났읍니지요. 한 달에 꼭 한 번씩 달이 제일 밝은 밤에만 만났다고 합니다. 그것도 위에 말씀 드린 바와 같이 구두로 약속을 해서 만나는 것이 아니고 응신랑이 피리를 불면 그 소리를 듣고 수로랑이 찾아가 만났던 것입니다.

만나서 어떻게 했느냐고요? 예 가만히 들어보세요. 만나서 어떻게 했느냐하면 언제나 응신랑이 피리를 불고, 수로랑은 그에 맞추어서 춤을 추거나 노래를 불렀읍니다. 늘 그것만 되풀이 했느냐고요? 네에 그렇습니다. 늘 그것만 되풀이 했읍니다. 싱겁지 않느냐고요? 천만에 말씀입니다. 그들은 그 이외의 것이 필요 없을 만큼 그것으로써 늘 만족하고 늘 황홀했읍니다."[241]

그들이 하늘 위로 상승할 수 있는 또 다른 요인은 수로가 그의 피리소리에 맞추어 춤을 추거나, 노래를 부른다는 설정이다. 춤은 직접적인 성행위의 준비과정이나, 대체의 성격을 지니고 있다.[242] 노래 역시 리듬을 기반으로 한다는 측면에서 피리소리와 공통점을 갖고 있다. 즉 노래는 인간의 성적인 태도의 합리화에 의해서 만들어진 결과물[243]로 볼 수 있다.

한편 수로와 응신랑이 만나는 시간은 그들의 상승을 가능하게 하는 또

---

241) 김동리, 앞의 글, 89쪽.

242) 질베르 뒤랑은 "모든 안무는 에로틱하다"라고 전제한다. 이는 수많은 춤이 직접적인 성행위의 준비과정, 혹은 그의 대체라는 것이다. 이는 의식에서 행해지는 춤이 다산과 관련하여 사회적 영속성을 보장할 목적으로 진행된다는 사실과 밀접한 연관성을 갖고 있다.(질베르 뒤랑, 앞의 책, 515쪽.)

243) 질베르 뒤랑, 위의 책, 533쪽.

다른 주요 동인이다. 이들은 "한 달에 꼭 한 번씩 달이 제일 밝은 밤"에만 만나는데, 이러한 설정은 밤과 달의 상징성과 관련되어 있다. 밤은 무의식의 상징이며, "잃어버린 기억들"의 복권을 상징한다. 이는 밤의 어둠이 지닌 "말할 수 없는 신비"[244]로 인해서, 존재들의 잃어버렸던 과거의 것들이 활동하는 시간이라는 사실을 의미한다. 이와 더불어 달은 주기적인 형태의 변화를 통해서 대립되는 것들의 연속이나, 삶과 죽음, 존재와 비존재, 상처와 위안 등의 대립적 항목들이 교차하여 생기는 리듬에 대한 시각을 상징한다. 즉 달은 시간의 극적인 리듬을 상징한다.[245] 이러한 밤이 상징하는 활동성과 달이 상징하는 리듬은 수로와 응신랑의 상승을 가속화 시키는 주요 동인이 된다. 이러한 '피리소리', '밤', '춤', '노래'의 상징적 성격은 수로와 응신랑을 완전한 소통의 공간으로 추동하며, 커다란 상승의 이미지를 구현하게 된다.

이러한 수로와 응신랑의 완전한 소통(사랑)에도 불구하고, 그들은 의도적으로 이별(분리)한다. 이들이 이별을 선택하게 된 근본적인 이유는 서로 부부가 된다면, 응신랑의 피리나 수로의 가무가 다함께 꽃피기 어렵다는 판단 때문이다. 이후 응신랑은 출가하여 월명이라 이름을 고치고, 수로는 몇 년 동안 병을 앓게 된다.

여기서 중요한 점은 이별(분리)로 인한 월명의 고독, 수로의 병이 민족/국가를 위한 개인 희생의 의미를 지니고 있다는 것이다. 이들은 몇 년 후 신라

---

244) 질베르 뒤랑, 앞의 책, 329쪽.

245) 질베르 뒤랑, 위의 책, 431~458쪽.

전역에 무서운 가뭄이 들자, 거국적인 기우제를 지내기 위해 다시 재회하게 된다. 이들이 이 기우제에 참여하게 된 이유는 "월명의 피리와 수로의 춤이 있어야 신명의 응감을 받을 수 있기"[246] 때문이다. 서로 지극히 사랑함에도 불구하고, 자신들의 재능을 위해 이별했던 월명과 수로는 기우제에서 피리와 춤을 통해 완전한 소통을 이루게 되고, 이를 통해 신명의 응감을 얻어 신라 전역에 열흘 동안 비가 내리게 된다.

"제사가 끝난 뒤 이효거사와 월명거사, 그리고 수로부인 세 사람이 함께 자리를 같이 했다고 합니다. 그때 이효거사는 두 분께 말하기를,

『월명과 수로가 처음 만난 것도 신명의 인연이요, 둘이 헤어진 것도 또한 신명의 시키심이요. 그때 만약 둘이 헤어지지 않고 한 몸을 이루었던들 오늘의 이 비를 보기는 어려웠을 것이요. 이 비는 이제 우리 나라 모든 사람들의 생명수가 되었소. 두 분의 공덕이 얼마나 큰 것인가를 깨달으시오. 한 사람과 한 사람의 만남과 헤어짐이 또는 가뭄도 되고 또 비도 되는 것이요. 나는 오늘 두 분에 나리신 신명의 사랑을 빌어 이 비를 얻게 하였거니와 내가 설령 그것을 오늘에 쓰지 않더라도 그 인연은 그대로 남아 선한 풍토를 이룩함에 이바지 했을 것이요, 이런 법이 없다면 길가던 늙은이가 한 부인을 위하여 층암절벽에 올라가 꽃을 꺾어 내려온 그 공덕을 무엇으로 헤아리며, 그때 그 부인을 태워서 나의 암자로 모신 그 암소의 머리가 오늘의 이 비를 빌기 위한 제물로 제단 위에 놓이게 된 인연을 무엇으로 헤아린다 하겠소.』"[247]

---

246) 김동리, 앞의 글, 97쪽.

247) 김동리, 위의 글, 98~99쪽.

월명과 수로가 의도적으로 이별함으로써 가뭄에 시달리는 신라를 구원하게 되었다는 설정을 통해서, 두 가지 중요한 사실을 알 수 있다. 첫째, 개인 간의 완벽한 소통(분리의식의 극복)은 개인 간에 존재하는 분리의 심연을 경험할 때만이 가능하다는 것이다. 즉 월명과 수로가 기우제에서 피리와 춤을 통해 완벽한 소통을 이룰 수 있었던 근본적인 이유는 그들 자신이 가슴 아픈 이별(분리)을 경험했기 때문이다. 둘째, 개인 간의 완벽한 소통은 민족/국가를 위해 기여할 수 있을 때만이 진정한 의미가 있다는 것이다. 이러한 논리는 민족/국가를 위한 개인의 희생을 미화하는 것으로 볼 수 있다.

이와 같이 이 소설은 수로와 월명의 신화적인 소통 양상과 이별(분리), 그리고 민족/국가를 위해 개인이 기여하는 방식을 형상화함으로써, 개인과 민족/국가가 이상적으로 결합되는 양상을 보여준다. 이 소설에서 개인과 개인, 개인과 민족/국가 사이에는 어떠한 균열의 흔적도 나타나지 않는다.

3) 민족/국가에 대한 낭만적 해석학

김동리는 인간의 분리의식을 극복할 수 있는 이상적인 방식으로서 이상적인 민족/국가의 형성을 제시한다.[248] 이러한 그의 사상은 인간의 운명

---

248) 홍기돈은 김동리의 소설 세계가 화랑정신, 즉 선(仙) 사상에 기반으로 것으로 본다. 그리고 그는 선(仙) 사상에 기초한 민족(국가)은 개별자인 개인과 '격리'된 것이 아니라, '연결'된 대상으로 파악한다.(홍기돈, 「김동리, 새로운 르네상스의 기획과 실패」, 『우리문학연구』 제30집, 2010. 6.)

과 민족/국가의 운명을 동일시함에 의해서 가능했던 것으로 볼 수 있다.[249]

　"위에서 나는 文學의 三大 特質의 하나로서 個性을 말했다. 生命이란 곧 個性
을 意味하는 것이기 때문이다. 作品(文學)은 한개 生命이다. 個性 없는 文學이
란 곧 生命 없는 文學이란 말과 같다.

　民族이란 한개 個性인 것이다. 民族을 한개 『共同 運命體』라 하는 것은 이것
을 이름이다. 그러므로 文學에 있어 民族性의 問題는 곧 個性의 問題와 同斷인
것이다. 위에서 말한 社會性의 基礎도 具體的으로는 民族性인 것이다. 기띵스
(F.H.Giddings)가 『社會의 起源的이요 基本的인 事實은 同族意識이다』함도 이
를 意味한 것이다."[250]

　김동리는 인간의 자유와 관련하여 개인의 개성(=자아)의 중요성을 반
복해서 강조[251]하면서도, 나의 '생명'은 곧 '개성'='민족'='공동운명'이라고
규정한다. 이러한 논리적 비약은 개인과 공동체를 연결시킴에 의해서, 개
인과 개인 사이에 존재하는 거리를 와해시키고, 각각의 개인들을 균열 없
는 공동체로 통합하고자 하는 욕망에 의한 것이다. 이러한 통합에의 열망
은 김동리로 하여금 '하나', '같은 것'에 대한 집착으로 나타난다. 이러한

---

249) 에른스트 카시러는 개인들이 자기 자신을 공동체의 생명에 일치시키려는 욕망과 자연의 생명
체에 일치시키려는 욕망을 동일선상에서 파악한다.(에른스트 카시러, 『국가의 신화』, 최명관 옮김,
서광사, 1988, 58~62쪽.)

250) 김동리, 『문학개론』, 정음사, 1952, 34쪽.

251) 김동리, 「나는 왜 크리스찬이 아닌가」, 『밥과 사랑과 그리고 영원』, 사사연, 1985, 32쪽.

집착은 민족/국가에 대한 신화화로 연결된다.

　김동리의 단편 연작소설 「두꺼비」(상편, 1939), 「윤회설」(하편, 1946)과 「사반의 십자가」(1955~1957)[252], 그리고 장편 역사소설 「삼국기」(상편, 1972~1973)[253]와 「대왕암」(하편, 1974~1975)[254]은 그의 민족/국가에 대한 사상이 진화하는 과정을 선명하게 보여주는 소설들이다. 이러한 진화 과정은 김동리가 신화적(무속적) 세계관에 의해서 분리의식을 극복하는 방식에서 보다 현실적인 방식(에로티즘, 윤리(사랑)의 실천, 민족/국가의 형성)을 통해서 분리의식을 극복하는 방식으로 이행되는 과정과 궤를 같이 한다.

　초기 연작소설 「두꺼비」(상편, 1939), 「윤회설」(하편, 1946)[255]은 그의 소설 중 최초로 '민족혼'에 대한 언급이 직접적으로 나타난다는 점에서 주목할 필요가 있다. 「두꺼비」(상편, 1939)는 일제 치하의 억압적인 정치현실로 인해 발생하는 분리의식이 주인공의 병과 각혈을 통해 암시된다. 다만 소설 말미에서 능구렁이에 먹히는 '두꺼비 설화'를 제시함으로써 일본('능구렁이')이 언젠가 조선('두꺼비')에게 패배할 것이라는 막연한 소망을 나타낸다. 주인공의 분리의식이 극복될 수 있는 가능성은 「윤회설」(하편, 1946)에서 제시된다. 그의 분리의식의 극복 가능성은 결혼(가족의 형성)과 민족혼에 대한 상상을 통해 제시된다.

---

252) 김동리, 「사반의 십자가」, 『현대문학』, 1955. 11.~1957. 4.(총18회)

253) 김동리, 「삼국기」, 『서울신문』, 1972.1.1.~1973.9.29.(총 541회)

254) 김동리, 「대왕암」, 『매일신문』, 1974.2.1.~1975.11.1.(총 538회)

255) 이찬은 「윤회설」(1946)이 김동리의 정치적 이념을 기반으로 하여 당시 좌·우익의 정치적 대결구도를 선·악의 윤리적 대결구도로 치환하여 형상화한 소설로 본다.(이찬, 「해방기 김동리 문학 연구-담론의 지향성과 정치성의 상관관계를 중심으로」, 『비평문학』 제39호, 2011. 3.)

「사반의 십자가」(1955~1957)는 민족/국가를 형성하기 위한 개인들의 치열한 노력과 이의 실패과정을 다룬 소설이다. 이 소설은 로마제국으로부터 독립을 열망하는 이스라엘의 백성 사반에 관한 이야기이다. 이 소설에서 지속적으로 대립(갈등)하는 주요인물은 하늘(천상)에 지상낙원이 존재한다고 주장하는 예수와 땅에서 민족/국가의 형성을 통해 지상낙원을 건설해야 한다고 주장하는 사반이다. 이러한 설정은 인간의 진정한 구원은 종교(기독교)에 의해서가 아니라, 인간의 이상적 공동체의 형성을 통해서 실현될 수 있다는 김동리의 사상을 반영한 것으로 볼 수 있다.

한편 장편 역사소설 「삼국기」(상편, 1972~1973)[256]와 「대왕암」(하편, 1974~1975)은 개인의 노력과 희생을 기반으로 하여 이상적인 민족/국가를 완성해 가는 과정을 다룬 소설이다.[257] 이 소설은 일종의 '민족/국가 만들기'의 완결편이라고 볼 수 있다. 이 소설은 김동리가 이상적으로 생각하는 개인과 개인의 관계 방식, 개인과 민족/국가의 관계 방식 등이 중점적으로 나타난다는 점에서, 세밀하게 분석해 볼 필요가 있다.

이 소설은 삼국통일이라는 역사적 사건을 배경[258]으로 하여, '같은' 겨레

---

256) 김동리, 「삼국기」, 『서울신문』, 1972.1.1.~1973.9.29.(총 541회)

257) 허련화는 장편 역사소설 「삼국기」(1972~1973), 「대왕암」(1974~1975)에 나타난 '국가중시', '국가주의', '민족통일', '성웅화', '영남지역주의' 등을 1970년대 지배담론과의 연관성 속에서 파악한다.(허련화, 「김동리의 장편 역사소설 「삼국기」, 「대왕암」 연구」, 『한국현대문학연구』제31집, 2010. 8.)

258) 김동리는 『대왕암』의 연재를 알리는 「작가의 말」에서 "한국인의 유구한 역사를 통하여 가장 큰 사실을 들라고 한다면, 우리는 제일 먼저 삼국통일을 손꼽지 않을 수 없을 것이다. 단일민족의 단일국가는 그때 비로소 이룩되었기 때문이다"라고 말한다. 이 말을 통해서, 그의 장편 역사소설 『삼국기』, 『대왕암』이 개인과 국가가 이상적으로 통합되는 양상을 형상화한 소설임을 알 수 있다.(김동리, 「작가의 말씀」, 『매일신문』, 1973. 12. 31.)

인 사람들이 '하나'의 국가를 만들어가는 이야기를 다루고 있다. 이 소설에서 삼국이 필연적으로 통일이 되어야만 하는 이유는 "본디부터 같은 핏줄"인 '한 겨레의 세 나라'[259]였기 때문이다. 그러므로 '한 겨레'의 세 나라가 통일되는 것은 일종의 피할 수 없는 역사적 필연이 된다.

"여군은 침착한 어조로 다시 얘기를 계속했다.

『그러나 김춘추의 화친론의 명분은 거기서 그치지 않소. 그는 우리가 당나라나 왜나라에 견주어 본디부터 같은 핏줄이라는 거요. 고구려와 백제가 본디 한 형제란 것은 우리가 잘 알고 있지만 김춘추는 그렇게만 보지 않소』

『서라벌도 백제의 온조왕이나 고구려의 우리왕처럼 동명왕의 아들이 개국지조開國之祖로 되어 있소?』

신직은 그동안 어디서 공부를 했는지 사기에 대해서도 알은 체를 했다.

『그것과는 다르오. 그는 국조가 같은 형제라고 말하지는 않았소. 그 대신 같은 단군 할아버지의 자손들이라는 거요. 그 증거로 우리는 다 같이 흰 옷을 입고, 같이 머리를 틀고, 같은 검님을 섬기고, 말씨도 거의 통하지 않느냐는 거요. 그러니 서로 남의 변경을 침공하지 말고, 이웃 나라끼리 화친을 도모하고 살자는 것이 그의 생각이요』"[260]

또한 이 소설에서 만장일치제 회의 제도인 '화백'과 '한 뜻으로 생사를

---

259) 김동리, 「삼국기」, 『서울신문』, 1973. 4. 25. 406회.

260) 김동리, 위의 글, 312회.

초월할 수 있는 화랑심'[261]으로 대변되는 '화랑도'에 대한 반복적인 심미화
는 모두 '하나 一'에 대한 열망을 표현한 것이다.

　그러나 개인들이 '하나'를 지향하고, '하나'(=국가)가 되는 과정은 역설
적이게도 그 공동체(국가)를 구성하는 개인의 희생에 의해서 완수된다.[262]
이는 국가가 개인보다 우위에 서 있다는 논리에서 기인된 것이다. 이 지
점이 개인과 국가가 '공동운명체'라는 논리가 개인은 국가를 구성하는 '부
분'이라는 전체-부분의 논리와 결합되는 지점이며, 국가를 위한 개인의
희생이 미화되는 지점이기도 하다.

　"먼저 흠순이 외아들 반굴을 진중에 바치고 뒤이어 왕족이요 대장군의 심복
　장군인 품일이 또한 그꽃같이 아리따운 어린아들 관창을 적진에 던져 그머리만
　을 안고 피눈물을 흘리는 광경을 목도한 신라의 삼군은 술렁대기 시작했다. 솥
　에서 물이 끓기시작했을때와도 비슷했다. 모두가 땅바닥에 주저않아통곡을 하
　든지 적진으로 뛰어들든지 하지않고는 견딜수 없을것같은 야릇한 흥분과 통분
　속에 휩싸여 있었다.
　　바로 이때였다. 중군쪽에서 말을탄 늙은무사 한사람이 앞으로 뛰어나오며
　『가자 모두가자』
　하고 높은 소리로 외쳤다.
　　그러자 그의 수하장사들인듯한 기마무사 약 삼사십명이 그의 뒤를따라 나서며

---

261) 김동리, 앞의 글, 412회.

262) 개인의 희생과 국가의 형성과의 연관성에 대해서는 리처드 커니의 『이방인 · 신 · 괴물』(개마
고원, 2004, 68~73쪽.)을 참조할 것.

『가자 가자』

하고 외쳤다. "[263]

위의 인용문은 신라가 백제와의 전투에서 승리하기 위해 어린 화랑을 희생시키고, 이로 인해 신라 군사의 사기가 불같이 일어나게 되는 장면을 묘사하고 있다. 이 소설에서 국가를 위해 개인의 희생을 강요하고 미화하는 윤리는 '충성'과 '효도'이다. 이 두 윤리는 그들의 삶을 지배하는 절대적, 초월적 논리로 등장한다. '충성'은 개인과 국가의 관계를 규정하는 윤리이며, '효도'는 자식과 부모와의 관계를 규정하는 윤리이다. 이 두 가지 윤리는 모두 수직적인 종적縱的 관계를 기반으로 한다. 이러한 관계 정립에 의해서, 개인은 국가의 명령, 혹은 부모의 명령에 의해서 반드시 복종해야 하는 존재로 전락하게 된다. 이러한 존재의 전락은 한 주체로서 지니고 있는 자율성의 상실을 의미한다.

흥미로운 사실은 '충성'과 '효도'라는 초월적인 윤리를 통해서 권력을 회득한 주체 역시 이 윤리에 의해 지배되며, 스스로 자율성을 상실하게 된다는 사실이다. 이 소설에서 삼국통일을 이룩한 유신과 춘추는 이 초월적 윤리를 통해서 삼국통일을 완수한 인물들이다. 그러나 이들 역시 이러한 윤리가 철저히 내면화된 인물들이라는 측면에서, 자율적인 존재로 볼 수 없다.

이러한 개인과 국가의 관계 정립 과정에서 발생하는 폭력성은 국가 윤

---

263) 김동리, 앞의 글, 344회.

리('충성')나 사회 윤리('효도')의 강조에 의해서 반복 재생되며, 미화되는 모습을 보여준다. 이로 인해 국가와 개인의 통합과정에서 발생하는 개인에 대한 폭력은 끊임없이 은폐되는 양상이 나타난다. 이 과정에서 궁극적으로 국가만이 존재하게 되며, 개인은 소멸되는 것이다. 그러므로 국가를 구성하는 개인 간의 분리의식의 극복 가능성은 완전히 삭제된다. 왜냐하면 개인 간의 분리의식의 극복이란 각각의 개인이 자신의 고유성을 담보한 상태에서만 가능한 것이며, 개인이 완전히 소멸된 상태에서 분리의식의 극복이란 불가능한 것이기 때문이다.

위의 사실을 통해서, 김동리의 개인과 민족/국가를 '공동운명체'로 보는 논리가 개인을 전체 속에 폭력적으로 포섭하는 논리로 비약되었다는 사실을 알 수 있다. 이러한 논리적 비약은 근본적으로 개인과 개인, 개인과 민족/국가를 연결시키려는 그의 열망에서 비롯된 것이다. 그러나 이 논리는 궁극적으로 개인의 자율성의 상실을 초래하게 된다는 측면에서 진정한 분리의식의 극복 방식으로 볼 수 없다. 이 방식은 공동체가 부여하는 위안 속에서 일시적으로 분리의식을 극복하는 방식, 즉 일시적으로 분리의식을 봉합하는 방식이다.

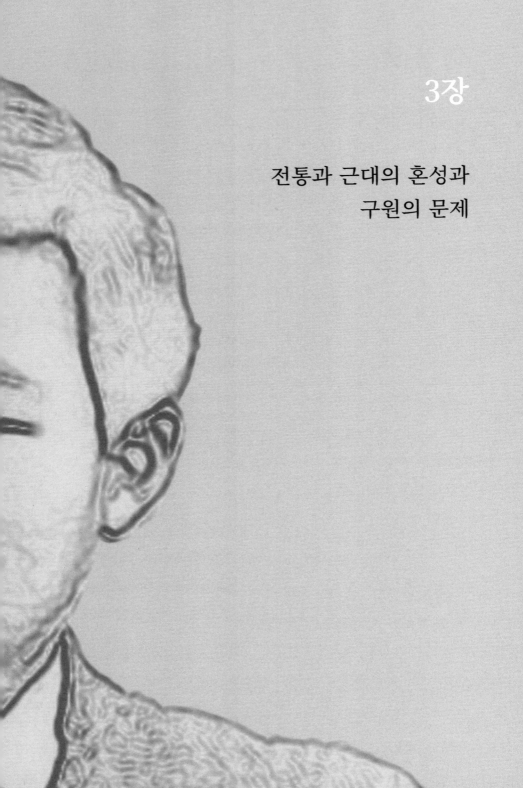

3장

전통과 근대의 혼성과
구원의 문제

김동리 소설의 특징 중의 하나는 전근대적(전통적) 세계관과 근대적 세계관이 혼성되는 경향이 나타난다는 것이다. 특히 1940년대 후반 이후 소설에서는 그가 근대의 분리의식을 극복하기 위해 제시했던 무속(샤머니즘), 불교 등의 전통적 세계관과 근대의 세계관이 혼성되는 경향이 더욱 뚜렷해진다. 이러한 경향을 보여주는 대표적인 작품이 「솔거」(1937), 「달」(1947), 「등신불」(1961)이다. 이 소설들은 전통적 세계관과 근대적 세계관이 교섭하는 공간에서 분리의식이 극복되는 모습을 보여준다.

이와 같이 그의 소설적 경향이 변모하게 된 요인은 두 가지 측면에서 설명할 수 있다. 첫 번째 요인은 과거의 신화적 세계관에 의해서 근대인의 분리의식을 극복하는 방식이 지니고 있는 모순과 비현실성이다. 분리의식의 극복은 근대성이 지닌 모순을 극복하는 것이라는 측면에서 탈근대적인 것이다. 근대인의 분리의식은 근본적으로 근대인이 살고 있는 시공간의 특수성에 의해서 발생한 것이다. 그런데 신화적 세계관에 의해서 근대적 모순을 극복하는 방식은 근대인이 전근대적인 공간으로 회귀할 수 없는 이상 반근대적인 성격을 띨 수밖에 없다. 근대사회의 모순을 극복하려는 시도가 반근대를 지향하는 것은 아니라는 점에서, 이러한 방식은 현실성을 상실하게 된다. 이러한 측면에서 그의 소설의 경향이 변화하게 된 것은 근대인의 분리의식을 극복할 수 있는 구체적이고, 현실적인 대안을 모색하는 과정에서 비롯된 것으로 볼 수 있다.

두 번째 요인은 신화적 세계관이 지닌 거부할 수 없는 매력이다. 신화적 세계관에 의해 근대인의 분리의식을 극복한다는 사실이 지닌 명백한 허구성에도 불구하고, 근대인은 결코 신화적 세계를 포기할 수 없는 존재이다. 오히려 그들이 근대인이기 때문에, 신화적 세계에 집착할 수밖에 없는 측면이 있다. 왜냐하면 그만큼 근대사회는 전근대 사회와는 전혀 상이한 형태의 여러 가지 모순과 부조리가 지속적으로 발생하고 있고, 이로 인해 근대인은 새로운 형태의 소외와 분열을 끊임없이 겪을 수밖에 없기 때문이다. 이러한 소외와 분열은 근대사회의 모순에서 발생한 것이라는 점에서, 근대적 세계관을 통해 극복하는 것은 현실적으로 어려운 일이다. 그러므로 근대화 과정에서 발생하는 다양한 문제에 걸맞게 기존의 신화는 새로운 형태의 신화로 진화하거나, 전혀 새로운 형태의 신화가 끊임없이 탄생하게 된다. 이러한 측면에서 근대적 세계관과 신화적 세계관의 혼성과 교섭은 자연스런 귀결로 볼 수 있다.

김동리 소설에서 전통적 세계관과 근대적 세계관의 혼성 양상은 주로 전통적 세계와 근대적 세계 사이에 존재하는 틈새 공간에서 이루어진다.

근대적 세계관 내에서 분리의식을 극복할 수 있는 대안으로 제시되는 방식은 '에로티즘'과 '윤리(=사랑)'이다. 에로티즘은 분리된 주체 간의 '합일', '소통'을 지향한다는 측면에서 분리의식의 극복 가능성을 내포하고 있다. 한편 '윤리(=사랑)'는 분리된 타자에 대한 책임과 희생을 전제한다.[264] 주체의 타자에 대한 책임과 희생은 자신과 타자가 분리되어 있으면서도 연결된 존재라는 사실을 인식할 때만이 가능한 것이다. 타자가 자신과 아무 상관없는 대상이라는 인식 하에서 타자에 대한 책임과 희생은 불가능하다. 이러한 측면에서 '윤리(사랑)'는 자아와 타자의 상호 연관성을 회복할 수 있는 방식으로 볼 수 있다.

김동리 초기 소설 「솔거」(1937)는 전근대적인 세계에서 종교/예술을 통해 분리의식을 극복하는 방식과 근대적인 세계에서 윤리(사랑)의 실천을 통해서 분리의식을 극복하는 방식이 결국 동일한 것이라는 사실을 형상화하고 있다. 이 소설의 주인공은 인간의 유한성(죽음)과 가족 간의 소통 불가능성으로 인해 인간 세계와 완전히 단절한 채, 산 속의 절로 도피한다. 그의 분리의식은 하강의 속성을 지닌 '눈', '비', '대지(흙)'에 대한 물질적 상상력과 결합하여 하강(추락)의 이미지로 나타난다. 이 하강(추락)의 공간에서, 그는 불교(종교)와 불화(예술)를 통해 그의 분리의식을 극복하고자 한다. 그러나 그는 결국 절에 머물고 있는 고아 소년과 새로운 삶을 위해 산속을 내려오게 된다. 이러한 소설적 설정은 윤리(사랑)의 실천

---

264) 김동리에게 있어서 '윤리'는 곧 '사랑'이다. 그는 '자율적인 인간은 윤리의 실천을 통해 '구경적 구원'을 얻을 수 있다고 주장한다.(김동리, 「자아와 사랑의 문제-현대적 인간과 윤리의 문제점」, 『밥과 사랑과 그리고 영원』, 사사연, 1985, 326쪽.)

을 통해 분리의식이 극복될 수 있는 가능성을 제시한 것으로 볼 수 있다.

김동리 소설 「달」(1947)은 신화적(무속적) 세계관에 의해서 분리의식이 극복되는 양상과 남녀 간 에로티즘에 의해서 분리의식이 극복될 수 있는 가능성이 동시에 나타난다. 신화적(무속적) 세계관에 의한 분리의식의 극복은 무녀 모랭이의 임신 과정, 그녀의 아들 달이의 정체성, 그리고 달이의 죽음과 재생과정을 통해서 나타난다. 이러한 극복의 논리는 자연과 인간, 인간과 인간을 '융화', '합일'의 관계로 상정하는 신화적(무속적) 세계관에서 비롯된 것이다. 한편 남녀 간의 에로티즘은 분리된 타자와의 심리적, 육체적 합일(소통)에 대한 열망을 기반으로 한다는 측면에서 분리의식의 극복 가능성을 제시한다. 그러나 이 소설에서는 인간이 에로티즘에의 강렬한 열망을 지닌 존재임에도 불구하고, 인간 간에는 극복할 수 없는 거리(심연)가 존재한다는 사실이 극명하게 드러난다. 이러한 설정은 인간이 결국 분리된 개별자이며, 분리의 극복에 대한 끝없는 열망에도 불구하고 여전히 고립된 영역에 머물 수밖에 없는 존재라는 사실을 반영한 것으로 볼 수 있다.

한편 「등신불」(1961)은 액자식 구성의 소설이다. 이 소설은 외화(근대적 세계)와 내화(전통적 세계)에서 모두 분리의식이 극복되는 모습이 드러난다. 외화(근대 세계)의 주인공은 태평양 전쟁이라는 도구적 폭력성으로부터 도망쳐서 중국의 정원사에서 숨어 생활하던 중에 소신공양으로 성불한 만적(내화의 주인공)의 이야기를 듣게 된다. 내화(전통적 세계)의 주인공 만적은 소신공양을 통해서 인간의 유한성을 극복하고, 성불한 인물이다. 그가 성불했다는 것은 분리의식의 근원적 요인인 인간의 육체성에서 벗어나, 신의 경지로 상승했다는 것을 의미한다. 또한 그의 소신공양에 의해 다른 사람들이 구원되었다는 것은 그의 희생을 통해서 그와 다른 사람들 간의 상호 연관성이 회복되었다는 사실을 암시한다. 이러한 측면에서 만적의 분리의식의 극복 과정은 성불 과정과 윤리(사랑)의 실천과정이 결합된 것임을 알 수 있다. 이러한 과정은 '불'의 상상력과 결합하여 상승의 이미지로 형상화된다. 외화(근대적 세계)의 주인공 역시 근대의 도구적 폭력성에서 벗어났다는 측면에서, 인간의 상호 연관성을 회복했다고 볼 수 있다. 이 소설에서 외화(근대적 세계)의 주인공과 내화(전통적 세계)의 주인공을 연결시키는 매개체는 '윤리(사랑)'이다.

1. 종교/예술을 통한 구원과 인간을 통한 구원

김동리에게 있어서 인간의 분리의식의 극복은 근대사회가 지닌 특수성과 이 시공간에 살고 있는 인간의 특수성을 인정할 때만이 가능한 것이다.[265] 근대사회는 기본적으로 '자아(주체)'를 강조하는 사회이다. 그러므로 근대인은 인간 주체의 자율성(자유)을 얻게 되었지만, 이로 인해 자아와 타자 간의 분열을 겪을 수밖에 없다. 이러한 근대인의 모순적 상황은 근대적 자아에 의해서도, 과거의 신화적 세계관(종교)에 의해서도 분리의

---

265) 김동리에게 있어서 '문학하는 것'은 곧 '생'을 긍정하는 것이다. 그러므로 그의 소설에 나타난 분리의식으로 인한 절망과 고통은 결국 분리의식을 극복하고자 하는 열망을 반증하는 것으로 볼 수 있다.(김동리, 「문학하는 것에 대한 사고-나의 문학정신의 지향에 대하여」, 『문학과 인간』, 청춘사, 1952, 98쪽.)

식을 극복할 수 없도록 만드는 근본적인 이유이다.

이러한 측면에서 김동리가 자신은 "자아를 어떻게 할 수도 없다고 단념한 상태"이며, "해탈과 무아는 내생에 와서 성취할 계획"[266]이라고 말한 것은 중요한 의미를 지니고 있다. 그가 자신의 자아를 어떻게 할 수 없다는 것은 자아의 틀 속에서 벗어나는 것의 어려움을 의미한다. 결국 그의 말은 자아를 강조하는 근대인이기 때문에, 자아와 타자의 분리의식을 극복하는 것이 어려울 뿐만 아니라, '해탈과 무아'라는 신화적(종교적) 세계관에 의해서도 분리의식을 극복하기가 어렵다는 것을 의미한다. 이러한 측면에서 김동리는 근대인이 지닌 이중적 상황을 냉정하게 인식하고 있었다고 볼 수 있다.

그럼에도 불구하고, 그의 문학은 여전히 신화적(종교적) 세계관에 의해서 분리의식이 극복될 수 있는 가능성을 암시하거나, 분리의식이 극복되는 양상을 형상화한다. 이러한 그의 문학이 지닌 이중성은 근대인이 대면하고 있는 이중적 상황과 밀접한 연관성을 갖고 있다. 즉 그의 문학의 이중적 성격은 근대인이 근대사회의 모순에서 발생하는 분리의식을 현실 속에서 극복하기 어려울 뿐만 아니라, 전근대적인 세계인 종교를 통해서 극복하기도 어려운 상황이 반영된 것으로 볼 수 있다. 그러므로 그의 소설들은 비슷한 시기에 신화적 세계관에 의해서 분리의식이 극복되는 양상과 근대적 세계관(윤리)에 의해서 분리의식이 극복되는 양상이 함께 나타나게 된 것이다.

---

266) 김동리, 「낮잠과 내생」, 『밥과 사랑과 그리고 영원』, 사사연, 1985, 360쪽.

그리고 그의 소설들이 지닌 주요한 특징 중 하나는 전통적 세계관과 근대적 세계관이 혼성되는 양상을 보여준다는 것이다. 이러한 경향이 나타나는 대표적인 작품은 불교 소설 「솔거」(1937)이다. 「솔거」(1937)는 「잉여설」(1938), 「완미설」(1939)과 함께 3부작이다. 이 소설은 근대인의 죽음에 의한 분리의식과 자아-타자 간의 분리의식이 윤리(사랑)의 실천에 의해서 극복될 수 있는 가능성이 나타난다. 이러한 분리의식의 극복 가능성은 인간이 자신의 실존이 놓여 있는 자리=地上를 그대로 긍정하고, 타자에 대한 윤리(사랑)를 실천하는 것과 밀접한 연관성을 갖고 있다. 이 소설에서 타자에 대한 윤리(사랑)의 실천을 통해서 분리의식을 극복하는 것은 종교와 예술을 통해서 구원되는 것과 동일한 것으로 상정된다. 이 소설에서 주인공 재호의 분리의식을 발생시키는 첫 번째 원인은 인간의 '유한성'이다.

"문득 상여 소리가 끈친다. 상여를 쉬고 술을먹으려는가 보다.

누군지 여자 하나가 노상 우름을 끈치지 않는다. 저 상여 속에 들어 있는 저이 아버지ㅅ벌이 되는게다. 저이 아버지의 눈이, 저 상여속에 드러 있는것이 답답해서 그만 내일도 모레도 글피도……그리하야 영영이 가버리고 다시 오지 못할것을 생각 해서 저렇게 우름을 진정하지 못 하는게다.

드디어 다른 여자들도 수건으로 입을 막으며 모도 고개를 젯긴다. 그들은 모도 부끄러움을 잊은듯이 온 낯을 눈물로 적시고 있다"[267]

---

267) 김동리, 「솔거」, 『조광』, 1937. 8. 346쪽.

"암만 불러 봐아 어머니는 고개도 들상 싶지 않다 어머니는 자기가 늙은것을 생각하고 성이난 모양이다 나날이 일에 쫓기어 지내노라고 그새 그의 머리가세 어지고 눈시울이 꺼지고 온 몸이 뼈와 거풀로 변해지는것을 그는 모르고 있었든 게다. 그러므로 시방 저이는 손도 고개도 꼼작 하지않고 앉아 있다. 저이는 여적 까지 팔을 가리고 있었는게 아니라 진작부터 울고 있었든게다."[268]

위의 인용문은 이 소설의 도입 부분으로 주인공 재호의 꿈의 내용을 다루고 있다. 이를 통해서, 그가 인간의 실존을 '죽음'이라는 측면에서 파악하고 있다는 사실을 알 수 있다. 한 인간의 죽음으로 슬퍼하는 어느 가족의 '장례식의 정경'에 대한 묘사와 "나날이 일에 쫓기어 지내노라고 그새 머리가 세어지고, 눈시울이 꺼지고 온몸이 뼈와 거풀로 변해지는 것을 모르"는 늙은 어머니에 대한 묘사는 주인공의 인간의 유한성(죽음)에 대한 인식과 이로 인한 슬픔을 형상화한 것으로 볼 수 있다. 죽음은 인간이 극복할 수 없는 절대적인 것이며, 자신이 더 이상 주체가 될 수 없는 사건[269]이라는 점에서, 죽음은 인간으로 하여금 분리의식을 발생시키는 핵심적인 가장 큰 요인이다.

한편 주인공의 분리의식을 불러일으키는 두 번째 요인은 자신과 가족 간의 극복할 수 없는 괴리감이다. 그와 가족 간의 분리의식은 연작 소설인 「잉여설」(1938)에 자세하게 설명되어 있다.

---

268) 김동리, 앞의 글, 348쪽.

269) 엠마누엘 레비나스, 『시간과 타자』, 강영안 옮김, 문예출판사, 2011, 84쪽.

"……. 이럴때 그는 가을이 되면 산비탈에 서알밤을줏고 그누른 벼이삭에 메뚜기를 날리며 성준이와 순히들과함께 논뚝으로 도라다니던 생각……동시에 흘련히 그가 사랑하던 그소녀의 생각도 다시금 새로워저 그지음 그는 무어 부모들의 감금을 밧는다던하는 일까지도업시 그저 멋차례의 주의와 불평만을 듯고서도 천지는 그의 눈아페서 족히 문허젓던것이니 그러타고 그들의 사랑이 깁지 못햇다던가 그의뜻이 약햇슴은 아니요 그만큼 그때 이미 그는 온 가족의 신임과 경의를 밧던터이고 그도 또한 온 가족을 사랑하던 사이엿스므로 오히려 그는 그 가족으로부터 그의 사랑에 대하야 응원과 보호를기대하엿던것이매 고만한 정도의 반대에도 슬픔은 능히 뼈속까지 색여젓던것이며 인간의 모든 경영經營이 이모양으로 허랑하거니 하는 생각조차 들엇던것이다."[270]

주인공 재호와 가족 간의 분리의식은 사랑하는 가족들이 자신과 '한 소녀'와의 사랑을 이해해 주지 못했다는 사실에서 발생한다. 그 당시 그는 가족의 두터운 '신임과 경의'를 받았고, 그도 역시 가족을 사랑하였으므로, 자신과 그 소녀와의 사랑에 대해 부모의 '응원과 보호'를 기대했던 것이다. 그러나 그의 기대와는 달리 부모들은 "멋차례의 주의와 불평"으로 그의 사랑을 반대하였고, 이로 인해 그를 둘러싼 "천지는 눈아페서 족히 문허"지게 된다.[271] 여기서 '천지가 무너졌다'는 것은 그가 지금까지 그의 삶에 부여했던 가치들이 와해되었다는 것을 의미하며, 이 가치들이 결국

---

270) 김동리, 「잉여설」, 『조선일보』, 1938. 12. 8.~24. 여기서는 깊은샘자료실 편, 「잉여설」, 『(원본) 신문연재소설전집5』, 깊은샘, 1987, 247쪽.

271) 김동리, 위의 글, 247쪽.

'인간(관계)'이었다는 것을 의미한다. 그러므로 그는 자신과 가족과의 분리의식에 의해서 모든 인간사가 '허랑'하다는 인식을 갖게 되었고, 고향을 떠나 산속의 절로 들어감으로써 자신과 타자(들)의 관계를 완전히 차단하고자 한다. 그가 머물던 산속의 절은 그의 분리의식의 견고성을 상징한다.

이 소설에서 그의 분리의식은 하강(추락)의식으로 형상화된다. 인간이 살고 있는 '지상'은 기본적으로 하강(추락)의 공간이다. 이 소설의 배경이 되는 '향일암', '불이암'은 외부세계(세속)와 분리된 공간이다. 이 공간은 '층층이 난 바위', '늙은 소나무', '너른 계곡', '험준한 산비탈', '산등성이'를 지나야 도달할 수 있는 공간이다. '바위(흙)', '소나무', '계곡(물)', '산비탈(흙)', '산등성(흙)'은 모두 대지를 구성하거나, 대지와 유기적으로 연결된 물질들이다. 이러한 대지가 불러일으키는 하강의 상상력과 이 소설의 주인공과 고아 소년이 흘리는 '눈물', 그리고 하늘에서 내리는 '비(눈)'의 물질적 상상력과 결합하여, 그들이 존재하는 지상은 끊임없이 하강(추락)의 이미지로 나타난다. 왜냐하면 '눈물', '비(눈)'는 기본적으로 위에서 아래로 흐르는(내리는), 그래서 결코 위로 상승할 수 없는 하강의 성질을 지니고 있기 때문이다.

그는 이러한 자신의 하강(추락)의식을 철저하게 불교(종교)와 예술(그림)에 귀의함으로써 극복하고자 한다.

"듣건대 관세음보살은 천수천안千手千眼의 활용을할수 있는 보살님으로써 중생의 모든 괴로움을 모지리거두어 구원해 주신다하며 그의 화관 속에서는 그가 항상 귀의歸依했다는 정주여래淨住如來'의 조고마한화신을 그려 넣으므로써 그를 다른 여러보살 가운데서 구별하는것이라 한다."[272]

"이리하야 글려저가는 관세음상은 흐리멍둥한 채색칠밖에 아무런 표정도 성격도 나타나지 않았다. 동시에 그는 기계적으로 붓을 움즉이고 있는 자기의 이즈러진 신경의 발작과 흐러내리지 못하는 가슴의 개울에 눈을 멈추지 않을수없었다.

그림을 믿던지 보살菩薩을 믿던지, 믿지않고 그의 생명은 연소되지 않았고 흘러내리지 못하는 검은 개울은 썩기를 시작하였든 것이었다."[273]

그는 향일암이라는 절에서 보살계를 받고, 수행과 정진에 힘쓰면서 불화에 몰두하게 된다. 불교(종교)는 유한적 삶을 반복하는 윤회의 극복을 목표로 한다는 점에서, 불화는 예술에 의한 영원성의 획득을 목표로 한다는 점에서, 불교(종교)와 예술(그림)은 모두 인간의 유한성을 극복하는 방식으로 볼 수 있다. 이러한 측면에서 그에게 '불교(종교)'에 귀의하는 것과 '예술(그림)'을 하는 것은 동일한 것이다.

어느 날 그는 인간의 유한성을 극복하기 위해 수행 중인 스승과 그의 수좌들이 선정에 든 모습을 우연히 목격하게 된다. "언제나 건강을 역설하는 행복에 취한 듯한 선사"와 이와는 반대로 "싯누런 얼굴에 생기 하

---

272) 김동리, 앞의 글, 351쪽.

273) 김동리, 위의 글, 351쪽.

나 없는 눈들을 히멀겋게 뜨고, 바보들 같이 앉아 있는" 십여 명의 수좌들의 극렬한 대조는 그로 하여금 "등에 냉수를 끼얹은 듯한 전율"을 불러일으킨다. 이 모습을 통해서 그는 종교적 수행을 통한 유한성의 극복이라는 목표가 지닌 허구성을 깨닫게 된다. 그 길로 그는 자신의 방으로 돌아와 '예술이냐 종교냐 하는 것'이 중요한 것이 아니라는 사실을 자각하게 된다. 그리고 그는 벽에 붙어 있는 솔거의 그림과 관세음상을 모두 태워버리고, 방 안에 쓰러진다. 이러한 그의 행동은 결국 인간이 종교나 예술을 통해서 구원받을 수 없다는, 즉 종교나 예술을 통해서 인간의 유한성을 극복할 수 없다는 절망감을 상징한다. 그러나 그의 꿈에 나타난 솔거의 말은 불교(종교)와 예술의 기능이 결코 다른 것이 아님을, 그리고 여전히 그의 고유한 가능성이 존재한다는 사실을 암시한다.

"그는 만면에 미소를 띠우고 재호에게 가까이 오드니

『그런 것이 아닌데 그래』

하고 어깨를 툭치는 바람에 깜짝 벼락을 맞는듯하든 순간 재호는 그런것도 아니란 말뜻을 깨친듯하였다.

재호는 너무도 황홀하매 한참동안 땅우에 엎더저일어나지 못하다가 겨우 고개를 다시 들고보니 솔거는 아직도 미소가 만연한채

『나는 이렇게 살어있다』

문짓문짓 물러가며 안개처럼 퍼지드니 별안간 그의 몸덩이는 으뜩한 산으로 변해저 버렸다. 산에서는 퍼런 소나무가 너울거리고 새들이 울고……

눈을뜨니 온 몸이 물에 빠진 것처럼 땀에 젖어있었다. 그는 자기 자신도 놀라

리만치 온몸과 마음이 가벼움을 깨달으며 뛰어 일어나 수건으로 몸에 흐르는 땀을 씻었다.

밖에는 벌서 새들이 짖어귀고 문 종이에는 아침해빛이 훤하게 비최어 있었다."[274]

주인공의 꿈속에 나타난 솔거는 당당하게 "나는 이렇게 살아 있다"라고 말한다. 이 말은 자신은 유한한 존재이지만, 예술(그림)이라는 방식에 의해서 영원성을 획득했다는 사실을 의미한다. 이는 인간이 예술(그림)에 의해서 유한성으로부터 발생하는 분리의식을 극복할 수 있다는 것을 의미하는 것이다.

주인공은 꿈에서 깬 후, "놀라리 만치 온 몸과 마음이 가벼움"을 느끼게 되고, 이내 자신이 떠나왔던 고향으로 돌아갈 짐을 챙기기 시작한다. 고향으로 돌아간다는 것은 극복할 수 없는 분리의식으로 인해 탈출했던 인간세계로 다시 돌아간다는 것을 의미한다. 이러한 설정은 근대세계에서의 인간의 분리의식이 종교와 예술을 통해 극복될 수 있는 가능성이 존재하지만, 진정한 분리의식의 극복은 인간이 살고 있는 공간 속에서 이루어져야 한다는 사실을 상징한다고 볼 수 있다. 왜냐하면 근대세계는 기본적으로 신화가 소멸된 사회이기 때문이다.

"그는 곧 고향으로 돌아갈 짐을 챙기기 시작하였다. 짐이라고 해야 그동안 쓰

---

274) 김동리, 앞의 글, 363쪽.

든 침구와 옷벌을 되는대로 상자에 웅처넣고 화구와 책 몇권을 가방에 집어넣으면 별도 힘들어 챙겨야할 것도 없는것이었다.

그는 그소년도 자기가 길러 보리라 생각하였다. 그는 이 소년을 한 포기의 나무처럼 기루면 그 나무를 솔거의 산에 심어주리라 생각하였다.

「너도 나하고 같이 가자 응」

「……」

소년은 잠자코 얼굴을 붉히었으나 그의 두눈은 갑자기 빛나기 시작하였다. 이리하야 그들이 밖을 나왔을때 하늘은 오래만에처음으로 그 푸른얼굴을 내어놓고 있었다. 그 푸지게쌓였든 눈도 하로아침 봄 볕에 거의 녹어버리고 마을로 내려가는 길우에는 흰해빛이 강물처럼 내리퍼붓고 있었다."[275]

재호는 고향으로 돌아갈 짐을 싸면서, 절에서 만난 고아 소년에게 "너도 나하고 같이 가자"라고 말한다. 재호의 말에 소년의 두 눈이 갑자기 빛나기 시작하는데, 이 소년의 눈에 어린 '빛'은 이들의 장래가 그리 암울하지만은 않을 것임을 암시한다. 빛은 기본적으로 대지와 대조되는 하늘의 속성이며, 어둠의 종결자이다. 빛은 절망이 아닌 희망을, 하강이 아닌 상승을 상징한다. 이와 동일한 맥락에서 '(봄)볕'과 '(흰)해볕' 역시 이들의 상승의 가능성을 상징한다고 볼 수 있다.

이와 같이 그의 상승의 가능성이 고아 소년과 더불어 새로운 인생을 시작한다는 사실과 연관되어 있는 것은 인간의 분리의식이란 궁극적으

---

275) 김동리, 앞의 글, 364쪽.

로 인간을 통해서만이 극복될 수 있다는 김동리의 사상을 형상화한 것으로 볼 수 있다. 인간의 분리의식의 극복 가능성은 '나'라는 존재를 이해하고, '나'와 '타자'의 관계를 이해하고, 이를 통해 나 자신을 '세우고', 타자를 '세워주는' 현실적인 방법의 모색과 이의 실현가능성에 달려 있다. 그러므로 이 소설의 마지막 장면에서 주인공이 고아 소년과 같이 떠난다는 설정은 고통 받는 타자에 대한 윤리(사랑)의 실천을 통해서 분리의식이 극복될 수 있다는 것을 의미한다고 볼 수 있다.

2. 신화와 에로티즘

「달」(1947)은 신화적(무속적) 세계관에 의해 분리의식이 극복되는 양상과 근대적 세계관을 반영하는 에로티즘에 의해서 분리의식이 극복될 수 있는 가능성이 동시에 나타나는 소설이다. 이 소설에서 신화적 세계관과 근대적 세계관은 서로 충돌하기보다는 혼성되는 모습을 보여준다.

이 소설에서 신화적(무속적) 세계관에 의해 분리의식이 극복되는 양상은 무녀 모량이가 달이를 임신하게 되는 과정과 달이의 정체성, 그리고 달이의 죽음과 재생의 과정을 통해서 선명하게 드러난다. 이 소설의 주요 배경인 "울창한 고목 숲이 있는 봇둑"은 '숲'과 '강'이 어우러진 공간으로 인간에게 휴식과 평화에 대한 상상을 불러일으키는 이미지들의 집적체[276)]

---

276) 가스통 바슐라르, 『공간의 시학』, 곽광수 옮김, 동문선, 2003, 123쪽.

이며, 집(고향=향수)을 환기시키는 하나의 변양태이다. 이 공간이 환기시키는 이미지는 휴식의 원천들을 향하는 하나의 운동성과 밀접한 연관성을 갖고 있다.[277] 이는 '어두운 숲속'과 "먹탕 같이 새카만 강물"이 불러일으키는 신화적 상상력, 즉 어둠(밤)에 대한 상상력과 결합되어 있다.

"나원당(동네 이름)동네에서 굿을 마치고 물을 건너 숲속을 지나 올 때였다. 같이 굿을 마치고 돌아오던 화랑 (그는 모랭이가 사는 봇마을을 지나서 또 십리나 더 가야 할 사람이었다)과 그 어두운 숲속에서 지금의 달이를 배게 되었던 것이었다. 풀밭에는 너무 이슬이 자욱하여 보드라운 모랫바닥을 찾아 그들은 자리를 잡았던 것이었다.

고목이 울창한 숲을 휘돌아, 봇도랑의 맑은 물은 흘러내리고, 쉴사이없이 물레방아 바퀴는 소리를 내며 돌아갔다. 여자의 몸에는 시원한 강물이 흘러들기 시작하였던 것이었다. 보름 지난 둥근 달이, 시작도 끝도 없는 긴 강물처럼 여자의 온몸에 흘러드는 것이었다. 끝없는 강물이 자꾸 흘러내려 나중엔 달이 실낱같이 가늘어지고 있었다. 그 실낱 같은 달이 마저 흘러내리고 강물이 다하였을 때 여자의 배와 가슴속엔 이미 그 달고 시원한 강물로 가득 차 있었던 것이었다. 여자의 몸엔 손끝까지, 그 희고 싸늘한 달빛이 흘러내려, 마침내 여자의 몸은 달속에 흥건히 잠기고 말았고 그리하여 잠이 들었던 것이었다.

〈아아, 신령님께서 나에게 달님을 점지하셨다.〉

모랭이는 혼자 속으로 굳게 믿었다.

---

277) 가스통 바슐라르, 『대지 그리고 휴식의 몽상』, 정영란 옮김, 문학동네, 2002, 13쪽.

그리하여 낳은 아이의 얼굴은 희고 둥글고 과연 보름달과 같이 아름다
웠다."[278]

위의 인용문은 무녀 모랭이가 달이를 임신하는 과정을 형상화한 것이
다. 그녀가 달이를 임신하는 장소는 집이 아니라, '어두운 숲속'의 '보드라
운 모래바닥'에서다. 이 울울한 숲 속은 "보름지난 둥근 달", "봇도랑의 맑
은 물", "시원한 강물"이 "끝없이 흘러내려서" 모랭이의 몸을 가득 잠기게
하는 공간이다. 이 공간은 정지된, 혹은 죽은 영역이 아닌, 생생한(역동적
인) 상상력이 작동하는 영역이다. 또한 이 공간은 물질들이 "휘돌아", "흘
려내리고", "쉴사이 없이 ~ 돌아가는", 천천히 그러나 끊임없이 유동하는
영역이며, '잠(수면=꿈)'에 의해서 상상력이 증폭되는 영역이다. 여기서 유
동성(변화)과 '잠(수면=꿈)'[279]은 이 공간을 가득 채우고 있는 물질성, 즉 '물
(강물)', '모래바닥(모래)', '달', '고목', '숲'이 불러일으키는 물질적 상상력
을 역동적 상상력으로 확장시키는 기폭제 역할을 담당한다. 이 역동적 상
상력이 작용하는 공간은 초월(승화)의 영역이며, 신화의 영역이다.
　이러한 신화적 공간에서 이루어지는 모랭이와 화랑의 육체적 관계는
단순한 남녀 간의 육체적 합일이 아니다. 그들의 육체적 결합과정은 "쉴

---

278) 원발표지는 김동리, 「달」, 『문화』, 1947. 4. 여기서는 김동리, 「달」, 『김동리 선집』 신한국문
학전집15, 어문각, 1972, 419~420쪽.

279) '잠(수면=꿈)'은 이 소설에서 중요한 상징적인 의미를 지니고 있다. 달의 정체성을 타고난 '달
이'는 하늘의 달이 뜨지 않는 날이면, "왼종일 죽은 것 같이 늘어져 자기만 한다" 이는 '달이'가 달
을 볼 수 없을 때, 즉 달이 불러일으키는 상상력의 세계(신화적 세계)로 진입할 수 없을 때, '잠(수면=
꿈)'의 세계 속으로 '추락'함에 의해서 (비상을) 꿈꾼다는 사실을 암시한다.

사이 없이 물레방아 바퀴가 소리를 내며 돌아가는" 과정으로 암시된다. 이 과정을 통해서, 그녀의 몸에는 "시원한 강물"과 "보름 지난 둥근 달"이 시작도 끝도 없는 긴 강물처럼 그녀의 온몸에 흘러들었으며, 이로 인해 점차 하늘의 달은 실낱같이 가늘어지고, 그 실낱같은 달마저 흘러내리고 강물이 다하였을 때, 그녀의 몸은 달 속에 흥건히 잠기게 된다. 모랭이와 화랑의 육체적 과정은 하늘의 달과 맑은 물이 그녀의 몸에 흘러드는 과정이자, 자연물인 달이 그녀의 몸속에 잉태되는 과정이다.

그러므로 이후 모랭이가 낳은 달이라는 인물은 근본적으로 하늘의 달과 동일한 정체성을 지니게 된다.

"열 아흐레 스무날 즈음하여 하늘의 달이 기울기 시작하면 그의 가슴은 그지없이 어둡고 쓸쓸하여졌다. 스무 사흘, 나흘 즈음에, 밤도 이슥하여, 동쪽 하늘 끝에 떠오르는 그믐달을 바라볼 때엔 자기 자신이 임종이나 하는 것처럼 숨이 가쁘고 가슴이 답답했다. 한 달에도 달을 못 보는 한 열흘동안 그는 동면하는 파충류처럼 방 한구석에 이불을 뒤쓴 채 낮이고 밤이고 잠으로만 세월을 보내는 것이었다. 그리하여 초사흘 초나흘께부터 다시 서쪽 하늘 가에 실낱 같은 초생달이 비치기 시작하면 날로 더 차 가는 달의 얼굴과 함께 그의 가슴은 차츰 부풀어 오르며 숨결도 높아지는 것이었다. 그리하여 초아흐레에서 열 아흐레까지 한 열흘 동안이 그에게 있어서는 행복의 절정인 듯했다. 무엇에 홀린 사람처럼 입맛도 잃고, 정신도 어리뚱해진 듯 숙희의 얼굴까지 피해가며 온밤을 이슬에 함빡 젖어 다니다 날이 부옇게 새어 갈 무렵에야 휘휘한 걸음으로 돌아오곤 하였다.

「오빠 너 달한테 씌는 게지.」

「씌다니?」

「몰라.」

「듣기 싫어!」

「……」

달이는 숙희를 바로 보지 않으려고 외면하였다. 그러나 숙희는 숙희대로 달이의 얼굴을 아무리 들여다보아도 자꾸 더 보고 싶기만 했다.

〈나도 정국이처럼 달이한테 상사병이 들렸는갑다.〉"[280]

달이는 어느 날 물속에 비친 달을 응시하고, 자신의 정체성을 인식하게 된다. 이 사건을 계기로 그의 일상은 하늘의 달의 주기와 일치하는 양상을 보이게 된다. 그는 "하늘의 달을 볼 수 없는 열흘 동안은 동면하는 파충류처럼 방 한 구석에서 이불을 뒤쓴 채 낮이고 밤이고, 잠으로만 세월을 보낸다" 반면 "하늘에 실낱같은 초생달이 비치기 시작하면 그의 가슴은 차츰 부풀어 오르며, 숨결도 높아지다가, 초아흐레에서 열아흐레까지 한 열흘 동안 그의 행복은 절정에 이르게 된다" 이러한 소설적 설정은 그의 정체성이 기본적으로 달의 정체성과 동일하다는 것을 암시한다. 즉 하늘의 달과 달이의 사이에는 생명체의 외형을 구성하는 물질적 차이만 존재할 뿐, 달이 지닌 본질적 차이는 존재하지 않는다. 그러므로 달이가 물속에 빠져 자살한 것은 그의 진정한 정체성인 하늘의 달로 회귀하기 위한

---

280) 김동리, 앞의 글, 423쪽.

필연적인 과정으로 볼 수 있다.[281]

한편 「달」(1947)은 에로티즘에 의한 분리의식의 극복 가능성이 나타난다. 에로티즘은 단순한 남녀 간의 육체적 결합을 넘어서서 분리된 타자와의 완전한 소통과 합일에 대한 열망[282]에 의해서 추동된다. 에로티즘의 기반은 '자아 격리의 부정'이다.[283] 이러한 측면에서 에로티즘에 대한 열망은 분리의식의 극복에 대한 열망과 동일한 선상에서 논의될 수 있다.

이 소설에서 에로티즘에 위한 분리의식의 극복 가능성은 모랭이의 아들 달이와 그가 다니고 있는 글방 사장 선생의 딸 정국의 관계를 통해서 선명하게 드러난다. 달이는 무당 모랭이의 아들이라는 점에서, 그리고 아버지가 없는 가정의 아들이라는 점에서, 마을 사람들로부터 분리와 배제의 대상이다. 이러한 그와 마을 사람들 간의 분리의식은 그가 정국을 만나게 되면서부터 극복될 수 있는 가능성을 갖게 된다.

"달이의 가슴이 와들와들 떨리어, 얼른 집으로 돌아와 그 종이에 싼 것을 펴 보았다. 종이를 펴자 조그만 꽃주머니 하나가 나오고 꽃주머니 속에는 다시 첩첩이 접은 종이 쪽지 하나가 나왔다. 종이 쪽지에는 이렇게 씌어 있었다.

---

281) 김동민은 주인공 달이가 물에 빠져 자살한 것이 "근원적인 세계로의 회귀", 또는 "자연과의 합치"하는 것이며, "현실에서 이룰 수 없는 비극적 사랑을 내세에서 달성"하는 것으로 본다.(김동민, 「물의 원형적 상징을 통한 김동리 소설의 서구조 고찰」, 김동민 외 10인 지음, 『김동리 문학의 원점과 그 변주』, 계간문예, 2006, 60~62쪽.)

282) 조르주 바타유는 "성행위가 인간을 포함한 모든 유성동물의 공통된 행위이지만, 유독 인간만이 성행위를 에로티즘으로 승화"시켰다는 사실을 강조한다. 이는 에로티즘이 단순한 성행위와 명확히 구별되는 것이며, 자연 본래의 목적과는 별개의 심리적 추구라는 사실과 밀접한 연관성을 갖고 있다.(조르주 바타유, 『에로티즘』, 조한경 옮김, 민음사, 2006, 9쪽.)

283) 조르주 바타유, 『문학과 악』, 최윤정 옮김, 민음사, 1995, 17쪽.

〈仙桃山月半輪秋 影入兄山江水流 日夕貞兒向書册 思君不見使人愁(선도산은
하도 높아 달도 반만 둥근데, 그림자는 형산강 물속에 흐르는구나. 정국은 날마
다 책을 펴 놓고 앉아있지만 머릿속엔 그대 생각만 가득하여 애닳을 뿐이다.)〉
　　이백李白의 아미산월가峨嵋山月歌를 딴 것이었다. 달이는 별안간 정국이 왈칵
그리워졌다. 그는 기쁨에 못이겨 그 꽃주머니를 허리끈에 차고 밖으로 나갔다.
　　「꽃주머니 그거 어디서 났노.」
　　숙희가 대뜸 이렇게 물었다. 그해 열 다섯 살 나던 숙희는 집이 바로 달이네
와 앞뒤에 있었고, 또 어렸을 때부터 유달리 달이에게 따르던 터이라 외사촌간
이라 해도 친누이동생처럼 그와는 가까이 지냈던 것이었다."[284]

　　어느 날 달이는 정국으로부터 연애편지를 받게 된다. 그는 그녀의 편지
속에 씌여 있는 "정국은 날마다 책을 펴 놓고 앉아 있지만 머릿속에 그대
생각만 가득하여 애닳을 뿐이다"라는 글을 확인하는 순간, "별안간 정국
이 왈칵 그리워진다" 편지를 받기 전까지만 해도, 자신의 삶 속에 전혀 존
재하지 않았던 정국이란 인물이 자신을 사랑하는 소녀라는 사실을 깨닫
게 된 순간 갑자기 그의 삶 속의 중요한 인물로 전환된 것이다. 이러한 급
격한 전환이 가능한 근본적인 이유는 달이에게 내면화된 분리의식과 이
를 극복하고자 하는 열망 때문이다. 사랑은 기본적으로 소통을 전제한 감
정이다. 정국의 달이에 대한 사랑은 그녀와 그의 소통 가능성을 제시한
것으로 볼 수 있다. 이러한 소통 가능성으로 인해서, 정국은 그의 삶 속의

---

284) 김동리, 앞의 글, 420쪽.

특별한 인물로 전환될 수 있었던 것이다.

달이는 무녀의 아들이라는 사회적 신분의 제약에도 불구하고, 정국과 밤에 몰래 만나 사랑을 나누게 된다.

"정국은 의외로 침착한 목소리였다. 정국의 이 침착한 목소리에 용기를 얻은 달이는 그때야 비로소 정국의 얼굴을 바로 바라다보았다. 다음 순간 그들은 어떻게 해서 입술이 닿게 되었는지도 깨닫지 못했다. 다만 간이 얼어붙는 것같이 시리기만 했다. 정국은 눈을 사르르 내리 감으며 반듯하게 드러누워 버렸다. 달이는 정국의 가슴 위에 손을 얹었다. 그는 숨이 차서 가슴이 터질 것만 같았다.

달의 손이 들썩들썩 하도록 정국의 가슴도 뛰고 있었다.

〈아아, 이것이 무서운 꿈속이 아닐까.〉

달이는 괴로움에 못 이겨 문득 이런 생각도 해 보았다. 앞 골목에서 개가 쿵쿵 짖었다. 구름이 지나가는지 방문에 검은 그림자가 비치었다. 달이는 정국의 가슴 위에 얹고 있던 손끝을 부르르 떨며 비슬비슬 방문 앞까지 와서는 부스스 방문을 열었다. 정국은 그새 잠이나 든 것처럼 꼼작도 하지 않고 가만히 누워 있었다. 달이는 무슨 도망질을 치듯이 어두운 골목을 한숨에 달아나 버렸다.

이튿날 밤도 그들은 또 그 자리에서 그렇게 만났다. 정국의 연꽃같이 슬프고 아름다운 얼굴에는 어젯밤보다도 더 황홀한 미소가 떠돌고 있었다."[285]

달이는 정국과 입술이 맞닿는 순간 "간이 얼어붙는 것 같은" 충격과

---

285) 김동리, 앞의 글, 421쪽.

"숨이 차고 가슴이 터질 것만" 같은 괴로움을 동시에 느끼게 된다. 이러한 황홀한 충격과 괴로움은 기본적으로 정국이 분리된 타자라는 점에서 발생한다. 분리된 타자와의 육체적 접촉은 에로티즘에의 열정을 불러일으키고, 이로 인해 불안과 공포를 발생시킨다. 왜냐하면 에로티즘이란 근본적으로 분리된 타자들 간의 결합을 의미하는 것이고, 이러한 육체적 결합은 자기 자신을 타자에게 완전히 개방하는 것을 의미하기 때문이다. 자기 자신을 완전히 개방한다는 것은 자신을 둘러싸고 있는 견고한 껍질 밖으로 나온다는 것을 의미한다. 그러므로 완전한 자아의 개방은 자아가 상처 입을 가능성을 내포하고 있다. 이로 인해 에로티즘은 분리의 극복이라는 황홀한 쾌감과 더불어 불안과 공포를 동반하게 된다. 그리고 불안과 공포는 필연적으로 동요와 혼란을 수반하게 된다.

그러므로 달이는 결국 자신도 모르게 "정국으로부터 도망치듯이, 어두운 골목으로 한숨에 달아나 버린다"[286] 이러한 그의 행동은 에로티즘에 의한 기쁨, 동요, 혼란이 동일한 것이라는 것을 암시한다. 동요와 혼란 없이 에로티즘의 완성, 즉 합일(소통)은 불가능하다. 타자와 행복에의 열정은 자아를 개방함에 의해서 격렬한 무질서를 야기하게 되고, 이로부터 획득하게 되는 행복은 너무나 큰 것이므로, 정반대의 것인 고통과 비견[287]될 수 있다. 이러한 측면에서 에로티즘은 유혹과 공포에의 충동이다.

달이와 정국은 강렬한 에로티즘에의 열정에도 불구하고, 끝내 그들 간

---

286) 김동리, 앞의 글, 421쪽.

287) 조르주 바타유, 『에로티즘』, 조한경 옮김, 민음사, 2006, 9쪽.

의 분리의식을 극복하지 못한다. 그들의 분리의식은 달이가 무녀의 아들이고, 정국이가 글방 사장 선생의 딸이라는 신분적인 차이에서 발생하는 것이 아니다. 그들의 분리의식은 보다 근원적인 것으로서 인간과 인간 사이에 놓여 있는 극복할 수 없는 '거리'(심연)에 의해서 발생한다.

> "봇머리 숲속에서 밤뻐꾸기 우는 소리가 들려 왔다. 방문에, 또 어젯밤과 같은 검은 그림자가 비치었다. 달이 지는지도 몰랐다. 달이는 그만 돌아가리라 생각했다.
>
> 「난 물에 빠져 죽어 버릴 테다.」
>
> 정국은 달이의 얼굴을 똑바로 바라보며 이렇게 속삭였다. 그러나 달이는 정국의 속삭임엔 지극히 무심한 얼굴로,
>
> 「니는 글재주가 있으니까.」
>
> 엉뚱스레도 이런 말을 불쑥 했다.
>
> 「니는 내가 죽으면 좋지?」
>
> 정국은 또 이렇게 물었다."[288]

달이는 정국의 "물에 빠져 죽어 버릴 테다"라는 말에 "지극히 무심한 얼굴로" "니는 글재주가 있으니까"라고 말한다. 이러한 그들의 '동문서답'은 서로에 대한 감정적 이끌림에도 불구하고, 그들 사이에 엄연히 존재하고 있는 소통의 불가능성을 암시한다. 그러므로 이 지점에서 분리의식의

---

288) 김동리, 앞의 글, 421쪽.

극복 가능성은 완전히 삭제된다. 이러한 달이와 정국의 에로티즘의 양상을 통해서 알 수 있는 사실은 분리의식의 극복이란 인간의 에로행위처럼 순간적인 것이며, 인간은 다시 분리의 심연 속으로 회귀할 수밖에 없는 존재라는 것이다.

한편 이 소설에서 주인공 달이가 끝내 물속으로 추락하고, 수직적으로 상승(초월)하게 되는 계기는 '응시'의 문제[289]와 밀접하게 연결되어 있다.

"정국이가 죽은 지도 두 해가 지난 뒤였다. 마을에는 골목마다 살구꽃이 허옇게 피어 있고 하늘에는 초여드레 새하얀 조각달이 걸려 있었다. 달이는 하늘의 달이 아주 기울 때까지 혼자서 휘휘 봇둑에 오르내리고 있었다. 솔솔 부는 저녁 바람은 찔레꽃 향기를 풍겨오고 언덕 위 어두운 숲속에서는 비드득비드득 하고 밤새 우는 소리가 들려 왔다. 그때 물속에 비친 달 그림자를 들여다보던 순간, 달이는 우연히 가슴이 찌르르 아픔을 깨닫게 되었다.

이튿날도 사흘째도 마찬가지였다. 상현上弦달이 하현으로 기울 때까지 그는 하늘에 달이 걸린 밤이면 언제나 강가에 나와 있었다."[290]

그는 자신이 사랑하던 글방 사장師丈의 딸 정국이 물에 빠져 자살한 후, 우연히 "물속에 비친 달 그림자를 들여다보던 순간", "가슴 찌르르 한 아픔"을 깨닫게 된다. 이는 그가 자신의 운명적인 정체성을 인식했음을 의

---

289) 라캉은 응시란 시선이 타자에 부딪쳐 되돌아오는 것이라고 정의한다.(자크 라캉, 『욕망이론』, 민승기 · 이미선 · 권택영 옮김, 문예출판사, 1994, 186~202쪽.)

290) 김동리, 앞의 글, 422~423쪽.

미한다. 여기서 물속에 비친 달은 타자로서의 자기 자신이다. 무녀 모랭이가 달이를 임신하는 과정의 묘사에서 알 수 있듯이, 달이의 정체성은 이미 그가 거역할 수 없는 하나의 운명이다. 그는 "어머니 모랭이毛良 무당이 꿈에 달을 품고 낳은 아들"[291]이며, 이로 인해 그의 "얼굴은 희고, 둥글고, 과연 보름달과 같이 아름다웠던"[292] 것이다.

여기서 주목해야 할 점은 달이가 하늘의 달이 아닌 물속에 비친 달을 통해 그의 본래적인 정체성을 깨닫게 되었다는 설정이다. 주인공 달이가 (달이 비친) 물을 응시하고, 이 응시의 날카로운 경험에 의해서 결국 죽음에 이르게 된다는 설정을 통해서, 물은 결국 흘러간다는 것, 분해한다는 것, 즉 죽어간다는 것을 상징함을 알 수 있다. 이 소설에 형상화된 상상의 (imaginée) 물은 특수한 죽음에 이끌려진 삶을 상징한다.

그리고 이 소설에서 '검은 강물'은 '어두운 거울'을 상징[293]한다.

"열이렛달이 하늘 한가운데 나와 있을 때였다. 숙희는 어두운 숲 그늘을 타고 강가를 오르내리고 있었다. 강물 위에는 달이가 작은 배 위에서 조용히 노를 젓고 있었다. 그의 얼굴은 달빛에 반사되어 거울같이 희고 둥글며 아름다워 보였다. 그는 빙글빙글 웃는 얼굴로 물 속에 비친 달을 들여다보며 무어라 중얼중얼 혼자서 중얼거리고 있었다. 흡사 누구와 무슨 정다운 이야기를 나누고 있는 듯

---

291) 김동리, 앞의 글, 419쪽.

292) 김동리, 위의 글, 420쪽.

293) 질베르 뒤랑, 앞의 책, 2007, 135쪽.

그의 얼굴은 어떤 즐거움에 빛나고 있었다. 달득이 시방 꿈을 꾸고 있는 것인지도 모른다고 숙희는 생각하였다. 꿈속에서 정국이와 만나 저렇게 이야기를 하고 있는 겐지도 모른다고 숙희는 생각하였다.

달이는 물을 들여다보고 무엇을 묻고 있는 모양이었다. 오냐, 하고 고개를 끄덕하는 것이었다. 바로 그러는 순간이었다. 달이는 배에서 물 속으로 떨어지며 있는 것이었다. 숙희는 마치 꿈 속에서와 같이 소리를 지르려고 무진 애를 썼으나 한참동안은 숨이 막힌 채 틔어지지 않았던 것이다."[294]

낮(빛)과 밤(어둠)을 상호 대조/대비하는 방식에 의해서, 달의 밝은 이미지는 더욱 선명하게 부각되는데, 이는 '검푸른' 어둠의 이미지를 강조함에 의해서 '쏘는 듯한' 투명한 빛의 침투력을 강조하는 것이다. '검은 강물'은 자신의 중심에 하늘을 창조하기 위한, 즉 '뒤집혀진 하늘'을 효과적으로 창조하기 위한 필요충분조건이 된다. 그러므로 '검은 강물' 속의 달은 '수인(囚人)인 액체의 별'[295]이다. 이 액체의 별인 달은 물의 속성에 의해서 하늘의 달보다 인간의 상상력을 보다 역동적으로 확장시킨다. 이 과정에서 '검은' 물은 열린 상상력(imagination ouverte)의 계기가 된다. 이 상상력의 해방은 검은 물의 깊이(심연)로 인해 지속[296]되며, 물속에 비친 달의 시선(='빛')과 달이의 시선의 상호 교환(교감)을 통해 더욱 비약, 확장된

---

294) 김동리, 앞의 글, 425쪽.

295) 가스통 바슐라르,『물과 꿈』, 이가림 옮김, 문예출판사, 1998, 96쪽.

296) 곽광수,『가스통 바슐라르』, 민음사, 1995, 18쪽.

다. 그러므로 달이가 물속으로 추락(죽음)하는 것은 단순히 물속으로 추락하는 것이 아니라, 뒤집혀진 하늘 속으로 추락하는 것을 의미한다. 이러한 측면에서 아래로의 무겁지만 유혹적인 추락(죽음)은 수직적인 상승을 상징하게 되는 것이다. 이로 인해서 달이의 추락(죽음)은 역설적으로 상승의 이미지를 형상화하게 된다.

한편 달이가 물에 빠져 죽은 후, 모랭이와 삼촌은 물속에서 그의 시체를 찾기 위해 오랫동안 노력하지만, 끝내 찾지 못한다. 이때 그들은 우연히 하늘에 떠오른 둥근 달을 보고, 그 달이 죽은 달이가 재생한 것으로 생각한다. 이러한 설정은 현실적으로 불가능한 달이의 재생이 실제로 이루어지기를 바라는 그들의 시적 상상력에서 비롯된 것이다. 즉 달이의 죽음을 슬퍼하는 사람들이 하늘에 떠오른 달을 바라보는 광경은 분리의 극복과 화해를 소망하는 시적 상상력을 표현한 것으로 볼 수 있다.

이와 같이 「달」은 신화적(무속적) 인물인 모랭이의 달이의 임신과정, 달이의 정체성, 그리고 그의 죽음을 통한 재생의 과정을 통해서, 인간의 분리의식이 신화적으로 극복되는 양상을 보여준다. 그러나 이러한 극복 방식은 근대인의 분리의식을 신화적으로 극복하는 방식으로서, 근대적인 것을 전근대적인 것으로 극복하는 방식이다. 이러한 측면에서 이 소설은 반근대적인 성격을 지녔다고 볼 수 있다. 그러나 에로티즘에 의한 분리의식의 극복 가능성이 나타난다는 측면에서, 이 소설은 탈근대적인 성격을 띠고 있다고 볼 수 있다. 왜냐하면 에로티즘에의 열망은 분리된 타자와의 심리적, 육체적 '합일', '소통'에 대한 열망이며, 이러한 열망은 분리의식의 극복에 대한 열망을 의미하기 때문이다. 여기서 신화적 상상력은 탈근대적인 에로티즘 및 시적 상상력과 혼성되고 통합된다.

3. 신화적 세계관과 근대적 세계관의 혼성

「등신불」(1961)은 액자 구성의 소설이다. 이 소설은 '나'란 인물이 주인 공으로 등장하는 외화(근대적 세계관)와 '만적'이란 인물이 주인공으로 등 장하는 내화(신화적 세계관)로 구성되어 있다. 이 외화(근대적 세계관)와 내 화(신화적 세계관)의 주인공들은 각기 방법은 다를지라도 윤리(=사랑)의 실천을 통해서 분리의식을 극복한다는 측면에서 공통점을 갖고 있다. 이 러한 공통점이 외화의 주인공 '나'와 내화의 주인공 '만적'이 서로 유기적 으로 연결될 수 있는 핵심적인 요인이다. 즉 윤리(사랑)의 실천은 이 소설 에서 근대적 세계관과 신화적 세계관이 유기적으로 연결될 수 있는 핵심 적인 매개체이다.

외화의 주인공 '나'는 일본의 대정대학 재학 중 태평양 전쟁의 학병으 로 끌려온 스물세 살의 조선 청년이다. 그는 자신이 소속된 부대가 중국 남경南京에 머무는 동안 서공암에 거주하고 있던 중국인 진기수란 인물의 도움으로 군대를 탈출하여 정원사에 머물게 된다. 그가 처음으로 얼굴을 대하는 중국인 진기수의 도움을 받게 된 결정적인 이유는 그가 자신의 손 가락을 깨물어 쓴 혈서와 밀접한 연관성을 갖고 있다.

"그날 내가 서공암에서 진기수씨를 찾게 된 것은 그날 저녁 땅거미가 질 무렵이었다. 나는 그를 보자 합장을 올리며 무수히 머리를 숙으림으로써 나의 절박한 사정과 그에 대한 경의를 먼저 표한 뒤, 솔직하게 나의 처지와 용건을 털어놓았다.

그러나 평생 처음보는 타국 청년— 그것도 적국의 군복을 입은— 에게 그러한 위험한 협조를 쉽사리 약속해 줄 사람은 없었다. 그의 두 눈이 약간 찡그려지며 입에서는 곧 거절의 선고가 내릴듯한 순간 나는 미리 준비하고 갔던 흰 종이를 끄집어 내어 내 앞에 폈다. 그리고는 바른편 손 식지 끝을 스스로 물어서 살을 떼어낸 다음 그 피로써 다음과 같이 썼다.

〈願免殺生 歸依佛恩〉(원컨대 살생을 면하게 하옵시며 부처님의 은혜속에 귀의코자 하나이다)

나는 이 여덟글자의 혈서를 두 손으로 받들어 그의 앞에 올린 뒤 다시 합장을 했다.

이것을 본 진기수씨는 분명히 얼굴빛이 달라졌다. 그것은 반드시 기쁜 빛이라 할 수는 없었으나 조금전의 그 〈거절의 선고〉만은 가셔진 듯한 얼굴이었다."[297]

그가 쓴 혈서의 내용, 즉 "원컨대 살생을 면하게 하옵시며, 부처님의 은혜 속에 귀의코자 하나이다"라는 내용을 통해서 알 수 있듯이, 그가 일본 군대를 탈출하게 된 이유는 적군에 대한 살생을 피하고, 자신의 목숨을 구하고자 한 것이다. 전쟁은 기본적으로 인간에 대한 합법적인 살인행위

---

297) 김동리, 「등신불」, 『사상계』 백호기념특별증간호, 통권 제101호, 1961. 11. 33쪽.

를 통해 수행되는 것이며, 군인은 이 합법을 가장한 폭력적 살인을 위한 도구(수단)로 볼 수 있다. 즉 군인은 국가라는 권위적 주체의 명령에 의해서 특정한 자율적인 타자를 폭력적으로 지배하거나, 그의 자율성을 강탈(살해)하는 도구이다. 그리고 그 자신 역시 적군(타자)에 의해 동일한 방식으로 지배되거나, 자율성이 강탈될 위험에 노출된 존재이다. 그러므로 주인공이 일본 군대를 탈출한 것은 자신과 타자를 도구화시키는 폭력적 세계로부터 탈출함에 의해서, 타자와 자신의 고유성과 자율성을 보존하기 위한 것이다. 이러한 측면에서 주인공이 자신의 식지를 물어뜯어 쓴 혈서는 근대의 도구적 합리성의 폭력으로부터 벗어나 자신과 타자와의 윤리(사랑)를 회복하고자 하는 열망을 상징한다고 볼 수 있다.

그러므로 중국인 진기수는 주인공의 이러한 간절한 열망을 이해하고, 그가 정원사에 머물 수 있도록 도와준 것이다. 주인공은 우연히 정원사에 모셔진 금불상(등신불)을 대면하고 '경악'과 '충격', '전율'과 '공포'를 느끼게 된다. 이 금불상(등신불)은 '일천 수백년 전' 당나라 때 만들어진 것으로, '만적'이란 스님의 소신공양으로 타다 남은 몸에 금을 입혀 만든 것이다. 그는 '거룩하고 원만한' 부처님의 상호와는 달리, '오뇌와 비원'이 서린 금불상(등신불)의 상호를 보고, 괴로워하게 된다.

　"사흘 뒤에 나는 다시 「금불」을 찾았다. 사흘 전에 받은 충격이 어쩌면 나의 병적인 환상의 소치가 아닐까 하는 마음과, 또 청운의 말대로 〈여러번〉 봐서 〈심상해〉 진다면 나의 가슴에 사무친 〈오뇌와 비원〉의 촉수觸手도 다소 무디어지리라는 생각에서다.

문이 열리자, 나는 그날 청운이 하던 대로 이내 머리를 숙으리며 합장을 올렸다. 입으로는 쉴새 없이 나무아미타불을 부르며… 눈까풀과 속눈섭이 바르르 떨리며 나의 눈이 열렸을 때 「금불」은 사흘 전의 그 모양 그대로 향로를 이고 앉아 있었다. 거룩하고 원만한 것의 상징인 듯한 부처님의 상호와는 너무나 거리가 먼, 우는 듯한, 웃는 듯한, 찡그린 듯한, 오뇌와 비원이 서린 듯한, 가부좌상임에는 변함이 없었으나, 그 무어라고 형언할 수 없는 슬픔이랄까 아픔 같은 것이 전날처럼 송두리째 나의 가슴을 움켜잡는 듯한 전률에 휩쓸리지는 않았다. 나의 가슴은 이미 그러한 〈슬픔이랄까 아픔 같은 것〉으로 메꾸어져 있었고 또, 그에게서 〈거룩하고 원만한 것의 상징인 부처님의 상호〉를 기대하는 마음은 가셔져 있었기 때문인지도 몰랐다. "[298]

그가 괴로워하는 근본적인 이유는 그 금불상의 상호에 어린 '오뇌와 비원'이 자신의 "가슴에 사무친 오뇌와 비원"과 동일한 성격을 지니고 있기 때문이다. 여기서 '오뇌와 비원'은 각자 원인은 다를지라도 인간과 인간의 상호 연관성이 단절됨에 의해서 발생하는 분리의식에서 기인된 것이다. 주인공이 근대의 도구적 합리성에 의해서 발생하는 분리의식으로 인해 고통 받는 인물이라면, 금불상(등신불)이 된 만적은 인간의 실존적 한계에 의해서 발생하는 분리의식으로 고통 받았던 인물이다.

---

298) 김동리, 앞의 글, 41쪽.

주인공은 이 절의 주지로부터 만적이란 스님이 소신공양[299]에 이르게 된 이유에 대해 듣게 된다. 만적이 세속을 떠나 스님이 되고, 소신공양에 이르게 된 것은 자신의 친어머니가 재물에 대한 욕심으로 재가한 집안의 아들 '사신'을 독살하려 한 사건과 밀접한 연관성을 갖고 있다. 이 사건으로 그는 고향을 떠나게 되고 결국 불교에 귀의하게 된다. 그는 어느 날 우연히 자신의 친어머니의 위해를 피해 집을 나갔던 사신이 문둥병자가 된 사실을 알고 소신공양을 결심하게 된다. 아래의 인용문은 만적이 소신공양을 통하여, 성불하는 과정을 형상화한 것이다.

"대공양(大供養-燒身供養을 가리킴)은 오시 초에 장막이 걷히면서부터 시작되었다. 오백을 헤아리는 승려가 단을 향해 합장을 하고 선 가운데 공양주스님이 불담긴 향로를 받들고 단 앞으로 나아가 만적의 머리 위에 얹었다. 그와 동시 그 앞에 합장하고 선 승려들의 입에서 일제히 아미타불이 불러지기 시작했다.

만적의 머리 위에 화관같이 씌어진 향로에서는 점점 더 많은 연기가 오르기 시작 했다. 이미 오랫동안의 정진으로 말미암아 거의 화석이 되어 가고 있는 만적의 육신이지만, 불기운이 그의 숨골(정수리)을 뚫었을 때는 저절로 몸이 움칠해졌다. 그리하여 그때부터 눈에 보이지 않게 그의 고개와 등가슴이 조금씩 앞으로 숙어져갔다.

들기름에 절은 만적의 육신이 연기로 화하여 나가는 시간은 길었다. 그러나

---

299) 정영일은 대승불교가 허무주의의 극복을 목표로 한다는 점에서, 만적의 죽음은 인간이 육체성에서 벗어나 공(空)의 세계로 돌아감을 의미한다고 주장한다.(정영일, 「김동리 소설에 나타난 죽음의식 연구-「등신불」의 불교적 생사관을 중심으로」, 『현대문학이론연구』 제7호, 1997.)

그 앞에 선 오백의 대중(승려)들은 아무도 쉬지않고 아미타불을 불렀다.

신시申時 말末에 갑자기 비가 쏟아졌다. 그러나 웬일인지 단 위에는 비가 내리지 않았다. 만적의 머리 위로는 더 많은 연기가 오르기 시작했다.

염불을 올리던 중들과 그 뒤에서 구경을 하던 신도들이 신기한 일이라고 눈이 휘둥그래져서 만적을 바라보았을 때 그의 머리 뒤에는 보름달 같은 원광이 씌어져 있었다."[300]

만적의 소신공양은 인간의 고뇌와 비원을 끊는 것이며, 고뇌와 비원의 근원적 발단인 인간의 육체성을 벗어나는 것을 의미한다. 그러므로 그의 소신공양은 인간의 유한성을 극복하는 것이며, 인간의 근원적인 분리의식을 극복하는 것을 의미한다.

또한 만적의 소신공양은 타자에 대한 윤리의 실천이라는 측면에서 자신과 타자와의 분리의식을 극복하는 과정이라고 볼 수 있다. 만적의 소신공양 이후, 사람들은 병을 고치거나, 아이를 낳는 등 각자 자신의 소원을 이루게 된다. 이러한 설정은 만적이 자신을 희생하는 소신공양을 통해서 다른 사람들에 대한 윤리(사랑)를 실천했다는 사실을 의미한다. 한 주체의 타자에 대한 희생은 나와 타자가 분리된 존재임에도 불구하고, 서로 유기적으로 연결되어 있다는 인식 하에서만 가능한 것이다. 그러므로 그의 희생을 통해서 타자가 구원되었다는 것은 그와 타자들 간의 상호 연관성이 회복되었다는 것을 의미한다. 그러므로 만적의 소신공양을 통한 성불과

---

300) 김동리, 앞의 글, 44~45쪽.

정은 신화적 세계관에 의해 분리의식을 극복하는 과정인 동시에, 윤리를 통해서 구원되는 과정이라고 할 수 있다.

이러한 만적의 분리의식의 극복과정은 '불'에 대한 물질적 상상력에 의해 하나의 상승의 이미지로 형상화된다. 오백여 명의 스님들이 지켜보는 가운데 진행된 소신공양에서, "들기름에 절은 그의 육신"이 "화관 같이 씌어진 향로(불)"를 통해서 연기로 승화되는 과정은 육체성을 지닌 인간이 비육체성의 신으로 이행하는 과정을 상징한다. 여기서 '불'은 그의 소신공양이 고체에서 기체로 변하는 단순한 물질성의 이행과정이 아니라, 그의 희생이 '무無의 장엄한 이행(passage)'301)을 거쳐, 정화와 재생을 담보하게 된다는 상상력을 작동시키는 핵심적인 동인이다. '불'은 빨리 변화하는 모든 것을 설명할 수 있는 특권적인 현상이며, 완전한 연소에 의한 죽음은 온전히 새로운 피안의 세계로 떠나는 보증과는 같은 것이다. 이는 모든 것을 얻기 위해서는 모든 것을 버려야 한다는 인식302)과 밀접하게 연결되어 있다.

소신공양의 말미에 그의 머리 뒤에 씌어진 '보름달과 같은 원광'303)은 그가 완전한 연소에 의해서 육체의 물질성에서 벗어나 '편안함', '평화', '안정'의 세계인 성불의 세계에 진입했음을 상징한다. 여기서 '원'은 '편안함', '평화', '안정'의 공간을 상징한다. 이러한 상징적 어휘들의 결합과 '불'

---

301) 가스통 바슐라르, 『불의 시학의 단편들』, 안보옥 옮김, 문학동네, 2004, 204쪽.

302) 가스통 바슐라르, 『불의 정신분석』, 김병욱 옮김, 이학사, 2007, 46쪽.

303) 원은 '편안함', '평화', '안정'의 공간을 상징한다.(질베르 뒤랑, 앞의 책, 377쪽.)

의 물질적 상상력의 결합을 통해서, 상승의 이미지가 형성화된다. 한편 외화의 주인공 역시 윤리의식의 상승을 경험하게 된다. 왜냐하면 그는 불교에 귀의함으로써 도구적 합리성에 지배되는 전쟁이라는 소용돌이에서 벗어나 살생을 면할 수 있게 되었기 때문이며, 또한 등신불과의 대면을 통해서 타자에 대한 윤리를 자각할 수 있었기 때문이다. 이러한 측면에서 그가 중국인 진기수라는 인물의 도움을 얻기 위해 자신의 식지를 깨문 행위는 내화의 주인공 만적이 행한 소신공양과 비견될 수 있을 것이다. 즉 외화의 주인공이 '식지를 깨문 행위'와 내화의 주인공이 행한 소신공양은 윤리(사랑)의 실천을 통해서 분리의식을 극복하는 길이 그만큼 어렵고, 고통스러운 과정이란 사실을 상징한다고 볼 수 있다. 이렇게 외화의 주인공이 경험하게 되는 윤리적 상승은 내면적으로 암시된 상승의 이미지로 나타난다.[304]

이와 같이 이 소설은 전통적 사상과 근대적 사상이 틈새 공간('절')에서 교섭하며, 혼성되는 과정을 선명하게 보여준다. 전통적 사상을 상징하는 내화의 주인공 만적은 다른 불상(부처)과 달리 타자를 위한 고통(희생)을 통해 부처가 된 인물이다. 이는 그의 불교적 해탈의 이면에 윤리적 상승의 과정이 포함된다는 사실을 보여준다. 그것을 표현하는 오뇌와 비원의 이미지가 다른 불상과 다른 점이며, 그 이미지가 근대세계에 존재하는 외화의 주인공과 상호 교섭할 수 있는 근거이다. 외화의 주인공 역시 근대

---

304) 가스통 바슐라르는 "정신 도덕적 가치들을 표현하기 위해서는 수직축을 상정하지 않을 수 없다"라고 말한다. 이 말은 인간의 정신 도덕적 가치들은 문학 속에서 상승의 이미지를 형상화한다는 것을 의미한다.(가스통 바슐라르, 『공기와 꿈』, 정영란 옮김, 이학사, 2000, 38쪽.)

세계의 균열의 공간인 전장으로부터 도망쳐 나와 절(틈새 공간)에서 등신불과 만나게 된다. 등신불은 불교사상이 근대적인 윤리적 가치로 전이된 이미지이며, 그 고통스러운 이미지를 통해 폭력적인 근대사회를 살고 있는 타자로서의 '나'와 교섭하게 된 것이다. 이러한 소설의 설정은 전통과 근대가 혼성되는 틈새 공간에서 분리의식이 극복될 수 있다는 것을 의미한다.

문학의 길, 인간의 길

일제 식민지 시기 혜화전문의 영향력 하에서 문학가로 성장한 김동리에게 있어서, 근대라는 대상은 선망의 대상이기보다는 극복의 대상이었다. 그리고 그가 근대세계와 대립하는 과정에서 발생하는 다양한 분리의식은 주로 상징에 의해서 문학적으로 형상화된다. 그의 분리의식을 발생시키는 근본적인 요인은 크게 근대 주체철학이 지닌 모순과 근대 한국 사회의 역사적 특수성이다. 이 두 요인은 소설 속에 등장하는 인물들의 분리의식을 발생시키는 단일한 요인으로서 나타나거나, 서로 긴밀하게 결합되어 나타나기도 한다.

먼저 김동리의 분리의식은 근대인이 이성을 강조하는 주체철학으로 인해 자율성을 획득하게 되었지만, 이로 인해 소외와 분열을 겪게 되었다는 사실과 자신의 자율성을 유지하기 위해 자신의 원리로 타자를 지배하게 되었다는 사실에서 발생한 것이다. 이러한 근대인의 모순적 상황은 그의 분리의식을 발생시키는 첫 번째 요인이다.

둘째, 김동리의 분리의식은 일제의 제국주의적 침략과 이로 인한 조선에 대한 파시즘적 억압정책, 일본 주도의 조선의 자본주의화 정책으로 발생하게 된 식민지 자본주의 사회의 모순, 그리고 해방 이후 한국의 정치적 혼란과 6·25 전쟁 등과 같은 한국의 역사적 특수성에서 발생한다.

김동리는 근대사회의 모순과 한국의 역사적 특수성에 의해서 발생하는 분리의식을 신화적(종교적) 세계관, 인간 간의 소통(에로티즘), 윤리(사랑), 이상적인 공동체(민족/국가)의 형성을 통해 극복하고자 한다. 이와 같이 그가 다양한 방식을 통해서 분리의식을 극복하고자 한 근본적인 이유는 근대사회가 지닌 모순과 근대 한국 사회의 역사적 특수성을 한 개인이 극복하기 어렵다는 사실과 밀접한 연관성을 갖고 있다. 그러므로 그의 소설에 나타난 상이한 극복 방식은 분리의식의 극복 불가능성에 대한 절망감과 분리의식을 극복하고자 하는 열망을 동시에 반영한 것으로 볼 수 있다.

김동리의 소설에서 분리의식의 다양한 양상과 분리의식이 극복되는 양상은 각각 하강(추락)의 이미지와 상승의 이미지로 나타나는데, 이러한 상승/하강의 이미지화는 '물', '대지(흙)', '공기', '불'에 대한 물질적 상상력과 결합되어 있다. 이러한 이미지를 통한 문학적 형상화 방식은 김동리 소설이 기본적으로 서사가 빈약하다는 사실에서 기인된 것이다. 그의 소설은 외부세계를 서사(내적 형식)에 의해서 재현하기보다는 언어적 기법(상징, 이미지)에 의해 재현한다. 이러한 방식은 그가 대면하고 있는 외부세계가 한 개인이 극복할 수 없는 억압적, 폭력적 세계라는 사실을 우회적으로 암시한다. 왜냐하면 그의 소설에 나타난 서사성의 빈약과 등장

인물들의 무력감은 현실을 총체적으로 재현할 수 없는 억압적인 현실에서 비롯된 것이기 때문이다. 김동리의 분리의식은 하강의 속성을 지니는 '물', '대지(흙)'에 대한 물질적 상상력과 결합하여 하강(추락)의 이미지로 나타난다. 한편 분리의식이 극복되는 양상은 상승의 속성을 지니는 '공기', '불'에 대한 물질적 상상력과 결합하여 상승의 이미지로 나타난다. 이러한 상승의 이미지는 신화적(종교적) 세계관 또는 윤리(사랑)의 실천에 의해서 분리의식이 극복되는 양상을 표현한 것이다.

김동리 소설의 한 가지 흥미로운 점은 인간이 하강(분리의식)을 통해서 상승(분리극복)하게 되는 설정을 보여준다는 것이다. 여기서 인간이 하강(추락)한다는 것은 자신과 타자의 분리의 심연으로 뛰어든다는 것을 상징하며, 상승한다는 것은 자신과 타자의 분리의식을 극복한다는 것을 상징한다. 이러한 설정은 인간이 자신과 타자 간의 극복할 수 없는 분리의 심연을 직접 체험할 때만이 자신과 타자의 분리의식을 극복할 수 있다는 김동리의 사상을 나타낸 것으로 볼 수 있다. 이러한 그의 사상은 인간 존재가 분리된 하나의 개별자이면서, 다른 타자들과 공존하는 공속적인 존재라는 사실과 밀접한 연관성을 갖고 있다. 하나의 개별자로서 지니고 있는 고유성과 특수성은 타자와의 차별성에서 발생하는 것이다. 이는 자신과 타자와의 상호 연관성의 인식 속에서만 개별자는 자신의 진정한 고유성을 인식할 수 있다는 것을 의미한다. 그러므로 자신과 타자의 차별성(분리)에 대한 인식은 분리의식을 극복하기 위한 필수적인 조건이 된다.

김동리의 소설에 나타난 분리의식의 극복 방식은 크게 신화(종교), 인간 간의 소통(남녀 간의 에로티즘), 윤리(사랑)의 실천, 이상적인 공동체(민족/국가)의 형성으로 구분할 수 있다. 이 방식들은 근본적으로 자아와 타자를 연결시키는 것이다. 신화적(종교) 세계관 내에서 자아와 타자의 분리는 신의 초월성으로 인하여 자아와 타자가 신화적으로 연결됨에 의해서 극복된다. 인간 간의 소통(남녀 간의 에로티즘)은 자아와 타자의 연결(소통)에 대한 열망, 윤리(사랑)의 실천은 자아와 타자의 연결(성)의 인식, 이상적인 공동체(민족/국가)의 형성은 자아와 타자의 연결에 대한 상상 속에서 가능한 것이다. 이러한 연결의 방식은 자아와 타자 사이에 존재하는 분리에 대응하는 방식이다. 즉 연결은 분리의 공간(사이)을 채우는 방식이다.

그런데 김동리 소설은 점차 신화적 세계관의 분리의식이 극복되는 양상에서 인간 간의 소통(남녀 간의 에로티즘), 윤리(사랑)의 실천, 이상적인 공동체(민족/국가)의 형성에 의해 분리의식이 극복되는 양상으로 변모하는 모습을 보여준다. 이러한 문학적 경향의 변모는 조선이 일제의 식민통치로부터 해방됨으로써 외부 세계를 문학적으로 재현하는 것이 가능해졌다는 사실과 근대인의 분리의식을 극복하는 방식은 근대적인 방법에 의해서만이 가능하다는 김동리의 인식에서 비롯된 것이다. 그러므로 김동리 소설들은 점차 현실적인 성격을 띠게 된다.

이와 같이 김동리의 전체 소설은 각각의 소설들이 다양한 문학적 색채를 보여줌에도 불구하고, 근대인의 분리의식을 극복하고자 하는 열망을 문학적으로 형상화하고 있다는 측면에서 공통점을 갖고 있다. 즉 그의 소설들은 자아와 타자의 분리의식에 대한 치열한 통찰과 이를 극복하기 위해 끊임없이 새로운 방법을 모색하는 양상을 보여준다. 그의 분리의식은 그가 근대의 시공간에 존재하는 근대인이라는 점에서 결코 극복될 수 없는 것이다. 그럼에도 불구하고, 분리의식의 극복 불가능성을 극복 가능성으로 전환시키고자 하는 그의 노력은 지속되는 경향이 나타난다. 이러한 측면에서, 김동리 소설은 자아-타자의 낭만적 해석학이라고 정의할 수 있을 것이다.

1. 기본 자료

1) 소설 작품

(1) 단편 소설 및 장편 연재소설

「무녀도」, 『중앙』, 1936. 5.

「산제」, 『중앙』, 1936. 9.

「솔거」, 『조광』, 1937. 8.

「황토기」, 『문장』, 1939. 5.

「찔레꽃」, 『문장』, 1939. 7.

「두꺼비」, 『조광』, 1939. 8.

「동구 앞길」, 『문장』, 1940. 2.

「혼구」, 『인문평론』, 1940. 2.

「달」, 『문화』, 1947. 4.

「밀다원 시대」, 『현대문학』, 1955. 4.

「실존무」, 『문학과예술』, 1955. 4.

「당고개 무당」, 원발표지 미확인. 『등신불』(1963)에 수록.

「등신불」, 『사상계』, 1961. 11.

「젊은 초상」, 『예술원보』, 1965. 12.

「삼국기」, 『서울신문』, 1972. 1. 1.~1973. 9. 29.

「대왕암」, 『매일신문』, 1974. 2. 1.~1975. 11. 1.

「만자동경」, 『문학사상』, 1979. 10.

(2) 단행본

제1창작집 『무녀도』, 을유문화사, 1947.

제2창작집 『황토기』, 수선사, 1949.

제3창작집 『귀환장정』, 수도문화사, 1951.

제4창작집 『실존무』, 인간사, 1958.

제5창작집 『등신불』, 정음사, 1963.

『김동리 대표작 선집 1~6』, 삼성출판사, 1967.

『김동리 역사소설 〈신라편〉』, 지소림, 1977.

『꽃이 지는 이야기』, 태창문화사, 1978.

2) 수필 및 평론

(1) 수필 및 평론

「순수이의」,『문장』1권 9호, 1939. 8.

「두꺼비 설화의 정신」,『조광』제5권 11호, 1939.

「문학하는 것」,『조광』, 1940. 1.

「신세대의 문학정신-신인으로서 유진오씨에게」,『매일신보』, 1940. 2. 21.
(≪한국근대비평사의 쟁점1≫에 수록)

「나의 소설수업-'리얼리즘'으로 본 당대작가의 운명」,『문장』, 1940. 3.

「문학의 표정」,『조광』, 1940. 3.

「신세대의 정신」,『문장』, 1940. 5.

「센치와 냉정과 동정」,『박문』, 1940. 12.

「작중인물지-그리운 그들」,『조광』, 1940. 12.

「순수문학의 정의」,『민주일보』, 1946. 7. 11.~12.

「순수문학과 제3세계관」,『대조』, 1947. 8.

「민족문학과 경향문학-문학의 생태」,『백민』, 1947. 9.

「문학하는 것에 대한 사고-문학의 내용(사상성)적 기초를 위하여」,『백민』, 1948. 3.

「문학과 문학정신」,『해동공론』, 1948. 4.

「문학적 사상의 주체와 그 환경-본격문학의 내용적 기반을 위하여」,『백민』, 1948. 7.

「민족문학론」,『대조』, 1948. 8.

「창작강의(제3회) : 주관과 객관」,『문예』, 1949. 10.

「휴맨이즘」의 본질과 과제 : 「휴맨이즘」문학의 본질과 그 현대적 과제」, 『현대공론』, 1954. 9.

「대중소설과 본격소설-그 성격적 차이에 관한 10가지 문답」, 『한국평론』, 1958. 4.

「창작의 과정과 방법(제1회) -「무녀도」편」, 『신문예』, 1958. 11.

「창작과정과 방법(제2회) : 주제의 발생 - '황토기'편」, 『신문예』, 1958. 12.

「나의 처녀작 · 내가 고른 대표작 : 「무녀도」외」, 『현대문학』, 1964. 8.

「작가와 현실참여의 문제」, 『문학춘추』, 1965. 11.

「샤마니즘과 불교와 젊은 평론가 A · B와의 대화」, 『문학사상』, 1972. 10.

「민족문학에 대하여」, 『월간문학』, 1972. 10.

「문예중흥과 민족문학 심포지움 : 민족문학과 한국인상」, 『월간문학』, 1974. 5.

「전쟁이 남긴 나의 작품」, 『문학사상』, 1974. 6.

「무속과 나의 문학」, 『월간문학』, 1978. 8.

「한국적 문학사상의 특질과 그 배경」, 『월간문학』, 1978. 11.

「만해의 본성, 만해 한용운 선생의 사상」, 『법륜』, 1979. 5.

「새로운 인간상의 창조 - 신을 내포한 인간에 대하여」, 『광장』, 1980. 10.

「문학과 사상-한국문학의 문제점에 대하여」, 『광장』, 1981. 9.

「신의 차원으로 연결되는 한국문학의 자연-자연을 통해서 본 한국문학의 현주소」, 『한국문학』, 1982. 2.

「도에 대하여」, 『현대문학』, 1982. 3.

「천당과 극락」, 『현대문학』, 1982. 4.

「나의 유년기 그 사랑」, 『현대문학』, 1982. 5.

「개국신화와 인간사상」, 『현대문학』, 1982. 10.

「「등신불」의 경우」, 『현대문학』, 1982. 12.

「한국인의 인간사상 (상)」,『신인간』1982. 12.

「한국인의 인간사상 (하)」,『신인간』, 1983. 1.

「비오는 날 밤 자리에 누워」,『현대문학』, 1983. 2.

「화백과 화랑」,『현대문학』, 1983. 3.

「소녀와 신록」,『현대문학』, 1983. 10.

「신과 나와 종교」,『현대문학』, 1984. 4.

「리듬의 철학」,『현대문학』, 1984. 5.

「마음속에 흐르는 요단강」,『현대문학』, 1984. 6.

「천명을 즐긴다」,『현대문학』, 1984. 9.

「사람과 하늘 사이에 놓여진 다리」,『현대문학』, 1984. 10.

「낙엽의 사상」,『현대문학』, 1984. 12.

(2) 단행본

『문학개론』, 정음사, 1952.

『문학과 인간』, 청춘사, 1952.

『자연과 인생』, 국제문화사, 1965.

『사색과 인생』, 일지사, 1973.

『고독과 인생』, 백만사, 1977.

『취미와 인생』, 문예창작사, 1978.

『명상의 늪가에서』, 행림출판사, 1980.

『문학이란 무엇인가』, 대현출판사, 1984.

『밥과 사랑과 그리고 영원』, 사사연, 1985.

『생각이 흐르는 강물』, 갑인출판사, 1985.

『사랑의 샘은 곳마다 솟고』, 신원문화사, 1988.

『꽃과 소녀와 달과』, 제삼기획, 1994.

2. 국내 논저

1) 논문

곽경숙, 「김동리 소설에 나타난 생태학적 상상력-「먼산바라기」와 「늪」을 중심으로」, 『한국문학이론과 비평』제4집, 1999. 2.

곽근, 「김동리의 「사반의 십자가」와 구원문제 – F. Kafka「성(城)」과의 비교」, 『기독교사상』제22권 19호, 1978.

곽근, 「김동리 역사소설의 신라정신 고찰」, 『신라문화』제24집, 2004. 8.

권성길, 『김동리 소설의 죽음의식에 대한 연구』, 명지대학교 석사학위 논문, 1987.

구창환, 「토속적 상징과 휴머니즘」, 『한국근대작가연구』, 삼지원, 1985.

김길웅, 「이상과 현실, 그리고 우울-18세기 말과 19세기 초 독일 시민계층의 내면세계와 그 예술적 표현으로서의 멜랑콜리」, 『독일문학』제79집, 2001.

김동민, 「물의 원형적 상징을 통한 김동리 소설의 서사구조 고찰」, 『김동리 문학의 원점과 그 변주』, 계간문예, 2006.

김동민, 『김동리 소설의 서사구조 연구-물과 서사구조의 관계-』, 경상대학교 석사학위 논문, 1999.

김동훈, 「세계의 몰락과 영웅적 멜랑콜리 : 독일 바로크 비극, 보들레르, 그리고 발터 벤야민」, 『도시인문학연구』 제2집 1호, 2010.

김병길, 「해방기, 근대 초극, 정신주의-김동리의 「검군」을 찾아 읽다」, 『한국근대문학연구』 제5권 제1호, 2004. 4.

김병익, 「하늘과 땅의 대결-김동리의 「사반의 십자가」」, 『부드러움의 힘』, 청하, 1983.

김상일, 「동리 문학의 성역, 동리 문학의 체계 」, 『한국문학』, 1975. 11.

김상일, 「불의 신화」, 『월간문학』, 1970. 2.

김상일, 「민족문학의 기원-고고학적 문학론」, 『월간문학』, 1970. 10.

김상일, 「민족문학의 상징체계」, 『현대문학』, 1975. 6.

김상일, 「동일문학의 성역」, 『한국문학』, 1975. 11.

김열규, 「신화비평론」, 『문예비평론』, 고려원, 1984.

김열규, 「속신과 불안」, 『한국문학사-그 형상과 해석』, 탐구당, 1983.

김우종, 「김동리와 순수문학의 지향」, 『한국현대소설사연구』, 민음사, 1984.

김우종, 「무녀 미학이 의미하는 것」, 『문학춘추』, 1964. 11.

김윤식, 「'구경적 삶의 형식'의 문학관 형성과정」, 『한국근대문학사상연구』, 아세아문화사, 1994.

김윤식, 「김동리 문학의 고전적 성격」, 『소설과 사상』, 1993. 가을호.

김윤식, 「전통문학연구의 현재와 과제」, 『고대문화』 14, 1973.

김윤식, 「전통지향성의 한계」, 『한국근대작가논고』, 일지사, 1974.

김은하, 「상실의 시대 체험과 멜랑콜리의 미적 전략-이동하의 90년대 이후 소설을 대상으로」, 『현대문학의 연구』 제34집, 2008.

김익만, 『한국민족주의의 신화적 요소에 대한 비판적 고찰』, 연세대학교 정치학과 석사학위 논문, 1996.

김정숙, 「김동리 소설에 나타난 '피'의 의미」, 『어문논집』 제21집, 1989. 12.

김정숙, 「영원히 존재하는 것의 상징」, 『문학세계』 제25호, 1994.

김정숙, 『현대소설에 나타난 상징성 연구』, 중앙대 박사학위 논문, 1988.

김종균, 「김동리 초기소설의 현실대응 양상 연구」, 『한국사상과 문화』 제4집, 1999.

김주현, 「떨림과 여운 - 김동리의 미발굴 소설 찾아 읽기」, 『작가세계』, 2005. 겨울호.

김현, 「샤머니즘의 극복」, 『현대문학』, 1968. 11.

박금복, 「김동리의 「달」에 나타난 원형적 의미」, 『돈암어문학』 제1호, 1988. 2.

손봉주, 「김동리 「사반의 십자가」의 분석적 연구」, 『청람어문학』, 1993.

손상화, 『김동리 소설에 나타난 죽음 의식』, 경북대학교 석사학위 논문, 1984.

신동욱, 「김동리의 소설에 나타난 비극적 삶의 인식」, 『동방학지』, 1981. 9.

신정숙, 「김동리 무속소설의 에로티즘 미학」, 『국어국문학』 제150호, 2008. 12.

신정숙, 「식민지 무속담론과 문학의 변증법-「무녀도」, 「허덜풀네」, 「달」을 중심으로」, 『사이間SAI』 제4호, 2008. 5.

안성수, 「죽음과 떠남의 변증법」, 『조선일보』, 1989. 1. 6.~10.

양금직, 『김동리 「사반의 십자가」 연구-성서적 배경과 구원관을 중심으로-』, 강원대학교 석사학위 논문.

염무웅, 「샤머니즘의 미학」, 『한국단편문학 대계』, 삼성출판사, 1969.

우남득, 「동리문학의 사(死)의 구경탐구」, 『이화어문논집』 제32호, 1980.

유금호, 『한국현대소설에 나타난 죽음의 연구』, 경희대학교 박사학위 논문, 1988.

유기룡, 「김동리 문학작품에 나타난 원형적 상징의 연구」, 『어문논총』 제33호, 1999. 12.

유기룡, 「죽음과 재생의 이미지로 본 「무녀도」」, 『계성문학』 제3호, 1986. 10.

유보선, 「탈근대적 지향과 전근대적 귀결」, 『문학정신』, 1992. 7.

유인순, 「「등신불」을 위한 새로운 독서」, 『이화여대 글집』 제4집, 1981.

유종열, 「김동리 소설과 죽음의 모티프」, 유기룡 외, 『김동리』, 살림, 1996.

이관후, 『국가형성기의 한국 민족주의 : 한국 전쟁과 통치 이념의 변화 · 일민주의에서 반공주의로』, 서강대학교 정치외교학과 석사학위 논문, 2002.

이동하, 「세 개의 계열체 : 전통, 현실, 그리고 예술」, 『무녀도』 한국문학전집7, 문학과지성사, 2004.

이보영, 「신화적 소설의 반성」, 『현대문학』, 1970. 12.

이부영, 「심리학에서 본 샤마니즘」, 『문학사상』, 1977. 9.

이선규, 『김동리의 「사반의 십자가」연구』, 성균관대학교 박사학위 논문, 2004.

이지연, 『김동리 문학 연구-'운명'과 '자연'을 가로지르는 '자유'의 서사』, 연세대학교 석사학위 논문, 2003.

이찬, 「해방기 김동리 문학 연구-담론의 지향성과 정치성의 상관관계를 중심으로」, 『비평문학』 제39호, 2011. 3.

이혜자, 『동리문학의 원형적 이미지 연구』, 중앙대학교 석사학위 논문, 1988.

조연현, 「근대조선소설사상사계보론서설」, 『문학과 사상』, 세계문학사, 1949.

조연현, 「김동리의 성불의 미학」, 『현대문학』, 1966. 11.

진정석, 『김동리 문학 연구』, 서울대 석사학위 논문, 1992.

진정석, 「일제 말기 김동리 문학의 낭만주의적 성격」, 『외국문학』, 1993. 여름호.

천이두, 「토속세계의 설정과 그 한계」, 『사상계』, 1968. 12.

천이두, 「동굴의 미학과 광장의 미학」, 『세계의문학』, 1979. 봄호.

천이두, 「동리문학의 구조-「등신불」을 중심으로」, 『국어문학』(전북대) 제17집, 1975. 12.

천이두, 「에고적 측면과 초에고적 측면」, 『현대문학』, 1968. 5.

천이두, 「허구와 현실」, 『현대문학』, 1978. 9.~10.

최규익, 「김동리의 죽음의식-「무녀도」를 중심으로」, 『국민어문연구』 제1호, 1988. 12.

최문규, 「근대성과 '심미적 현상'으로서의 멜랑콜리」, 『뷔히너와 현대문학』 제24집, 2005.

최병탁, 「김동리의 「만자동경」고」, 『시문학』, 1983. 5.

한수영, 「김동리와 조선적인 것-일제말 김동리 문학사상의 형성 구조와 성격에 대하여-」, 『한국근대문학연구』 제21호, 2010. 4.

한수영, 「'순수문학론'에서의 '미적 자율성'과 '반근대'의 논리-김동리의 경우」, 『국제어문』 제29집, 2003. 12.

한용환, 「한국소설에 표현된 죽음의 사상」, 『국어국문학』, 1977. 12.

허련화, 「김동리의 장편 역사소설 「삼국기」와 「대왕암」연구」, 『한국현대문학연구』 제31집, 2010. 8.

홍기돈, 「김동리, 새로운 르네상스의 기획과 실패」, 『우리문학연구』 제30집, 2010. 6.

홍기돈, 「'선'의 이념과 근대초극 논리의 민족적 설정-김동리 반일의식의 사상적 근거에 대하여」, 『어문논집』 제33집, 2005. 6.

2) 단행본

곽광수,『가스통 바슐라르』, 민음사, 1995.

곽상순 외 10인,『김동리 문학의 원점과 그 변주』, 계간문예, 2006.

김범부,『풍류정신』, 정음사, 1987.

김상률 · 오길영 편,『에드워드 사이드 다시 읽기』, 책세상, 2006.

김예림,『1930년대 후반 근대인식의 틀과 미의식』, 소명출판, 2004.

김윤식,『김동리와 그의 시대』, 민음사, 1995.

김윤식,『사반과의 대화』, 민음사, 1997.

김윤식,『한국근대문학사상연구2』, 아세아문화사, 1994.

김윤식,『한국문학의 근대성 비판』, 문예출판사, 1993.

김윤식,『해방공간의 내면풍경』, 민음사, 1996.

김현,『행복의 시학/제강의 꿈』, 문학과지성사, 1991.

나병철,『전환기의 근대문학』, 두레시대, 1995.

나병철,『한국문학의 근대성과 탈근대성』, 문예출판사, 1996.

박삼열,『스피노자의 「윤리학」연구』, 선학사, 2002.

송태현,『상상력의 위대한 모험가들 : 융, 바슐라르, 뒤랑-상징과 신화의 계보학』,
살림, 2005.

신영미,『한국 근대소설의 낭만성과 '죽음'』, 역락, 2010.

이기상 · 구연상 공저,『「존재와 시간」 용어해설』, 까치, 1998.

이인복,『한국문학에 나타난 죽음의식의 사적 연구』, 열화당, 1979.

이진우,『김동리 소설 연구-죽음의 인식과 구원을 중심으로-』, 푸른사상사, 2002.

이찬,『김동리 문학의 반근대주의』, 서정시학, 2011.

장현숙,『현실인식과 인간의 길』, 한국문화사, 2004.

조회경, 『김동리 소설 연구』, 국학자료원, 1999.

최유찬, 『문학과 게임의 상상력』, 서정시학, 2008.

최유찬, 『문학의 모험-채만식의 항일투쟁과 문학적 실험-』, 역락, 2006.

최유찬, 『문학 텍스트 읽기』, 소명출판, 2004.

최유찬, 『세계의 서사문학과「토지」』, 서정시학, 2008.

최유찬, 『한국문학의 관계론적 이해』, 실천문학사, 1998.

황수영, 『물질과 기억, 시간의 지층을 탐험하는 이미지와 기억의 미학』, 그린비, 2007.

허혜정, 『혁신과 근원의 자리-한국 근대 낭만주의 시와 불교적 사유의 만남』, 한국학술정보, 2005.

홍기돈, 『김동리 연구』, 소명, 2010.

임헌영 · 홍정선 편, 『한국근대비평사의 쟁점』, 동성사, 1986.

3. 국외 논저

Anthony Giddens, 『현대 사회의 성 · 사랑 · 에로티즘』, 황정미 · 배은경 옮김, 새물결, 2001.

Astradur Eysteinsson, 『모더니즘 문학론』, 임옥희 옮김, 현대미학사, 1996.

Ayn Rand, 『낭만주의 선언』, 이철 옮김, 열림원, 2005.

Benedict Anderson, 『상상의 공동체』, 윤형숙 옮김, 나남, 2005.

Edward W. Said, 『오리엔탈리즘』, 박홍규 옮김, 교보문고, 2007.

Emmanuel Levinas, 『시간과 타자』, 강영안 옮김, 문예출판사, 2011.

Emmanuel Levinas, 『존재에서 존재자로』, 민음사, 2003.

Ernst Cassirer, 『국가의 신화』, 최명관 옮김, 서광사, 1988.

F.-W. Von Herrmann, 『하이데거의 예술철학』, 문예출판사, 1997.

Gaston Bachelard, 『공간의 시학』, 곽광수 옮김, 동문선, 2003.

Gaston Bachelard, 『공기와 꿈』, 정영란 옮김, 이학사, 2008.

Gaston Bachelard, 『대지 그리고 휴식의 몽상』, 정영란 옮김, 문학동네, 2002.

Gaston Bachelard, 『물과 꿈』, 이가림 옮김, 문예출판사, 1998.

Gaston Bachelard, 『불의 시학의 단편들』, 안보옥 옮김, 문학동네, 2004.

Gaston Bachelard, 『불의 정신분석』, 김병욱 옮김, 이학사, 2007.

Gaston Bachelard, 『촛불의 미학』, 김웅권 옮김, 동문선, 2008.

Georges Bataille, 『문학과 악』, 최윤정 옮김, 민음사, 1995.

Georges Bataille, 『에로티즘』, 조한경 옮김, 민음사, 2006.

Gilbert Durand, 『상상계의 인류학적 구조들』, 진형준 옮김, 문학동네, 2007.

Gilbert Durand, 『상징적 상상력』, 진형준 옮김, 문학과지성사, 1983.

Jacques Lacan, 『욕망 이론』, 민승기 · 이미선 · 권택영 옮김, 문예출판사, 2004.

Jürgen Habermas, 『현대성의 철학적 담론』, 이진우 옮김, 문예출판사, 1994.

Martin Heidegger, 『존재와 시간』, 이기상 옮김, 까치, 2007.

Maurice Blanchot, 『문학의 공간』, 박혜영 옮김, 책세상, 1998.

Max Horkheimer · Theodor W. Adorno, 『계몽의 변증법』, 김유동 · 주경식 · 이상훈 옮김, 문예출판사, 1995.

Max Weber, 『'탈주술화' 과정과 근대: 학문, 종교, 정치』, 전성우 옮김, 나남, 2002.

Michael Hardt · Antonio Negri, 『제국』, 윤수종 옮김, 이학사, 2001.

Michael Ryan, 『포스트모더니즘 이후의 정치와 문화』, 나병철 · 이경훈 옮김, 갈무리, 1996.

Michael Ryan, 『해체론과 변증법』, 나병철 · 이경훈 옮김, 평민사, 1995.

Mircea Eliade, 『영원회귀의 신화』, 심재중 옮김, 이학사, 2003.

Mircea Eliade, 『이미지와 상징 : 주술적-종교적 상징체계에 관한 시론』, 이재실 옮김, 까치, 1998.

Paul Ricoeur, 『시간과 이야기2』, 김한식 · 이경래 옮김, 문학과지성사, 2003.

Paul Ricoeur, 『타자로서 자기 자신』, 김웅권 옮김, 동문선, 2006.

Peter Berger · Brigitte Berger · Hansfried Kellner, 『고향을 잃은 사람들』, 이종수 옮김, 한벗, 1981.

René Girard, 『희생양』, 김진석 옮김, 민음사, 2007.

Richard Kearney, 『이방인 · 신 · 괴물』, 이지영 옮김, 개마고원, 2004.

Richard Kearney, 『현대유럽철학의 흐름-모더니즘에서 포스트모더니즘까지』, 임헌규 · 곽영아 · 임찬순 옮김, 한울, 1992.

Roland Barthes, 『신화론』, 정현 옮김, 현대미학사, 1995.

Susan Sontag, 『은유로서의 질병』, 이재원 옮김, 2009.

V. Chklovski, 『러시아 형식주의 문학이론』, 문학과 사회연구소 옮김, 청하, 1986.